해석과판단 8

1980년대를 읽다 : 노동과 표현의 문제

1980년대를 읽다 : 노동과 표현의 문제

초판 1쇄 발행 2015년 6월 18일

지은이 정기문 이희원 양순주 장수희 오현석 김남영 고은미 윤인로
펴낸이 최종숙

책임편집 이태곤 | 편집 문선희 박지인 권분옥 이소희 오정대
디자인 안혜진 이홍주 | 마케팅 박태훈 안현진 | 관리 구본준
펴낸곳 글누림출판사 | 등록 2005년 10월 5일 제303-2005-000038호
주소 서울시 서초구 동광로46길 6-6(반포4동 577-25) 문창빌딩 2층(우137-807)
전화 02-3409-2055(편집부), 2058(영업부) | 팩시밀리 02-3409-2059
홈페이지 http://www.geulnurim.co.kr | 이메일 nurim3888@hanmail.net

ISBN 978-89-6327-290-0 03810
정 가 20,000원

부산문화재단 부산광역시 한국문화예술위원회

* 본 도서는 2014년 부산문화재단 지역문화예술육성지원사업의 일부 지원으로 제작되었습니다.

* 이 도서의 국립중앙도서관 출판예정도서목록(CIP)은 서지정보유통지원시스템 홈페이지(http://seoji.nl.go.kr)와
  국가자료공동목록시스템(http://www.nl.go.kr/kolisnet)에서 이용하실 수 있습니다.(CIP제어번호: CIPCIP2015014761)

해석과판단·8

1980년대를 읽다

노동과 표현의 문제

정기문 이희원 양순주 장수희
오현석 김남영 고은미 윤인로

　　<해석과 판단>의 여덟 번째 비평집이다. 8년이라는 시간은 결코 짧은 시간이 아니다. 그 시간 속에서 우리는 앎의 유혹에 미혹되기도 하였고, 글쓰기가 삶의 실천적 운동과 비례하지 않는다는 것도 알았다. 그럴 때마다 '공동'이라는 기표는 매번 나와 너를 성찰의 자리로 밀어 넣곤 하였다. 성찰의 과정 속에서 되풀이하는 글쓰기 작업은 그을린 삶이라는 흔적들을 남겼고, 그 속에서 우리는 늘 취해 있었다. 세미나는 우리에게 거대한 힘이다. 열띤 긴장은 향락으로, 문제에 대한 의심은 독서로, 사람에 대한 질긴 인연은 믿음으로 소화한 우리였기에. 무엇보다도 글쓰기의 하중이 스스로에게 옥죄어 올 때마다 우리는 함께였고, 쓴 기침(비판)을 토해낼 때마다 서로에게 질기게 매달렸다.

　　다시 올해로 여덟 번째 비평집을 엮는다. 우리는 1980년대를 맨눈으로 보자는 기획 하에 80년대의 역사적 특수성을 대면하려고 한다. 그리고 1980년대를 관통하는 하나의 정서, '노동'을 발견해보고자 시도하였다. 각자가 '노동'을 정리하고 재정리하는 과정에서 육체에 각인된 노동이 매우 기묘하고 낯선 형태라는 사실을 알게 되었다. 그 결과물이 『1980년대를 읽다: 노동과 표현의 문제』이다.

　　노동을 자신의 표현으로 삼는다는 것은 결코 쉬운 작업이 아니었다. 80년대를 다룬 책과 자료들을 접하면서 노동이라는 단어에 무수히 많이 틈입해 있던 불안정한 노동조건들, 그리고 그것이 일으키는 일상적 삶과 사회 제도의 모순에 크게 놀랐다. 우리는 고민하였다. 우리의 고민은 80년대를 직접적으로 경험하지 못한 세대들이라는 점과 80년대와 현재와의 정서적 거리감이 그리 멀지 않다는 점에서 비롯되었다. 또한 각자의 현재의 삶은 노동이라는 단어와 무관하지 않다는 사실에 있다. 노동과의 연루, 관계에 대한 고민들로 <해석과판단>은 의미 있는 결속을 시도했다고 생각한다. 이 시도는 우리에게 매우 중요한 문제이다. 7집에서 완전하다고는 할 수 없지만 응집성이라는 문제에 대해 치열하게 생각하는 계기가 되었다면, 8집에서는 이 응집성이 더욱 강화된 것임에는 틀림이 없어 보인다.

각자가 80년대에 어떻게 연루되어 있는가가 이 책의 중심을 이룬다. 우리는 80년대를 정확히 '환기'한다. '환기'는 하나의 행위임에 틀림이 없다. 80년대라는 대문자에 말없이 고개를 숙이는 행위는 환기에 걸맞지 않다. 그렇다고 지나온 역사에 돌을 던지는 행위는 지나치다. 지금-여기, 여전히 노동과 관련된 담론들은 문제적이기에 우리는 그 문제들을 간과할 수는 없었다. 그럼에도 불구하고 우리는 노동이 누구를 위한 것인가를 끊임없이 묻고, 엄혹한 자본의 앞에서 노동을 통한 의지의 가능성을 발견해야 함을 공통적으로 주장하고 있다. 비록 이러한 노력들이 예외적인 짧은 순간을 이루더라도 관심 있는 독자들의 비판이 요청되는 이유가 그것이다.

『1980년대를 읽다: 노동과 표현의 문제』는 2부로 구성되었다. 1부는 80년대 노동(자)이 이룬 성과와 현재적 가능성, 그 배경에 대한 글들이고, 2부는 80년대 노동(자)의 성과와 한계를 다룬 글들이다. 여기에 수록된 8편의 평론에 대한 간략한 개요는 다음과 같다.

정기문의 「분노와 사랑의 결사체들」은 80년대 후반 노동자 투쟁을 형상화한 소설인 안재성의 『파업』과 정화진의 『철강지대』 그리고 이인휘의 『활화산』을 집중적으로 분석하고 있다. 이 소설들에 공통적으로 드러나는 억압적 국가기구에 맞서는 인물들이 추구한 인간다운 삶을 향한 의지를 통해, 인간의 우애와 인류의 고취함이 어떻게 발휘될 수 있는지를 탐구했다. 요약해 이 글이 전하는 메시지는, 전 지구적 지본주의라는 미명아래 수행되는 신자유주의의 상황을 극복할 수 있는 단초, 그 요소들을 80년대 노동자 투쟁의 과정을 형상화한 소설에서 찾으려 했다고 하겠다.

이희원은 「읽힌 것과 읽히지 않은 것」에서 1980년대 초 등장했던 노동자 수기가 '현장성'과 관련된 의미에 얽매인 기존의 비평적 시각에 갇혀 그 진면목을 드러내지 못하고 있는 점에 문제의식을 갖고 이 수기들을 다시 읽어내고 있다. 이에 이희원은 당시를 대표하는 노동자 수기 세 편 송효순의 『서울로 가는 길』, 석정남의 『공장의 불빛』, 장남수의 『빼앗긴 일터』에서 '절합의 에크리튀르'를 추출하고 이를 가능하게 한 것이 노동자들의 '평등의 감각'이었음을 밝히고 있다. 그리고 이것이 오늘날 노동자들의 집단적 움직임에 좋은 귀감이 될 수 있음을 시사한다.

양순주의 「언어화되지 않은 노동자들의 말과 삶—1980년대 노동자 글쓰기를 중심으로」는 기존의 노동문학, 노동자 글쓰기에 대한 연구가 담아내지 못했다고 보여지는 이름 없는 노동자들의 글쓰기 문제를 다룬다. 1980년대를 살아간 노동자들이 쓴 단편적이고 짤막한 기록들에 겹겹이 새겨진 그들의 경험과 삶의 목소리에 주목하여, 역사에서 지워진 그들의 이름과 존재를 재구성하고자 했다. 그것은 인간의 존엄함을 되찾기 위한 선언에 다름 아니었기에 여전히 이 시대에도 유의미한 성찰의 지점들로 기억해야 함을 강조한다.

장수희는 「노동자 없는 산업, 목소리 없는 성/노동─87년 체제와 젠더억압에 관한 물음」은 헌법재판소의 통합진보당 해산 판결 이후 맞닥뜨리게 된 이른바 '87년 체제의 재검토'를 젠더 억압의 관점으로 접근한 글이다. 1987년을 전후로하여 개봉되었던 영화 김지미 주연, 임권택 감독의 <티켓>(1986)과 80년대 최고의 흥행을 기록했던 한용수 감독, 나영희 주연의 <매춘>(1988)을 통해 두 편은 87년체제와 젠더억압이라는 화두를 다루고 있다. 1986년에 개봉되었던 <티켓>과 1987년을 지난 후 1988년에 개봉되었던 <매춘>에 재현된 성/노동을 비교해 보는 것은 소위 '민주화'라고 불리는 1987년을 지나면서 한국사회의 젠더에 대한 태도가 어떻게 변화했는지를 감각할 수 있게 한다.

오현석은 「응축된 침묵의 분출에 무관심한 그들─노동문학은 누구의 것인가?」에서 80년대 폭발적으로 증가한 노동자 작가들의 탄생과 성격을 고찰하고 기존 문단 작가와 비평가들이 가진 노동자 문학작품에 대한 태도를 비판적으로 분석했다. 또한 80년대 이전 응축된 침묵 속에서 살아가던 노동자들이 사회의 균열을 기회로 침묵을 분출하고 세상에 자신을 드러냈음에 주목하였다. 오현석은 더 나아가 노동문학의 주체가 지닌 존재가치에 집중하여 노동문학의 주체는 삶과 현실의 간극을 채워서 문학의 본질에 접근하는 사명을 가지고 있음을 지적하고 기존문단이 직접 체험이 결여되었다는 자신들의 약점을 숨기기 위해 노동자 작가와 작품을 문예미적 측면을 근거로 들어 가치절하하고 있음을 언급하고 있다.

김남영의 「노동의 육화, 산 노동이 말하다－백무산 시집, 『만국의 노동자여』」는 노동이라는 기표를 통하여 노동이라는 단어와 결합을 이루는 조건들을 살피고 있다. 자본주의 체제를 돌파하는 하나의 계기로써 노동의 가능성들을 탐색하고 자본가들이 말하는 노동의 허위성을 폭로하는 백무산의 『만국의 노동자여』라는 시집은 그에게 각별하다. 백무산 시에서 그는 노동자의 시간과 공간, 그리고 노동자의 언어들이 80년대의 역사적 상황들을 어떠한 회로를 통해 수렴, 발산되는가에 대해 논구하고 있다. 나아가 백무산 시의 한계점들, 이것은 곧 80년대 노동을 통한 해방이 왜 무망에 그치고 말았는가에 대한 비판적 입장을 그는 고수한다.

고은미의 「'동시대인'으로 단련되기까지－"구로아리랑"의 두 가지 인식」은 이문열의 단편 소설 「구로아리랑」(1987)과 이를 원작으로 한 박종원 감독의 영화 <구로아리랑>(1989)에 나타난 노동해방운동에 대한 시선의 차이를 분석한 글이다. 80년대, 산업화와 군부독재, 노동지옥이라 불리던 구로공단, 투쟁가로 각성하는 노동자들, 80년대 노동의 땀과 투쟁의 현장은 오늘을 '동시대인'으로서 살기 위한 가능성의 지표 그 자체다. <노동해방문학>을 경유함으로써 과거를 향수나 무기력의 정서로 재조립된 문학적 예술적 산물로 가두지 않고 생생한 다큐멘터리적 흔적으로 읽기 위해 노력했다.

윤인로의 「순수 매개, 당파성, 메시아성-1990년 골리앗 위의 노동해방문학」은 노동의 신성성 혹은 성스러운 노동이라는 교의의 문턱에 대한 단상들을 담고 있다. 당대 울산 골리앗크레인 점거의 상황을 시작으로, 월간 『노동해방문학』(1989~1991, 통권 10호)에 실려 있는 노동자 전위들의 몇몇 상황들과 문장들을 분석하고 있다. 골리앗 위와 아래, 전위와 후위로 표상되는 위임의 시공간 및 매개/분리의 작동에 대해 생각해 보고 있는 글이라고 할 수 있다.

이상 8편이 <해석과판단>의 공동비평집의 글들이다. 지금도 <노동자의 책>에서 홀로 노동 논의와 관련된 광범위한 서적을 아카이브화 하고 계신 이진영 님께 정말 감사를 드린다. 만약 그분이 아니었더라면 우리는 무척 고전을 면하기 어려웠다고 생각한다. 또한 글누림 출판사의 최종숙 사장님, 이태곤 편집장님께도 빚을 지고 있다. 늘 감사하는 마음 여전하다. 염치불구하고 책상 앞에서 노동에 대해 생각하면서도 늘 마음은 실천의 측면을 생각한다. 이 또한 마음의 빚으로 남는다. 그럼에도 불구하고 이 책을 펴든 얼굴도 모르는 독자들, 그 중에서도 눈밝은 독자들에게 고백의 신호를 보낸다는 것은 늘 가슴 설레는 일이다.

<해석과판단> 비평공동체 일동

➤ 차 례

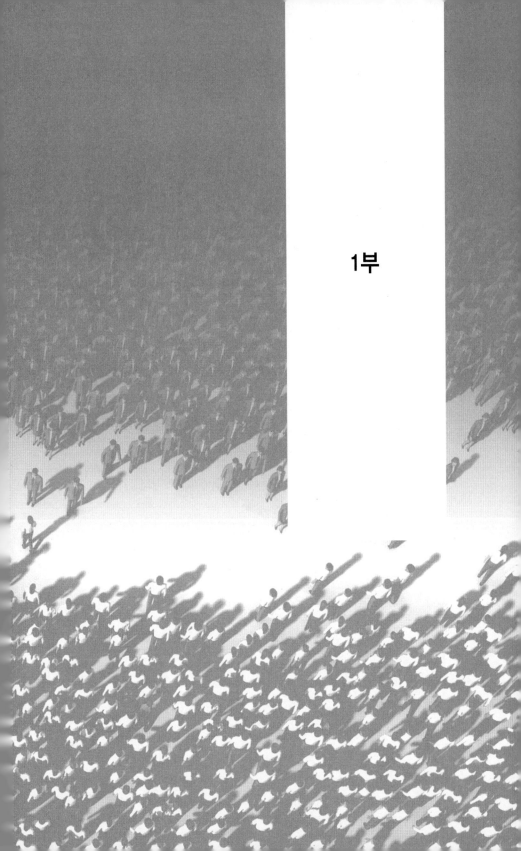

분노와 사랑의 결사체들

정
기
문

> 노동하고 욕망하고 언어를 사용하는 피조물이기 때문에
> 우리는 역사로 알려진 과정에서 우리의 조건을 바꿀 수 있다.
> 그렇게 함으로써 우리는 동시에 우리 자신도 바꾸게 된다.
> ― 테리 이글턴, 『왜 마르크스가 옳았는가』 중에서

1

아도르노는 "아우슈비츠 이후에 시를 쓰는 것은 야만이다"라고 했다. 이는 문명의 담지자를 참칭한 근대적 주체가 야기한 야만적 행위를 망각하고, 예술적 심미화에 빠지는 것을 경계, 비판한 문구다. 다시 말해, 아도르노는 문명의 발전주의를 지향하면서 이뤄진 인류의 잔학함을 성찰하지 않고, 또한 비판하지 않고, 자연과 인간의 아름다움을 예찬하는 작태에 대해 일침을 가한 것이다. 하지만 부조리한 세계로부터의 도피나 망각의 방식이 아닌, 이를 응시하고 돌파하고자 했던 예술 혹은 문학적 경향은 언제나 존재했다. 한국문학사의 경우에 비추어

보면, 이러한 경향은 언제나 예술과 현실, 줄여 문학과 정치에 대한 응답으로 나타났다. 한국근대문학의 짧은 역사를 감안하더라도 문학의 정치화는, 매우 거세게 매 시기마다의 특수한 역사적 구체성에 근거하면서 작품으로 제출되었다. 이는 일제식민지시기 경향문학, 카프문학을 시작으로 1970, 80년대의 노동문학으로 그 결실을 맺었다. 사회변혁이라는 슬로건을 내걸고 쓰여진 이들 작품은 때때로 과분한 찬사를 받기도 했고, 때로는 문학성의 결여라는 오명을 덮어쓰기도 했다.

2000년대에 들어서는 근대의 종언, 즉 근대 국민국가 체제 내에서 문학이 담당하던 역할이 종결되었다는 담론이 지배하게 되면서 정치적 함의를 담지한 문학작품들은 관심의 영역에서 서서히 멀어져갔다. 한갓 유희로서의 문학이 기승을 부리는 지금-여기서 다시금 1980년대 노동문학을 읽는 것은 어떤 의미가 있을까. 노동문학을 읽는 것 자체가 버거운 시기에 노동문학에 관한 비평을 행하는 것은 어떤 의미가 있는 것일까. 이러한 회의적인 물음을 던지면서도, 구태여 노동문학을 붙잡고 있을 수 있었던 것은 여전히 물신주의가 팽배한 오늘날 우리의 삶이 비인간적인 구조에 놓여있다는 판단 때문이다.

물론 80년대의 자본의 작동방식과 오늘날의 그것은 적잖은 차이를 보인다. 80년대가 포드주의적 생산양식으로 대량생산을 지향했다면 오늘날의 경우는 저스트인타임 생산(just-in-time production)으로 대체되었기 때문이다.[1] 이렇게 이전 시기에 비해 지금의 자본운용은 노동력을

---

1) 여기서 말하는 저스트인타임 생산이란 적절한 시기에 생산을 공급함으로서 재고를 만들지 않는 생산방식을 뜻하는 데, 이를 통해 노동비용이 절감되어 자본가의 자본 축적은 더욱 용이해진다. 크리스티안 마라찌, 서창현 옮김, 『자본과 정동』, 갈무리, 2014 참조

유연하게 재편함으로써 필요에 따라 쓰고 버리는 방식으로 전환되었다. 더욱이 국가의 문턱이 낮아짐에 따라 경제가 글로벌화되고, 노동력을 재구조화하여 사용자의 편의에 유용한 방식으로 자본주의적 시스템이 작동되고 있다. 발전주의, 성장주의라는 이름으로 부의 축적만을 좇아 인류 대다수가 인간의 존엄성조차 유지하지 못할 지경에 처한 것이 오늘날의 현실이다. 그렇기에 이전 시기도 지금도 여전히 우리에게 절박한 과제는 발전주의라는 허상을 좇는 것이 아니라, 폭력적 구조가 양산한 문제를 성찰하고 지금과 다른 삶의 질을 추구, 획득해야 하는 일일 것이다. 물론 이는 저절로 획득되지 않는다. 장구한 노동투쟁의 역사 속에서 보이듯 피착취자의 권익은 가까스로 획득되었으나, 매번 착취자의 것으로 다시 회수되어지길 반복했다. 하지만 그럼에도 불구하고 우리는 비인간적인 조건을 거부하고, 인간다운 삶을 주장해야 할 권리가 있다. 분단 이후 이러한 인간다운 삶, 인간의 존엄성을 쟁취하기 위한 수많은 봉기가 일어났고, 그러한 현실적 사건들에 힘입어 문학작품 또한 생산되었다. 이 글에서 다룰 작품들 또한 1980년대라는 시대적 상황을 배면으로 하여 창작된 노동자들의 투쟁이 서사의 축을 이루고 있는 점에서, 인간다운 삶을 위한 투쟁의 면면을 확인할 수 있는 텍스트들이다. 이 글이 리얼리즘이라는 케케묵은 도식성을 근거로 폄하되거나 비판되어온 작품을 다시 읽는 것은, 이들 작품이 실패한 지점을 인식하면서도 이들 작품 속에 내장한 유의미한 지점을 추출하기 위해서다. 이런 작업은 목욕물과 함께 버려진 아이를 다시 찾기 위한 과정의 일환이라고 할 수 있을 것이다.

'노동'과 '문학'의 합성어로서의 '노동문학'은 문학작품 생산의 주체, 문학작품에 반영된 세계관 및 내용과 그 목적에 따라서 조금씩 그 정의를 달리한다. 노동문학의 정의를 둘러싼 논의에서 박수빈은 "노동문학의 목적과 의미는 노동자의 현실 문제를 작품 속에 담아내는 데 있"다고 하면서, 1980년대 당대에 행해진 노동문학 논쟁에 참가한 개별 논자들이 "창작 주체의 문제, 창작 내용의 문제, 노동자의 세계관 문제"2) 중 어디에 중요성을 부과하는가에 따라 노동문학에 대한 정의를 달리하고 있다고 파악했다. 사실 노동문학에 대한 1980년대의 문학 담론장에서의 논쟁은 1930년대 카프문학가들에 의해 도출된 논쟁과 유사한 지점이 많다. 하지만 주지하다시피 1930년대 식민지 조선과 1980년대 한국의 시대 상황은 비교되지 않을 만큼 차이가 난다. 80년대에는 70년대부터 서서히 전개된 노동운동과 대학생들의 정치운동이 삼투되면서 노동자들 스스로 사회구조에 대해 학습할 기회가 주어졌음은 물론, 노동자 스스로 자신들의 이야기를 하기 시작했다. 이는 분단 이후 한국사회가 폭압적인 자본주의 체제로 접어든 것을 의미하면서, 동시에 수많은 노동자를 양산했다는 것을 의미한다. 따라서 산업화가 진행됨에 따라 잠재적인 문학주체라 할 수 있는 노동자들이 기존 지식인 문학과는 다른 방식으로 자신들만의 문학을 창출했다고도 할 수 있다. 80년대 대량으로 쏟아져 나온 노동자의 수기, 생활글, 소설, 시 등에서

---

2) 박수빈, 「1980년대 노동문학(연구)의 정치성」, 상허학회, 『상허학보』 37, 2013, 165면.

볼 수 있듯이, 지식인에게 전유된 노동자의 생활상을 그리는 문학이 아니라, 노동자 스스로 자신들의 이야기를 발화하고 역사적 존재로서의 노동자를 호명하고 있는 점이 이전 시기의 노동문학과 변별된다. 더 나아가 80년대 노동문학은 문학작품 생산의 주체로서 노동자가 부상함에 따라 노동문학과 노동운동이 점차 톱니바퀴처럼 맞물려, 현실 사회의 변혁을 목표로 두고 전개되었다. 이 글에서 다룰 텍스트인 안재성의 『파업』과 정화진의 『철강지대』 그리고 이인휘의 『활화산』 또한 한국사회의 정치와 노동 조건을 변혁하고자 하는 서사로 점철되어 있다.3) 분명 이러한 소설들은 명확한 정치적 목적의 추구로 인해 서사가 천편일률적이라는 것, 다시 말해 동일한 서사구조의 패턴을 반복하고 있다는 비판에서 온전히 자유롭긴 힘들다. 하지만 이들 소설들이 단순히 동일한 구조를 반복하고 있다는 부정적 판단으로 자리매김 해버리는 것 또한 온당한 판단이 아니다. 오히려 그 반복 속에서 차이를 가늠하고, 그 차이가 지닌 의미를 되짚어내는 작업이 필요할 것이다.

3

노동소설은 자본가와 노동자 사이의 투쟁이라는 이분법적 구도를 전제로, 사용자의 비인간적 착취에 대한 노동자의 투쟁을 형상화한다. 하지만 하나의 정치체(政治體)로서의 국가 안에서 이 투쟁은 일어난다. 당

---

3) 안재성, 『파업』, 세계, 1989; 정화진, 『철강지대』, 풀빛, 1991; 이인휘, 『활화산』상/하, 세계, 1990. 이후 이 작품들을 인용할 때는 제명과 면수만 밝힌다.

연한 말이지만, 국가는 중립적이고 정의로운 법적 잣대로 두 계급 사이의 투쟁에 개입하지 않는다. 오히려 자본주의적 체계에서 국가는 정의의 이름으로 수많은 폭력적 사태를 양산한다. "실제로, 국가가 하는 일은 국가가 단지 사회적 관계망의 하나의 마디로 존재한다는 사실에 따라 제한되고 틀 지워진다. 중요한 것은, 이 사회적 관계망이 노동이 조직되는 방식을 중심으로 구축된다는 것이다. 노동이 자본주의적 바탕 위에서 조직된다는 사실은, 국가가 하고 있고 또 할 수 있는 일들이 국가도 그 일부인 자본주의적 조직 체계를 유지할 필요에 따라 제한되고 틀 지워진다는 것을 의미한다."[4] 그렇기 때문에 자본가와 노동자 사이의 투쟁, 달리 말해 노동운동은 경제 영역에 한정되지 않고 근본적으로 정치적 성격을 띨 수밖에 없다. 이 글에서 다룰 안재성의 『파업』, 정화진의 『철강지대』, 이인휘의 『활화산』에서 경제적 층위와 정치적 층위가 상호 길항하면서 서사화되는 것도 이러한 까닭에서다.

익히 알려졌듯이 한국 사회는 근로조건의 변화를 위해 법 조항을 지켜달라는 요구를 깡그리 묵살하여 1970년 말미에 전태일을 스스로 분신하게 만들었다. 국가기관의 억압뿐만 아니라, 언론의 냉대, 사회적 무관심이 불러온 이 참사 이후 노동자의 삶의 조건에 대한 성찰과 비판적 대응이 일어났다. 하지만 그럼에도 불구하고, 여전히 80년대 노동자가 처한 근로조건은 형식적으로 존재한 헌법 33조 노동3권의 법조항의 존재 여부 자체를 의심케 하기에 충분했다. 따라서 이러한 현실인식에 근거하여 80년대 노동자가 처한 열악한 상황을 안재성의 『파업』,

---

4) 존 홀러웨이, 조정환 옮김, 『권력으로 세상을 바꿀 수 있는가』, 갈무리, 2002, 29면.

정화진의 『철강지대』, 이인휘의 『활화산』 모두 서사 초반부터 배치하고 있는 것은 우연이 아니다.

그가 대영에 들어온 것은 단 한 가지 이유, 12시간 2교대 때문이었다. 대영은 일당이 낮은데다가 3일만 결근해도 해고시키고 완전히 군대식으로 부려먹는다 해서 구로지역에서는 악명 높은 기업이었다. 더구나 산업재해도 가장 많기로 유명했다. 구로구가 영등포구에 속해 있을 때부터 이 바닥에서 공장생활을 해온 동연은 그걸 잘 알았다. 그런데도 굳이 대영에 기어들어온 것은 결혼하고 나서였다. 총각 때는 어려워도 제 한 몸 건사하면 그만이었지만 결혼하니 사정이 달랐다. 어서 번듯한 전세방이라도 마련하기 위해서는 한 푼이라도 더 벌어야 했다. 일은 힘들어도 연장수당이 많은 대영은 그러한 그가 선택하기에 딱좋은 곳이었다. 하기는 대영의 800여 명 노동자가 모두 그와 비슷한 생각으로 들어왔을 터였다.(『파업』, 17면)

채찍 맞은 말처럼 목표량을 채우기 위해 치달린 사람들의 몸짓과, 그 와중에서도 아차하면 도솔천 건너는 위험부담 때문에 온 신경을 곤두세우고 있어야 하는 긴장감은 현장을 영락없는 전장으로 만들고 있었다.(『철강지대』, 12면)

막장 같은 어둠이 몰려오고 있다. 어디고 간에 가난하고 못배운 자들에겐 서러움과 고통뿐인 것 같다. 잘살고 싶다. 호화스러운 생활을 하고 싶다는 것이 아니라 밥 세 끼 먹으며 웃고 사랑하며 살고 싶다. 사는 것이 온통 먹기 위한 발악뿐이다. 결국 남는 것은 허기진 육체요, 기다리는 것은 처참한 죽음뿐이다.(『활화산』상, 18면)

앞 인용에서 보이듯 『파업』, 『철강지대』, 『활화산』은 모두 서사 초입 부분에서 노동자의 근로조건에 대해 서술하고 있다. 『파업』의 주요 인물인 동영은 대영철강에서 하루 12시간의 근무에 더해 연장수당을 받기 위해 잔업까지 하고 있는 실정이다. 동영은 대영철강 입사 전, "군대 3년을 제외하고 십여 년 간, 과자공장만 빼고는 타이어공장, 드릴공, 로구로마찌꼬바, 봉제공장, 도자기공장, 안 해본 일이 별로 없었다. 성실하지 않아서가 아니었다. 지독한 노동과 믿을 수 없는 적은 임금으로 사람을 부려먹는 공장은 그에게 있어서 인내심을 시험하는 곳 이상은 아니었다."(『파업』, 33면) 또한 『철강지대』의 주요무대인 백상중기의 작업 현장을 묘사하고 있는 위의 대목은 과연 압도적이다. 회사 측이 정한 목표량 달성을 위해 '채찍맞은 말처럼' 일하는 노동자들의 긴장감 서린 노동 현장은 '전장'을 방불케 한다. 끝으로 도일석공을 무대로 하고 있는 『활화산』에서 광부들의 일터인 막장은 어둠으로 상징된다. 최소한의 인간다운 삶을 유지하기 위해 탄광굴로 들어가는 광부들을 기다리는 것은 '허기진 육체'와 '처참한 죽음'뿐이다. "일하지 않으면 죽는 것이라고 믿게끔 죽어라고 일만 하도록 길들여진" 광부들은 "삶을 배반당한 사람들"이다.(33면) 이렇게 세 작가가 모두 작품 서두에 근로조건을 서술하고 있는 것은, 노동자들의 무능함이 그들의 고통스런 삶을 조건 짓는 것이 아니라, 사회적 구조와 지배 이데올로기에 의한 것임을 명시하기 위함이다. 달리 말해, 위의 서술은 개별 노동자의 노력 여하와는 관계없이 자본과 국가권력의 결탁에 의해 노예화된 노동자상(象)을 묘사함으로써 노동자가 처한 열악한 현실적 조건을 상기시키고, 그 문제를 부각시키려는 서술전략이라 할 수 있다.

서사 서두의 노동자의 열악한 근로조건에 말미암아 세 소설은 노동자의 산업재해가 노동자 개개인의 과실이 아니라 구조적 착취가 그 원인임을 분명히 한다. 『파업』에서의 영식, 『철강지대』의 권씨, 『활화산』의 김씨는 산업재해를 당한다. 당연한 말이지만 노동자의 열악한 노동환경과 과도한 노동시간은 자연스레 산업재해 발생의 주요 원인으로 작용한다. 하지만 경영자 측은 산업재해의 원인을 노동자의 부주의 탓으로 돌리거나, 재해 이후에는 온갖 협잡을 부려 사후 보상조차 제대로 치루지 않으려 한다.

"그런데도 여러분들은! 자기가 실수해서 다쳐놓고는 부끄러운 줄도 모르고, 치료를 해 달라, 보상을 해 달라, 오히려 큰소리 쳐대니, 얼마나 한심한 노릇이오? 요즘은 어떻게 된 게 툭하면 소송을 걸겠다고 아우성이니 이 얼마나 기막히는 노릇이오? 여러분이 소송하면 이길 것 같소?"

그는 비웃음을 띠고 노동자들을 훑어보았다.

"아니, 세상에, 사람이 가만히 서 있는데도, 사용법대로 사용하는데도 기계가 먼저 날아와 여러분을 때리고, 죽이고 하는 그런 기계도 있소? 일하는 사람이! 일하는 사람이 잘못을 했으니까 사고가 나는 것 아니오! 열이면 열, 백이면 백, 사고조사를 해보쇼! 전부가 일하는 사람의 잘못이지, 기계나 회사는 아무 잘못도 없어! 도대체가 정신상태가 틀려먹었다, 이 말이요!"(『파업』, 22면)

위의 인용은 『파업』에서의 상무 장상필이 안전교육을 명목으로 노동자들을 훈육시키는 대목이다. 여기서 장상필은 노동자의 '정신상태'가 산업재해의 원인이라 책잡고, 산업재해의 원인을 노동자의 부주의로 돌려 구조적인 원인을 은폐시키고 있다. 사측은 영식의 산업재해 보상을 둘러싼 영식 가족과의 협상 도중에, 영식의 삼촌을 꾀어내어 영식의 아버지에게 술을 먹여 제대로 된 보상금을 지급하지 않기까지 한다. 그리고 『철강지대』에서는 권씨가 산업재해를 당해 노조위원장 김병만의 승용차에 태우려 할 때, 승용차 시트에 피가 묻을까봐 전전긍긍 하는 김병만의 모습, 권씨의 "절규하는 듯한 얼굴 위로 동료들을 소떼 몰 듯 기계 사이로 몰아넣던 엔진부장은 얼굴"(64면)을 그리면서 노동자의 비인간적 처우를 극대화시킨다. 또한 『활화산』의 경우, 김씨가 회사의 부조리를 비판한 것에 앙심을 품은 관리자가 김씨에게 가장 위험한 작업을 시킨다. 이는 고의적으로 김씨를 산재로 내몰았다고 볼 수밖에 없는데, 이 사건으로 인해 김씨는 정신이상 증세를 보이고, 이내 그의 가정도 파탄의 지경에 이른다. 회사 측이 의도적으로 불러온 산재라는 걸 알고, 이에 격분한 그의 아들이 관리자 살해를 도모하다 실패하게 되고, 이를 핑계로 회사 측은 제대로 된 보상은커녕 그의 가족을 탄광촌에서 쫓아내려 한다. 이렇게 세 소설 모두 자본가에게 있어 노동자는 언제든 교체할 수 있는 '기계', 망가지면 여지없이 버려야 할 소모품으로 형상화된다. 『활화산』의 다음 대목, 즉 "매 3년마다 6·25전쟁 때 사망자와 맞먹는 수의 노동자가 죽어나가는 산업재해"(상, 33면)라는 표현에서 명시되듯이, 수많은 노동자들의 삶은 권력에 의해 언제든 죽음으로 폐기될 수 있는 벌거벗겨진 존재인 호모사케르에 다름 아닌 것이다. 『철강지대』에서의 "본관을 돌아서자 자욱한 빗발 멀리 엔진부와 주물부 공장이 수용소처럼 섬뜩하게 서 있었다."라는 서술과 『활화산』의 '포로수용소 같은 사택'이란 표현이 단순히 수사로만 느껴지지 않는 것은 이런 까닭이다.5) 랑시에르의 논법에 따라, 프롤레타리아 "그것은 셈-바깥을 가리키는 이름, 내쫓긴 자(outcast)의 이름"으로 "번식하는 자들, 이름 없이 살고, 그 이름을 남기지도 않으며, 도시국가의 상징적 구성 속에서 하나의 부분으로 셈해지지 않는, 그저 살고 번식하는 자들"이다.6) 하지만 자본주의 체제하의 노동자는 일방적으로 자본가의 수탈을 묵묵히 견디기만 하는 존재가 아니다. 맑스와 엥겔스가 『공산주의 선언』에서 간파했듯이 "부르주아지를 무의지와 무저항의 담지자로 하는 공업의 진보는 경쟁을 통한 노동자들의 고립화 대신에 연합체를 통한 노동자들의 혁명적 단결을 가져온다. 이리하여 대공업의 발전과 더불어, 부르주아지가 생산하며 생산물들을 취득하는 기초 자체가 부르주아지의 발 밑에서 빠져나간다. 부르주아지는 무엇보다도 자기 자신의 무덤을 파는 사람들을 생산한다."7) 이는 역설적이지만 구조적 폭력에 의해 양산된 노동자들이 겪는 고통이야말로 오히려 고통을 극복하게 할 동력으로 작동될 것을, 달리 말해 자본주

5) 조르조 아감벤이 『호모 사케르』(박진우 옮김, 새물결, 2008)에서 분석했듯이, 근대 국민국가의 통치권은 벌거벗은 생명을 배제함으로써 포함시키는, 달리 말해 포함적 배제의 형식으로 작동된다. 이는 근대 국민국가 내부의 국민으로 포섭하는 일과 외부로 배제하는 일을 동시에 수행함으로써 유지되는 체제라는 의미다. 나치스가 유대인을 수용소로 보낼 때, 가장 먼저 한 일이 시민권을 박탈했다는 것을 떠올리면, 분단 이후 한국의 노동자들을 배제시키기 위해 '용공'이란 딱지를 붙여 국가의 주적으로 내몬 것은 한국만의 특수한 사례는 아니라고도 할 수 있을 것이다.
6) 자크 랑시에르, 양창렬 옮김, 『정치적인 것의 가장자리에서』, 길, 2008, 140면.
7) 칼 맑스·프리드리히 엥겔스, 김태호 옮김, 『공산주의 선언』, 박종철출판사, 2002, 22면.

의가 어떠한 방식으로 결국은 자신을 파괴시킬 적대를 산출하는지를 암시한다.

4

1980년대에 들어 일명 '학출'이라 불렸던 학생운동가들은 대규모로 노동현장에 투신했다. 이는 70년 전태일 분신 사건, 노동자들의 수기, 광주민중항쟁에 대한 부채 의식 등이 원인이 되어 대학생들이 사회를 비판적으로 인식, 이를 극복하고자 했던 몸부림이었다. 1980년대 노동운동을 연구한 유경순에 따르면, 1980년대 노동운동의 성격을 전환시킨 주체는 학출활동가들로 이들이 바로 80년대 '변혁적 노동운동'을 이끈 주요한 주체였다. 여기서 변혁적 운동이란 "사회주의를 지향하는 노동운동세력이 대중운동과 상호작용하면서 노동자계급의 정치세력화를 추구하는 운동"[8]을 의미한다. "정치세력화란 추상적으로는 노동자계급이 자신의 정치적 이해와 요구를 표출하기 위해서 조직을 형성해 가는 과정이고, 그 궁극적인 목적은 정치권력의 획득과 변화에 있다."[9] 풀어 말해, 정치세력화는 노동자들의 정치의식의 변화를 꾀해 이들을 조직화해 가는 과정 모두를 포함하고 있다고 하겠다. 노동소설 또한 이러한 정치세력화의 과정을 지향하면서 쓰여진 허구적 산물임은 말할

---

8) 유경순, 「1980년대 변혁적 노동운동의 형성과 분화에 관한 연구」, 고려대학교 박사논문, 2011, 10면.
9) 유경순, 위의 논문, 10~11면.

필요도 없을 것이다.

　80년대 대규모로 노동운동에 투신한 학출활동가들은 대부분 중산층 출신이다. 존재론적 층위에서 체제에 친연적인 중상층의 자녀임과 동시에 의식화 과정을 통한 투사적 신념을 지닌 존재가 학출활동가라 할 수 있다. 그렇기에 "정치적 공간으로서 중산층은 정치적인 문제에 대한 비판과 지지, 긍정과 부정, 동일시와 배제, 당혹감과 친연성, 죄의식과 반성 등의 복잡한 감정의 지형도를 보여준다."10) 이는 학출활동가들이 당대 급격히 전개된 정치적 사건들을 응시하면서, "특권을 누리는" 자신과 "고통을 받는" 노동자들이 "똑같은 지도상에 존재하고 있으며" "자신의 특권이" "그들의 고통과 연결되어 있을지도 모른다는 사실을 숙고"한 윤리적 주체였음을 의미한다.11) 학생에서 노동운동가로의 변신, 즉 "학생운동가들의 노동자화 과정은 20여 년 성장해온 자신과 대학생이라는 사회적 신분, 기득권을 전면적으로 부정하고, 새로이 '노동자'로서 자신을 길들이고 훈련시키는 과정이었다."12)

　학출활동가들의 노동자화 과정과 노동자들의 연대를 통한 정치세력화로의 여정은 『파업』, 『철강지대』, 『활화산』의 서사에도 핍진하게 형상화된다. 이는 안재성, 정화진, 이인휘 모두가 학생출신 노동자였기에 가능했으리라 생각된다. 그러면 각 텍스트를 통해 학출활동자들의 노동자화 과정의 면모를 살피면서 그것이 지닌 의미를 고찰해보자. 안재

---

10) 오자은, 「1980년대 박완서 단편 소설에 나타난 중산층의 존재방식과 윤리」, 한국문학사학회, 『한국문학사연구』, 50, 2012, 248면.
11) 수전 손택, 이재원 옮김, 『타인의 고통』, 이후, 2010, 154면.
12) 유경순, 앞의 논문, 130면.

성의 『파업』에는 학출활동가 출신 인물이 모두 네 명이나 등장한다. 허윤광, 정기준, 홍기, 안신숙이 그들인데, 대영철강에 침투한 정기준과 홍기가 서사에 중심적 역할을 하고 있고, 나머지 인물인 안신숙은 홍기의 부인, 허윤광은 홍기의 친구로 그 역할이 미미하다. 80년 당시 학출활동가들은 대부분 불법취업으로 사업장에 침투했으며, 정치적 노선에 따라 활동가들이 제 각각 활동하여 같은 작업장 내에서 학출활동가의 여부를 파악하기가 힘들었다. 『파업』에서의 홍기와 정기준 또한 서사 초기에는 서로를 알지 못했으며, 노동자와의 연대를 다져가던 중에 서로의 존재를 인지하게 된다. 이들은 대영철강 노동자 상섭, 영춘, 진영, 동영 등과 조직한 소규모 써클 모임인 '대영철강 동지회'를 이끌어간다. 홍기와 정기준은 노동자 해방이라는 목적을 이루기 위해 활동을 전개하지만, 그에 가닿기 위한 전략적 방향의 차이로 때때로 충돌한다. '대영철강 동지회' 노동자는 서사 초반부터 관계를 다진 홍기의 지도노선에 따라 선도적 정치투쟁을 전개해나가다 해고를 당하게 된다. 이 해고로 인해 기준과 홍기의 논쟁은 정점에 이르게 된다.

기준이 제기한 문제는 단순히 대영제강의 문제일 뿐만 아니라 현재의 노동운동 전체를 좌우하는 문제였다. 홍기가 관계를 맺고 있던 서노련은 노동자의 독자적 정치세력화를 기치로 부르죠아 민주주의와의 타협을 거부하고 전국적인 전위조직 건설에 나섰으나 가혹한 탄압과 스스로의 이론적, 실천적 지도역량의 한계로 와해되었고 활동과정에 나타난 여러 가지 노선에 대한 비판이 해가 지나도록 계속되고 있었다. 민족문제를 경시하고 노동자만 중요시하여 민족민주혁명의 주요세력이

될 수 있는 제 야당과 민족주의 세력을 배제함으로서 정치적으로 좌익 편향을 가졌다고 비판되었다. 또한 투쟁에 있어서 대중의 상태와 걸맞지 않게 선도적 정치투쟁을 강요한다 해서 역시 좌익모험주의로 비판받았다. 조직도 음모적 지도부의 일방적 명령으로 유지됨으로서 하부의 의견이 무시된다고 비판받았다. 그밖에도 수없이 많은 비판이 쏟아졌다.(『파업』, 116~117면)

위 대목은 기준과의 논쟁 이후 홍기의 상념을 서술한 대목이다. 노동운동을 바라보는 시각과 노선의 간극은 노동해방이란 슬로건으로 봉합될 수 있는 성질의 것이 아니다. 선도적 정치투쟁을 방법으로 걸고 전위를 강조, 노동자의 당을 건설하기 위해 계급투쟁을 불사하고자 한 홍기와 차분하게 현장조직을 다지고 대중조직으로 세력을 확대하여 민족민주 세력의 당을 건설하고자 하는 이른바 경제투쟁에 초점을 둔 기준의 입장은 쉽사리 화해될 수 있는 것이 아니기 때문이다. 그런데 학출활동가 사이의 관념적 노선투쟁과는 다른 실제 현장에서의 경험에 의해 스스로의 시각을 형성해가는 노동자의 모습을 서사화하고 있는 것은 『파업』이 지닌 미덕이라 할만하다. 홍기의 생각을 진리라 믿고 행동하던 동연이 부당 해고 사건 이후, "무조건 싸움을 통해서만 노동자가 단결된다는 식으로 싸움만 강조해온 홍기가 원망스럽기만 했다."(124면)는 부분에서 노동자가 학출활동가에게 단순히 견인되는 존재가 아니라 스스로의 시각을 구축해갈 수 있는 존재이기도 하다는 점을 상기시키기 때문이다.

그리고 진영과 홍기의 갈등 증폭 후 인물들 각자 자신의 시각을 교정해나가는 것은 시사적이다.

　　"진영이 말이 맞아요. 형님, 정말 홍기 형과 저는 조금이라도 잘해
보자고 하는 것뿐이지 세력다툼을 하는 것은 절대 아녜요. 물론 우리는
조직이 서로 달랐고 운동에 대한 시각도 다른 것도 사실이었어요. 저는
대중조직을 만들기 위해 작은 경제투쟁과 조합조직을 중요시했고 홍기
형은 전위조직을 위한 정치투쟁의 훈련을 중요시했어요. 그렇지만 지
난 몇 달 동안 함께 활동하면서 우리는 서로서로 많이 배우고, 또 변화
하고 있어요. 예를 들어 형은 저에게 현장대중의 정서에 맞는 전술을
배우고 저는 그저께 같은 정치적 투쟁이 얼마나 중요한가를 배워 왔던
거예요. 우리는 이제사 서로 배우고 진짜 동지가 되어 가는데 형님들은
그것도 모르고 알력이라고만 생각하시다니 정말로 오해예요."(『파업』,
167면)

　　노동운동의 전위라 스스로 참칭한 수많은 학출활동가들이 자신의 관
념만을 절대적 진리라 간주한 것과 달리, 『파업』에서의 학출활동가들
은 구체적인 실패의 경험을 자기 변용의 기회로 삼는다. 거개의 노동
소설의 지도자격 인물들이 서사 초반부터 말미까지 변하지 않는 '완결
된 인물'임을 감안할 때, 이렇게 자기 변용을 감행하는 인물이 형상화
된 것은 이례적이라 할 수 있다. 이렇게 『파업』은 관념적으로 구획된
학출활동가, 노동자 상에 그치지 않고, 서로가 서로를 변화시킬 수 있
는 존재로 형상화하고 있다.

　　『파업』에서 학출활동가와 노동자의 영향이 전면적이고 직접적으로
형상화된 것과 달리 『철강지대』와 『활화산』에서는 조금 미미한 존재

로 드러난다. 『철강지대』의 학출활동가 승혁은 백상중기의 소규모 써클인 '상록회' 회원들과 긴밀한 관계를 맺지 못하고, 자기 자신에 대한 한계에 깊게 회의한다.

　승혁은 백상중기내에서의 활동도 만족할 만한 성과를 거두지 못하고 있었다. 그래서인지 더욱 난감하기만 하다. 아무리 대기업이라고는 하지만 입사 일 년 동안 핵심적인 조직의 기반도 제대로 다지지 못한 자가 작은 현장이지만 사내 전 노동자에게 숙명적일지도 모르는 결전을 눈앞에 둔 싱싱한 활동가에게 과연 얼마나 도움을 줄 수 있을지에 대한 의문이 떠올랐다.(중략)

　백상중기에서의 활동은 마치 거대한 군단에 도전하는 격이었다. 현장 도처에 회사와 기관의 정보원들이 포진해 있다. 그들 역시 똑같은 작업복을 입고 같은 현장에서 같은 노동을 하므로 그들의 정체를 모두 파악하는 것은 불가능하다. 그래서 활동의 상당 부분에 비밀 유지를 필수로 할 수밖에 없다. 노조의 집행부는 수시로 조합원의 적으로 돌변한다. 어쩌면 어용집행부는 본질적으로 조합원의 적이다. 엄청난 자본의 힘으로 노조마저도 수중에 넣고 다니는 재벌. 그에 반해 이쪽은 폭발적인 잠재력을 갖고 있는 맨몸뚱이의 노동자 군단. 그러나 그 폭발력은 대개는 말 그대로 잠재되어 있을 뿐이었다. 소그룹 몇 개로 그 잠재력을 분출시키려는 건 모험주의적인 기도 이외에 아무것도 아님을 승혁은 너무도 잘 알고 있었다.

　상록회가 백상중기 노조의 실제적인 지도부의 역할을 담당해야 함엔 이론의 여지가 없었다. 그러나 현장의 모든 동료들에게 확고한 신뢰를 얻고 한동아리로 결합되지 못하면 도저히 가공할 물리력과 재력으로 무장되어 있는 상대에게 적수가 될 수 없음도 자명하다. 과학적 이념과 대중적 실천. 그러나 승혁은 수시로 자신의 한계점에 부딪히는 경험을 하곤 했다. 과학적 이념을, 이 땅의 노동자가 가야 할 길은 무엇인지를 설득하기엔 자신의 사고와 언어는 아직도 너무 관념적이다. 안돼, 그들에게서 배우는 자세로 출발해야 한다. 그러나 수시로 발견되는 자신의 모습은 여전히 듣기보다는 떠벌리는 데 몰두해 있고, 포용하기보다는 동료들 하나하나를 재단하기에 바쁘다. 상록회원들의 미숙하면서도 진득하고 포용력 있는 모습을 생각할 때마다 어쩌면 자신은 있으나마나한 존재는 아닐까, 아니 되레 있어서 해가 되는 존재는 아닐까 하는 염려와 조바심마저 들기도 하는 것이다.(『철강지대』, 113~114면)

권력과 자본을 장악한 자본가와 '폭발적인 잠재력'만 지닌 '맨몸뚱이의 노동자 군단'의 결전을 앞둔 시기에 승혁은 패배자 의식에 사로잡혀 있다. "과학적 이념을, 이 땅의 노동자가 가야 할 길은 무엇인지를 설득하기엔 자신의 사고와 언어는 아직도 너무 관념적"이라는 자조섞인 내면은, 여타의 노동소설에서의 학출활동가의 확신에 찬 신념과 대비된다. 노동자들에게 "배우는 자세로 출발"해야 한다는 생각과는 달리, 그들을 "포용하기보다는 동료들 하나하나를 재단하기에 바"쁜 승혁의 모습은 선도적 지식인상과는 사뭇 다르다. 관념적이고 나약한 학출활동가의 모습이 다른 노동소설에서 전혀 드러나지 않는 것은 아니지만, 이러한 형상화에는 나름의 이유가 있을 것이다. 위장취업자라는 신분이 밝혀져 연행된 승혁을 백상중기의 노동자들은 자신들과 전혀 다른 세계의 사람이라 규정한다. 이러한 규정은 학출활동가와 노동자 사이의 연대를 가로막는 장벽으로 작동된다. 존재론적 지반의 차이는 신용할 수 없는 지식인 출신이라는 선입견에서 비롯된 듯하다. 백상중기 노동자와 연대를 이루고 있는 동남전기의 여공 명진의 인식에서도 이런 지점은 드러난다. 명진의 동생 명섭이 대학에 진학하여 장남의 역할을 충실히 수행하려는 포부를 밝히자, "그런 명섭을 이해 못하는 바 아니면서도 명진은 동생이 쫓는 것은 환상일 뿐이라는 생각을 지울 수가 없다. 명섭이 그 환상을 실현하려고 몸부림을 치면 칠수록 명진 자신과는 또 얼마나 이질적인 괴리감이 커갈 것인가. 어쩌면 섬뜩하리만큼 적대적인 가치관으로 만나게 되는 것은 아닐까."(95면) 하고 생각하고 있기 때문이다.

『활화산』에서 또한 노동자와 학출활동가의 계급적 낙차에서 오는 괴리가 존재한다. 도일석공에 입사하기 전 삼미패션에서 함께 근무한 학출운동가 미영(본명은 혜정)에 대한 재욱의 인식은 다음과 같다.

"구류를 살고 나와 영석이를 만났지. 그놈을 따라 나는 공단에 있는 교회로 갔어. 거기엔 삼미 해고자 5명이 있었어. 처음엔 20여 명이 있었는데 모두들 떠나버렸다고 하더군. 무척 안타깝데. 하지만 그들의 마음을 알 것 같았지. 노동자들은 하루라도 벌지 않으면 말할 수 없는 고통을 받는 사람이 태반이야. 어떤 사람은 끼니를 굶어야 하고, 어떤 사람은 동생 학비, 약값, 이루 말할 수 없는 생활의 고통을 당해야 하지. 나같이 혼자 떠도는 몸이라면 버티면 되지만 그렇지 않은 사람들에겐 해고는 사형선고나 마찬가지인 거야. 우린 거기서 매일 같이 라면으로 허기를 때우면서 교육도 받고, 노동자 집회에도 참석했었어. 하지만 대부분 시간이 갈수록 지쳐갔지. 취직하기도 힘들고, 생활은 긴박하게 점점 더 우리를 괴롭히더군. 교회에 오는 사람들은 현정권이 독재정권이며 민주주의를 위해 노동자가 앞장서서 싸워야 한다고 역설했지. 우린 지쳤으면서도 그들의 말을 들으며 무식하고 어리석은 스스로를 탓해야만 했어. 하지만 그 어리석음을 탓하면서도 한 가지 의심에 골몰하기 시작한거야. 그때 나는 너를 생각했지. 우리가 철야농성으로 임금인상 싸움을 거의 승리로 끌어가고 있을 쯤이었을 거야. 물론 노조얘기들을 안 한건 아니지만 너는 갑자기 노조를 만들기 위해 서명 작업과 더불어 싸움을 준비해야 한다고 우겼었지. 지금도 마찬가지지만 우린 당시 노동운동에 대해 잘 몰랐었지. 네 말이 항상 맞는 줄 알고 따르기가 일쑤였거든. 네 말대로 우린 졌어. 헌데 나는 그것이 억울한 것 보다 누군가에게 이용당한 기분이 들었어. 교회에서 교묘하게 우리에게 이래야 한다, 저래야 한다고 말했던 것처럼 말야. 난 그것이 정말 싫었지. 그들이 아무리 노동자를 위해 스스로 고생을 택하고, 아무리 노동자를 위해 옳은 생각을 갖고 있다해도 결국은 자신들의 이상을 위해 때론 또 다른 노동자를 희생시킨다는 생각이 들었지. 난 삼미에서 쫓겨난 아이들에게 영원히 죄스러운 마음을 버릴 수가 없어."(『활화산』상, 105~106면)

위 대목은 삼미패션에서의 노동운동 좌절 후 형기(刑期)를 마치고, 각자의 삶을 살다 재회한 재욱과 미영의 대화 중 일부다. 재욱의 술회는 미영 "자신이 그와 다른 것은 넉넉한 집안에서 자라 대학물을 마셨다는 것밖에 그 이상 다른 것은 없다."(『활화산』상, 93면)고 생각하는 것과 퍽 대조적이다. "사형선고나 마찬가지인" 해고를 당하고, "무식하고 어리석은 스스로를 탓"하고, "독재정권이며 민주주의를 위해 노동자가 앞장서서 싸워야 한다고 역설"하는 지식인의 말을 들으면서, 재욱은 지식인 활동가들과의 괴리를 절감한다. 거기서 더 나아가 "그들이 아무리 노동자를 위해 스스로 고생을 택하고, 아무리 노동자를 위해 옳은 생각을 갖고 있다해도 결국은 자신들의 이상을 위해 때론 또 다른 노동자를 희생시킨다는 생각"까지 하게 된다. 노동해방이라는 목적론이 역사의 필연적 진보라는 것을 노동자에게 강요하고 희생시키려 하는 지식인의 오만함을 비판하는 데서, 재욱이 스스로의 경험으로부터 사회를 인식하기에 이르렀다는 것을 알 수 있다. 미영이 보기에 재욱이 여전히 경제적 투쟁의 이면에 존재하는 정치적 투쟁의 중요성을 인식하지 못하는 것이지만, 거대 담론에 의해 희생적으로 동원되는 개별 주체에 대한 인식을 지닌다는 것은 시사적인 지점이다. 하지만 한 인간이 단일한 주체성을 지닌 존재가 아니라 언제든 변용될 수 있는 유동적인 존재라는 것을 간과하는 것은 문제적이라 하지 않을 수 없다. 이는 지식인 활동가든 노동자든 서로가 간섭하고, 섞일 수 있는 존재의 변용의 가능성을 보인 『파업』과 겹쳐볼 때 더욱 선명히 드러난다. 그리고 『활화산』에서의 학출활동가가 도일석공의 내부가 아닌, 내부서사라 할 삼미패션의 여성 활동가라는 것은 독특한 서사적 설정이라 할 수 있지만 여성 인물들이 서사의 주변으로만 자리매김 되고 있기에 다소 비판받을 여지가 있다고 할 수 있다.[13] 어쨌든 『파업』, 『철강지대』,

---

13) 자본가와 노동자의 이분법적 구도에서 포착되지 않는 여성노동자의 이중적 피착취 (공적/사적 영역), 가령, 퇴근 이후 가사노동을 여성이 전담하거나 노동운동 하는 남성노동자로부터 받는 무시 등은 세 작품 모두에서 드러나고 있다. 『활화산』에서의 미영이 지닌 역할이 지식인 출신 노동자이기에 여타의 여성인물과 구별되는 측면이 있지만, 그녀 역시 투쟁의 중심으로 진입하지 못하는 것은 남성중심적 서사에서의 배제라는 혐의에서 자유롭진 않다. 그리고 『철강지대』에서 동남전기의 여성노동자들을 서사의 한 축으로 배치하고, 여성노동자의 구체적 작업현장과 일상을 핍진하게

『활화산』에 형상화되고 있는 학출활동가들과 노동자의 모습을 통해, 존재론적 지반을 달리하는 존재들이 어떠한 방식으로 상호 절합될 수 있는가 하는 물음에 조금은 근접해 볼 수 있었다. 더불어 학출활동가들이 스스로의 존재론적 기반인 중산층 계층으로부터의 일탈을 감행함으로써, 달리 말해, "삶의 양태를 일정하게 벗어나는, 새로운 것을 시작하는 자발적 활동"[14]으로서의 '행동'을 취함으로써 더디나마 노동자들이 함께 공동의 목표와 기획을 추구해 나갈 수 있게 되었다고 하겠다.

5

앞서 분석했듯이 노동소설은 서사 초반에 노동자의 근로조건을 환기하여 노동자가 처한 비극적 현실을 부각시킨다. 『활화산』의 경우처럼 부조리한 작업량과 비인간적 처우에 대한 노동자의 문제제기에 대해, 자본가측은 간단히 무시하거나 개별 노동자에게 직/간접적 폭력으로 응수한다. 개별 노동자의 간헐적 저항에 처절한 복수로 되갚는 자본가

묘사하고 있지만, 그럼에도 불구하고 여전히 남성노동자의 장소인 백상중기를 서사의 중심에 위치시키고 있기 때문에, 노동소설 전반에 드리운 남성중심주의적 시각은 다소 문제적이라 하지 않을 수 없을 것이다. 스피박이 80년대 한국 노동투쟁의 분석을 통해, 여성 노동자들이 "유능한 노조대표나, 경제적 착취를 막아줄 어떠한 보호막도 갖지 못했을 뿐만 아니라, 그들의 젠더화된 몸은 가족·종교 혹은 국가관계를 포함하는 가부장적 사회관계 속에 놓인 동시에 이 사회관계를 통해 규율"되었다고 비판한 것도 남성중심적으로 구조화된 한국 노동계급의 문제점을 드러낸 것이라 할 수 있다. 스티븐 모튼, 이운경 옮김, 『스피박 넘기』, 앨피, 2005, 186면.

14) 한나 아렌트, 김정한 옮김, 『폭력의 세기』, 이후, 1999, 125면.

측의 행태를 일상적으로 경험하면서 노동자들은 무기력, 체념 등의 정념에 휩싸인다. 하지만 또 다른 한편으로 수치심, 분노의 정념을 느낀다. 인간적 존엄성이 박탈되었을 때 느끼게 되는 수치심, 부정의의 상황에 직면했을 때 솟구치는 분노의 감정은 저항하는 인간이 가질 수 있는 고귀한 정념이라 할 수 있다. 고대 철학자 플라톤은 『국가』에서 분노의 의미를 담고 있는 튀모스(thymos) 개념을 경유해 정의롭고 이상적인 국가 건설을 꿈꿨다. 그에 따르면 분노는 '지나침으로서의 거친 분노'와 '숭고함을 추구하는 고귀한 분노'로 나뉜다. 지나침과 거침으로서의 분노는 만용이 될 수 있는 무모한 기개로 발현될 여지가 있지만, 고귀함과 숭고함을 추구하는 분노는 용기로 이행될 수 있다. 이때 용기로 발현된 분노는 정의와 밀접한 관련을 맺고 있다. 정의로운 자, 다시 말해 "고귀한 사람은 바로 숭고한 목적을 위해 자신의 분노를 억제하거나 그 반대로 분노를 표출할 줄 아는 자이다."[15] 따라서 튀모스적 분노를 용기로 이행시킬 수 있는 주체는 세계의 변혁을 위한 동력으로 분노를 조절, 활용할 줄 아는 자라 할 수 있다.

『파업』, 『철강지대』, 『활화산』의 서사 전개에서 분노는 노동자를 결집시키는 강력한 동력으로 작동한다. 『파업』에서의 영식이 산재를 당한 이후, 노동자들은 열악한 근로조건이라는 구조가 불러온 인재를 노동자의 부주의로만 돌리는 사태에 분노를 느낀다. 하지만 이 분노가 불러올 자본가 측과 노동자들의 적대의 결과로 개별 노동자의 삶이 파탄난 경험을 간직한 자들은, 정의로의 지향을 추구하는 분노 이면에

---

15) 손병석, 『고대 희랍·로마의 분노론』, 바다출판사, 2013, 290면.

두려움을 동시에 느낀다.

　　상섭은 묵묵히 탁자만 내려다보고 있었다. 과연 다시 노동운동을 시
작해야 할 것인가 머리가 무거웠다. 사실 홍기로부터 동해노조에 대해
듣고 난 이후로 밤잠을 이룰 수가 없었다. 마음 한 구석에 억지로 잠들
어 있던 정의감이 꿈틀거렸다. 인간만이 가질 수 있는, 옳은 일을 위해
서는 목숨까지도 바칠 수 있는 고귀한 정신이, 아득한 지난날이 꿈틀댔
다. 그러나 두려웠다. 세상을 지배하는 거대한 힘이 두려웠다. 동해노
조가 무너질 때, 법도 정치도 방송도 아무도 그들을 도와주지 않았었
다. 도와주기는커녕 공산세력이니 용공이니 하며 무자비하게 짓밟아
대기만 했다. 노동자는 아무리 발버둥 쳐 봐야 노동자에 불과하다는 것
을 뼈저리게 보여 주었다. 폭력보다, 해고와 기아보다 더 무서운 것은
그렇게 기를 쓰고 달려들어 봤자 아무것도 변하지 않는다는 사실이었
다.(『파업』, 43면)

　　위 인용은 학출활동가 홍기의 말에 대한 상섭의 반응이다. 여기에는
70년대 민주노조의 선봉이었던 동해철강의 노동운동 경험을 간직한
상섭의 양가적 심리 상태가 잘 나타난다. 부정한 것에 저항하는 "인간
만이 가질 수 있는, 옳은 일을 위해서는 목숨까지도 바칠 수 있는 고귀
한 정신이", "정의감이 꿈틀거"리지만, 동시에 "세상을 지배하는 거대
한 힘"을 두려워하는 인간의 심성이 드러난다. 사실 한국근현대사에서
노동운동은 최소한의 삶을 보장받기 위해 일어났으나 선 경제, 후 복
지라는 슬로건 아래 매번 좌절되고 말았다. 또한 위의 인용에서도 보
이듯, "노동운동이 정치화할 때쯤이면, 보수적 지배권력과 보수언론은

협동작전을 펴서 산업 분야 전반에 걸친 한국식 레드 퍼어지(red purge) 전술인 이른바 '빨갱이'론을 전개하면서 노동운동에 대한 잇따른 억압을 가해 노동운동의 정치화를 극력하게 막았다."16) 하지만 억압에 맞서는 투쟁이 실패 이후에도 매번 다시금 고개를 든 것은, 부조리에 대한 분노와 분노를 행동으로 옮길 용기 자체를 억압적 구조가 말살시킬 수 없다는 것을 반증한다. 어쨌든 홍기와 상섭의 만남에 의해 대영제강 동지회가 서서히 구축되어 갈 수 있었다. 이는 70년대 노동운동의 상징으로서의 상섭, 그(시대)의 실패에서 다시금 희망의 씨앗을 발견하고 계승한다는 시각을 『파업』이 견지하고 있음을 의미한다.17)

전태일의 분신 이후, 노동운동의 전략으로 노동자들은 때때로 분신을 시도했는데 노동소설에서도 분신은 노동자의 힘을 결집시키는 주요 요소로 서사화된다. 『파업』 또한 이러한 노동자 분신 메타포를 활용하여 노동자들의 분노를 정점으로 끌어올린다. 동지회 결성 후 모임 때 『전태일 평전』을 읽고 감명 받은 진영이, 다른 회원들에게 이 책을 선물로 줄 때부터 진영의 분신은 예고된 것이나 다름없다.18) 소수 인원

---

16) 강희원, 「이른바 '정치파업'과 우리 노동헌법」, 『노동법연구』28, 서울대노동법연구회, 2010, 148면. 이 논문에서 강희원은 '정치적 파업'과 '경제적 파업'이라는 이분법적 구분이 갖는 경계가 아주 유동적이고 모호하여, 명확히 구분할 수 없다고 밝히고 있다. 노동자의 이익을 대변하기 위한 투쟁이 자본주의체제 내에서 필연적으로 발생할 수밖에 없음을 독일과 일본의 법철학자들의 논고를 통해 논증하면서, 노동자의 이익이 필연적으로는 민주주의 전체의 이익을 대표하기 때문에 포기할 수 없는 것이라 주장한다.

17) 70년대와 80년대의 노동운동을 단절이 아닌 계승으로 인식하는 것, 또한 앞서 학출 활동가들의 정치적 노선의 차이에도 불구하고 연대를 지향하고 있는 것은, 『파업』이 노동운동이 다양한 차이로 인해 분열하지 않고, 하나의 힘으로 결집되어야 한다는 시각을 지녔기 때문이라 판단된다.

18) 혹자는 이런 식상한 서사 전개가 노동소설의 한계라 여기겠지만, 오히려 이런 익숙

으로 구성된 동지회는 결성 이후, 더 큰 힘을 결집시키기 위해 친목 도모를 주요 목적으로 하는 팔도회원과 손을 잡는 등, 외연 확장을 통해 노동조합을 결성하고자 한다. 노동자들의 이러한 움직임을 포착한 자본가측은 노동자들을 분산시키기 위해 핵심 인물들을 해고하거나 일부 노동자들을 회유해 나간다. 해고된 상섭, 진영 등이 부당해고에 대한 반격으로 출근 투쟁을 전개하나 힘의 균형은 사측으로 급속히 기울어 간다. 진영은 "거대한 자본의 힘이 노동자의 단결을 얼마나 순식간에 파괴하는가"(229면)를 처절하게 느끼면서 다시금 노동자의 단합을 이끌기 위해 스스로 분신을 선택한다. "노—헉—노동자도 인간이다! 인간답게 살고 싶다!"(241면)는 외마디 절규와 함께 진영의 목숨은 사그라진다. 전태일이 그러했던 것처럼 진영은 스스로의 몸을 태워 강렬한 메시지를 던져 노동자들의 고통에 찬 분노를 결집시켜 마침내 노조의 민주화를 이끌어낸다.

『철강지대』에서도 분신 메타포가 활용되고 있다. 그런데 백상중기 노동자의 분신이 아니라 근처 사업체인 경동산업의 노동자 김종화가 분신을 다룬다. 분신이라는 극단적 선택을 할 수밖에 없었던 한 노동자의 장례식장에서 상록회 회원들은, 두려움과 공포, 분노 등의 정념에 휩싸이지만 그 죽음이 단지 타인의 죽음이 아닌 자신들의 문제임을 인식한다.

한 문법을 소설에 도입하는 것이 노동소설만의 특징이라고 해야 할지도 모른다. 기존 소설의 틀에서 벗어나는 노동소설의 서사 전략이 단순히 예술성의 함량 미달이라는 잣대로 비판될 것이 아니라, 노동소설만의 특질로 자리매김 할 수 있을지에 대한 연구가 선행되어야 할 것이라 생각된다. 그리고 이것이 노동소설 일반이 아닌 한국발 노동소설의 특질인지에 대한 연구도 필요할 것이다.

"분명히 누구도 자신할 수 없는 것임에는 틀림없어. 누구든 위험한 영웅이 될 생각을 할 리가 없을 테니까 말이야. 하지만 난 중원이 무심코 한 말이 결코 그냥 지나칠 수도 없는 것이라 생각해요. 왜냐하면 어느 시점엔가 우리들 모두에게 목숨을 담보로 하는 결단의 필요가 생길 수도 있는 것이니까. 그게 준비된 것이었든 아니면 정말 극한적인 상황에서 돌발적으로 나온 것이든 간에 말이야. 신념이라든가 분노 같은 것이 죽음의 공포조차 이길 수 있다는 게 어떻게 보면 남의 얘기가 아니라는 생각을 오늘 줄곧 해왔거든."

"저도 사실 그 생각을 했어요. 하지만 그 결론의 끝에 꼭 찾아오는 또 다른 두려움도 부정할 수가 없던걸요."

재식의 흔들리는 눈동자가 불길을 응시하고 있다. 중철의 시선이 그의 눈동자를 따라갔다. 자신의 십 년 전도 그랬을까 하는 생각이 들 만큼 재식의 눈동자는 맑은 빛을 간직하고 있었다.

"너 혼자만의 느낌은 아닐 테지. 나 역시도 같은 느낌을 받았으니까. 이런 공동묘지에서 태평하게 술을 마시고 있는 우리 모두가 아마 속으론 같은 느낌을 받았겠지. 하지만 그 새로운 두려움조차도 오늘 하루 동안 우리가 삭여야 했던 분노에 비교가 될 수는 없을 거야."

(『철강지대』, 248면)

위의 인용은 백상중기 노동자들이 김종화의 장례식장에서 술을 마시면서 나누는 대화의 단면이다. 한 노동자의 죽음 앞에서 분노를 삭이면서 술잔을 기울일 수밖에 없는 자신들의 무력함에 절망하면서도 극한적인 상황에 직면했을 때 자신의 태도와 행동에 대해 고민한다. "목숨을 담보로 하는 결단"의 순간 두려움과 공포가 드리우겠지만, "신념이라든가 분노 같은 것이 죽음의 공포조차 이길 수 있다"는 상철의 말에서, 부정의에 굴복하지 않을 수 있는 강력한 무기로 분노가 작동될 수 있음을 일깨운다.

하지만 분노라 할지라도, 그 강밀도가 다를 수밖에 없다. 열악한 노동환경에 노출된 노동자들의 가슴 밑에는 언제나 분노가 솟구쳐오를 준비가 되었으나, 노동자는 복종과 굴종의 삶에 길들여진 존재이기도 하기 때문이다. 가령, 『활화산』에서 갱 입구가 막혀 간신히 살아남은 광부들의 성난 분노가 간부의 한 마디 말에 금방 휘발되어 버린다. 결국 분노가 세계의 변혁을 위한 강력한 무기가 되기 위해서는 고도로 단련된 이성으로 통제되는 분노여야 할 것이다.

광부들이 움직이는 역 앞의 모습은 그야말로 아슬아슬했다. 성냥불만 갖다 대도 훨훨 타오를 것만 같은 분노가 혜정의 숨통까지 조여 왔다. 얼마 전 재욱이가 말한 활화산이란 말이 실감이 난다. 그런데, 그런데 싸움의 지도부가 없다. 무섭게 타오르는 불길을 이곳에서 저곳으로 붙일 수 있는 사람도 보이지 않았고, 곡괭이와 삽으로 불길의 방향을 조절하고 통제하는 모습도 보이지 않는다. 자연 발생적인 싸움이란 올바른 지도부가 만들어져 즉시 조직적인 싸움으로 바뀌지 않는 한 언제나 깨지고 만다는 사실을 잘 알고 있는 혜정의 입술은 바싹바싹 타들어 갔다.

시간은 성난 파도처럼 흘러갔다. 가겟집에서 술판을 벌리며 끝장을 봐야한다고 고래고래 소리를 치는 사람들, 그들에게 술을 마셔선 안 된다고 말리는 사람들, 팔을 걷어 부치고 나온 부인네들, 한숨 자다가 놀래서 튀어나온 병반 작업조들, 유난히 더 많이 울려대는 크락숀 소리, 어린 것들의 커다란 눈동자, 철도를 점거할까봐 두려움에 떨고 있는 역원들……. 시간은 그 사이를 뚫고 흐르며 어둠을 몰고 오기 시작했다.

(『활화산』하, 107면)

위는 노사협상의 결렬로 『활화산』의 광부들의 모습을 그리고 있는 부분인데, 통제되지 않는 광부들의 분노 앞에서 미영은 불안을 느낀다. 어느 방향으로 향할지 모를 불길과 같은 광부들의 분노에 찬 술렁임이 조절, 통제되지 않을 때, 다시 말해 즉각 조직적인 싸움으로 전환되지 않을 때 패배당할 것이라 생각하기 때문이다. 이와 달리 정제된 분노는 즉 이성적 통제로 다스려지는 분노는 정의로움의 추구로 나아간다. 상호가 본 박영길의 형상, "주먹을 들어 흔드는 그의 모습과 이글이글 타오르는 눈, 두 발을 힘차게 땅에 딛고 사람들을 향해 뜨겁게 외쳐대는 소리"에서 "바로 아픔을 느낄 수 있는 감정조차도 상실당한, 그래서 조금이라도 인간답게 살기를 가슴 저 밑바닥에서만 품어왔던 광부의 한, 바로 그것"(『활화산』하, 107면)을 느낄 수 있다.

6

근대적 자본주의 체제에서 인간 존재가 스스로의 자립성을 확보하기란 무척 버거운 일이다. 일찍이 베버가 『프로테스탄티즘의 윤리와 자본주의 정신』에서 분석한 바, 근대사회가 극대화된 세계 속에서 인간은 단지 '심정 없는 향락인'으로 전락한 채 관료제 체제의 톱니바퀴로서의 임무만을 수행할 수밖에 없기 때문이다. 『철강지대』의 중철이 "조립공들 전체가 라인에 연결된 부품들 같다는 생각"(107면)을 하거나, 사내 투쟁 때 사람 좋은 백 조장조차 "인간 됨됨이와는 별개"로 칠규와 승혁을 끌고 나가는 데 "최소한 거드는 시늉"(232면)이라도 하지 않으면 안 되었을 거란 인식을 하는 부분에서 사회 전체의 부속품에 지나지 않는 인간의 면모를 확인할 수 있다. 하지만 도저히 빠져나갈 수 없어 보이는 '철의 우리' 속에서 인간이 인간일 수 있는 최소한의 조건은 인간이 감정적 존재라는 것에 있다. 앞선 장에서 살폈듯 분노가 투쟁의 강력한 동력으로 작동될 수 있다는 것, 즉 분노하는 인간인 것과 마찬가지로 '부끄러움을 가진 존재'[19]이기에 인간은 인간다움을 유지할 수 있다. 인간이 이러한 부끄러움을 느끼는 것은 정의롭지 못한 일에 자신이 연루되었다는 자각임과 동시에 자신의 부끄러운 행동이 타자에게 발각되어 창피를 당할 수 있다는 두려움이기도 하다. 그렇기에 『파업』, 『철강지대』, 『활화산』에서 회사 측의 회유로 자신과 동일한 노동계급을 배신했던 인물들이 타자와 자아에게 동시적으로 수치를 느끼고, 새롭게 변모해가는 것을 형상화할 수 있었던 것은 인간 존재가 지닌 기본적 감성에 신뢰를 지녔기에 가능했을 것이라 판단된다.

그리고 이런 정념들과 더불어 이들 작품에서 가장 강력하게 드러나

---

19) 사카이 나오키는 인간이 부끄러움을 느낄 수 있는 존재이기에 타자와의 관계맺음이 가능하다고 본다. 이런 부끄러움을 인간이 지닌 잠재성으로 가정할 때 비로소 자아와 타자의 연대가 형성될 것이다. "통상적으로 열린 사회관계에서 사람은 자신을 타자에 의해 창피를 당하는 자(부끄럽게 되는 자)로 상정하고 있고, 부끄러움을 느낀다는 잠재성을 기초로 해서 타자를 받아들인다. 너와 내가 우연적으로 묶여 있기에, '부끄러움'의 불안은 나와 너의 사회적인 관계 근저에 있는 '정'을 예고한다." 사카이 나오키, 최정옥 옮김, 『일본, 영상, 미국』, 그린비, 2008, 277면.

는 것은 사랑, 정 혹은 우정이라 불리는 존재와 존재 사이의 연대의 고리로 작동되는 감정이다. 이러한 사랑(의 행위)은 "해방과 자유화의 역사적 전진을 옹호하는 힘의 배치"며 동시에 "공통적인 우리의 정치적 기획들과 새로운 사회의 구축을 위한 기초로 작용한다."[20] 『파업』, 『철강지대』, 『활화산』은 모두 사랑의 정념을 통해 노동자들이 각자의 존재적 인식을 변모시키고, 노동자 서로가 사랑의 정념으로 전이되어 가는 과정을 형상화하고 있다.

> 나아가 자신의 주변을 사랑하는 법을 배웠다. 어떤 사람들에게는 경멸과 환멸의 대상일 공장의 모습이 이제 그에게는 너무나 익숙하고 정들어 버렸다. 그는 공장지대의 모든 것을 사랑하게 되었다. 그것들은 더 이상 벗어날 수 없는 자신의 운명이기 때문이었다.
> 제과공장의 유치한 분홍빛 담벼락과 과자 향기를, 참새떼처럼 떠들어대며 아무데서나 하드를 빨아대는 어린 여공들을, 철공장의 용접 불꽃 냄새로 정비공장의 매연 냄새를, 그리고 공장 골목 시멘트 바닥에서 족구하는 점심시간의 노동자들을 사랑했다.(『파업』, 33면)

위의 인용에서 잘 드러나듯이 동영은 누군가에게 있어 "경멸과 환멸의 대상일 공장"을 "벗어날 수 없는 자신의 운명"임을 자각하고, 오히려 노동자가 처한 노동조건 자체를 기꺼이 받아들이고 사랑하고자 한다. 물론 서사 초반에서의 동영의 이러한 인식은 추상적인 차원에 머물러 있다. 이러한 추상적 인식은 고통을 수반한 구체적 경험 이전의

20) 안토니오 네그리·마이클 하트, 조정환·정남영·서창현 옮김, 『다중』, 세종서적, 2008, 417면.

관념성이 지닌 허약성에 다름 아니다. 하지만 노동운동이 전개되어감에 따라 이러한 추상성은 구체적 경험으로 체현된다. 고통이 수반된 노동운동의 구체적 경험은 노동자 자신이 스스로의 한계를 돌파하여 다른 노동자들까지도 변화시키고, 나아가 외부세계를 변모시키는 강력한 동력으로 작동한다. "노동운동이란 사람과 사람 사이의 일"이기에 "우선 사람의 마음을 잡아야 한다는 것", 다시 말해 "뜻이 아무리 옳다 해도 미묘하고 복잡스러운 사람의 마음을 움직이지 못한다면 같이 일을 할 수가 없게"(68면)된다는 홍기의 말에서도, 존재들 간의 사랑 혹은 우정이 밑바탕 될 때라야 존재 변용과 더불어 사회 변화가 실현될 수 있음을 드러낸다. 우정에 기반한 투쟁의 체험이 노동자에게 미치는 영향은 『철강지대』의 동남전기 투쟁 이후 한 여성 노동자의 존재 변화에서도 고스란히 드러난다.

> 작년 임투 때 지역 내 타 노조의 대대적인 지원 덕택에 힘겨운 승리를 이뤄낸 뒤로 재희에겐 새로운 욕구가 하나 더 늘었다. 노동자로서의 자신의 존재와 자신을 싸안고 있는 이 사회를 제대로 알고자 하는 욕구가 그것이다. 작년 봄의 경험은 별 볼 일 없는 여자로서의 공순이일 뿐이라는 자신에 대한 인식을 뿌리째 흔들어놓았던 것이다. 보름 동안 동남전자 마당에서 함께 어깨를 걸었던 수많은 노동자의 모습이, 그리고 결국 요구사항 백 프로 쟁취라는 승리가 확정되는 그 순간이 얌전한 숙녀와 생활력 있는 아내만을 꿈꿔왔던 재희의 심장을 흔들어 놓았다.(『철강지대』, 37면)

앞에서 나타나듯이 사회가 부여한 여성의 자리에 안착하고자 한 재희의 욕망, 즉 "얌전한 숙녀와 생활력 있는 아내만을 꿈꿔왔던" 생각은 노동운동으로 인해 산산이 부서진다. "보름 동안 동남전자 마당에서 함께 어깨를 걸었던 수많은 노동자"와의 연대의 경험을 통해 사회가 부가한 '공순이', '얌전한 숙녀', '생활력 있는 아내'의 자리가 지닌 부당함을 깨우치게 했기 때문이다. 이렇게 우정의 연대에 바탕한 구체적 경험은 재희로 하여금 "노동자로서의 자신의 존재와 자신을 싸안고 있는 이 사회를 제대로 알고자 하는 욕구", 달리 말해 스스로의 주인이 되고자 하는 정치적 주체로의 변용을 욕망하게 한다.

앞선 두 작품에서 뿐만 아니라 『활화산』의 곳곳에서도 존재 사이의 사랑이 노동운동의 중요한 거점으로 드러난다. 그 한 예로 미영은 노동투쟁에서 노동자 사이의 신뢰가 "생각과 의식만으로 생겨나는 것이 아니라 서로에 대한 무한한 애정 속에서 싹튼"(상, 102면)다는 것을 깨닫는다. 이렇게 다른 존재에 대한 애정, 혹은 "우정은 우리의 고유한 존재감 속에서 친구의 존재를 함께-지각하는 심급이다. 그러나 이는 우정이 존재론적인 동시에 정치적인 수준을 가짐을 의미한다."[21] 이러한 존재 사이의 존재론적 지각은 다른 한편으로 우정의 결사체를 형성시킬 동력으로 작동되어 정치적인 수준으로 고양된다. 타자에 대한 일방적 동정이나 연민의 정념이 아니라, 다른 존재와 함께 지각한다는 것은 존재들이 서로 간섭받으며 스스로를 탈각시킴과 동시에 외부의

---

21) 조르조 아감벤, 양창렬 옮김, 『장치란 무엇인가? 장치학을 위한 서론』, 난장, 2010, 63면.

부조리에 저항하여 새로운 길을 내고자 하는 열망을 불러일으킨다. 이러한 지점을 미루어보아 『파업』, 『철강지대』, 『활화산』이 구체적 서사는 달리하지만, 거대한 자본의 외압 앞에서 쪼그라든 인간이 다시금 스스로를 인간이라 선언하고 사람다운 삶을 영위하고자 하는 고귀한 희망을, 온몸으로 투쟁한 작지만 거대한 인물들로부터 환기시키고 있다는 데서 공통적인 지반을 공유하고 있음을 알 수 있다.

이 글은 가까운 과거에 쓰여졌지만 너무 일찍 망각되어버린 80년대 작품인 『파업』, 『철강지대』, 『활화산』을 읽고, 작품에 내장된 의미를 새로이 부각시키려했다. 이를 통해 복잡한 사회, 경제, 정치적 문제의 분석에 앞서 인간이 인간다운 삶을 살고자 욕망할 수 있다는 것, 그 인간다움을 추구하는데 장애가 되는 외부적 조건들에 맞설 수 있는 분노와 용기를 지닌 존재라는 것, 그리고 인간이 그러한 희망을 함께 품고 사랑하고 연대할 수 있는 능력을 지닌 존재라는 것을 알 수 있었다. 이러한 작품과의 대면을 통해 체제가 지닌 구조적인 문제에 눈을 감아버리고, 개인적인 안락한 생활만을 좇는 오늘날의 우리의 일그러진 욕망을 성찰하고, 자아와 구조를 변용시킬 수 있는 계기가 될 수 있을 것이다. 그렇기에 이미 지나간 패배한 노동운동의 한 마디로서의 노동문학을 향수하거나 폐기하는 방식이 아닌, 현재적 필요에 의해 새로이 가필함으로써 새로운 역사를 만들어가는 동력으로서의 노동문학을 전유해야 할 것이다. 80년대의 시간이 결코 지금과 시간과의 단절이 아닌 억압의 끈질긴 역사이기에 우리는 새로이 그 시간을 쪼개고 덧붙임으로써 새로운 시간과 세계로 향한 희망을 품을 수 있을 것이다.

읽힌 것과 읽히지 않은 것

이
희
원

"데모스가 오클로스에서 스스로를 분할하는 힘으로서 사회에 존재하는 한,
그 사회에는 민주주의가 있다."
– 랑시에르, 『정치적인 것의 가장자리에서』 중에서

1. 2000년대의 1980년대

1980년대는 '민주화 투쟁'의 시대였다. 1960년대 이래 정권을 잡은
군인 출신 대통령들은 국가 경제 개발이라는 명분을 내세우며 폭압적
인 통치를 마다하지 않았고, 그 흐름 속에서 80년대가 되면 정치계, 학
계, 문학계 그리고 노동 현장 등 사회 곳곳에서 민중들의 정치의식이
구체적인 사회적 행동으로 뿜어져 나왔다. 그래서 문학 작품에서는 민
중들이 권력자나 자본가에 의해 어떤 식으로 억압을 당하고 있는지를
폭로하고 그 상황을 타파하기 위한 행동을 촉구하는 작품들이 중요시
되었다. 그런 점에서 이 시대 문학의 존재 이유는 사회적 힘을 만들어

내고 그것을 결집하는 것에 치중해 있었다고 할 수 있다. 그러나 80년대 말에 이르면 집권층의 유화 정책[1], 민주화 운동 집단의 내부적 모순과 균열[2], 그리고 사회주의권의 몰락 등과 때를 같이 하여 투쟁적인 민주화 운동은 점차 그 영향력을 잃게 된다. 대신에 정치적 집단의 프로파간다에 묻혀있던 개인 내면의 문제가 관심의 대상이 되었고, 신자유주의식 자본주의 가치관이 사회를 장악하게 된다. 문학 장의 핵심어 역시 이것들과 연동하게 되면서 문학계에서는 80년대식의 문학 구호들이 보지 못했던 면들이나 외면했던 것들에 대한 이야기들이 부상하게 된다.

그런데 최근 들어 문학 비평계나 학계에서 1980년대를 재조명하는 작업들이 활기를 띠고 있다. 이미 그 사회적 효용 면에서 시효를 다했다고 치부되고 과거 속에 묻혔던 80년대를 다시 호출하고 있는 오늘날 문학 비평계의 동향은 분명 80년대 민주화 열기가 '지금'을 반영하는

---

1) 80년대 초반의 민주화 운동은 군부 독재 정권에 의해 큰 탄압을 받아 70년대에 이루어 놓았던 민주화의 싹이 큰 피해를 입는다. 이에 운동권은 70년대보다 조직적으로 강고화 된 체제를 구성하여 민주화 운동을 진행하고 이것이 6월 항쟁과 연동하게 되면서 1987년 7월 전국 노동자 대투쟁으로까지 이어져 노동자 운동의 힘이 커진다. 그 결과 임금 인상, 자주 노조 결성, 근로조건 개선 등의 성과를 얻게 된다. 이 시기에 정권은 6・29 선언을 하는 등 노동자나 사회 운동 세력들과 소통하려 하는 유화 정책을 펴게 되지만 그것도 잠시일 뿐, 경기 불안정과 독점적 자본 및 권력에 의해 정권은 공안정국을 장기화하려 하고 다시 정국은 얼어붙게 된다.(김영희, 「한국 현대 노동소설 연구」, 경남대학교 박사학위 논문, 2008, 18~25면)
2) 민주화 운동권과 노동 운동 조직은 80년대 중반 이후, 조직과 활동 영역이 커지고 그 성격이 과격화되면서 내부적으로 갈등이 커진다. 특히 활동 과정이 급진적으로 되면서 대중과 연계되지 못한 채 집단의 소수 지도부가 무리하게 활동을 이끌어가는 일이 자주 발생하면서 운동권 내부나 정치 운동권과 노동운동 사이의 분열이 심화되어간다. (유경순, 『1980년대 변혁적 노동운동의 형성과 분화에 관한 연구』, 고려대학교 박사학위 논문, 2011, 5장; 전승주, 「1980년대 문학(운동)론에 대한 반성적 고찰」, 『민족문학사연구』53호, 2013, 390~391면 참조)

지점이 있기 때문일 것이다. 80년대가, 60년대부터 진행되어왔던 위로부터 통제된 강력한 경제개발 정책에 희생되어 온 많은 사람들의 사회적 비판의식에 의해 직접적으로 타올랐다면, 지금 2000년대에 떠오르고 있는 80년대에 대한 관심은 오늘날 세계를 휩쓸고 있는 신자유주의식 자본 증식 논리 속에서 끊임없이 파편화하는 개인들이 피부로 느끼고 있는 위기의식에 토대를 두고 있다. 이러한 현실에서 오는 사람들의 위기감은 '개인'의 힘으로 문제적인 현실에 대응하는 것에는 분명한 한계가 있다는 점, 그리고 사람들과의 공동체 의식을 만들고 구체적 실천으로 현실을 변화시켜야 한다는 것에 대한 각성 등과 연결된다. 그 정도나 수준에 관한 문제는 차치하고, 민주화 운동으로 사회가 하나 되었다는 기억을 간직하고 있는 80년대가 오늘날 호출되는 것은 이러한 사회적 분위기 속에서이다. 그렇게 볼 때 80년대에 대한 사람들의 관심은 우연이 아닌 필연이라 할 만하다. 그리고 지금 우리 사회가 기대고 있는 민주주의의 기본 바탕을 만들어내었던 시기가 바로 80년대이기에 오늘날에 와서 이 시대를 다시 본다는 것은 우리 현실이 안고 있는 구조적 문제에 대해 사람들이 근본적인 성찰을 하고자 하는 의지를 모으고 있음을 보여주는 현상이다. 따라서 다시 공동체와 집단의 정치적 실천에 대해 사람들의 관심이 집중되는 이 시기에 80년대를 다시 살펴보고 그 속에서 오늘날 우리들에게 유의미한 교훈을 도출해보는 것은 매우 중요한 작업이라 하겠다.

물론 이 과정이 80년대식 정치운동 및 그 일환으로서의 문학적 실천의 형태로 지금 이 땅에서 똑같이 실현되는 것은 불가능하고 동시에 불필요하다. 오늘날 사회의 억압적 권력 구조가 현실에 대응하는 양상은 과거에 비해 자못 세련되어졌고, 사람들 각자가 가진 내면의 풍경도 80년대의 사람들과는 달라졌기 때문이다. 지금 우리가 80년대를 불러내는 이 필연적인 움직임은 노동과 정치가 사람들의 가슴 속에 사회 변혁적 불을 지폈던 그 시대를 구체적인 시선으로 통찰하고 비판하면서 이 시대에 필요한 정신을 계승하는 쪽으로 나아가야 할 것이다. 그래서 80년대에 가능했던 공동체 구성의 힘을 배우고, 그때의 노력이 간과했던 지점들을 짚어가는 과정이 필요하다. 2000년대에 다시 읽는 80년대는 이 전제 하에 진행되어야 한다.

　노동자 수기는 이러한 의지를 토대로 재독해야 할 1980년대의 중요한 문학적 성과이다. 앞서 언급했듯 60년대에서 80년대 말에 이르기까지 군부는 '반공'과 '경제개발'이라는 미명하에 민중들에게 절대 복종을 요구하였고, 문학의 사회비판적 목소리를 철저히 억압했다. 이러한 억압에 대한 대항 활동으로 당시의 문학 장에서 확인할 수 있는 중요한 움직임은 무크지 운동과 노동자 수기의 활성화이다. 이 두 움직임은 한국 문단을 이끈 비평계의 두 축이었던 잡지 『창작과 비평』과 『문학과 지성』이 1980년 8월, 정권에 의해 강제 폐간된 이후, 새로운 출판 경로로 현실 비판 정신을 일신하고자 했던 사람들의 자발적 의지에 의해 일어난다. 무크지가 정기간행물 출간을 금지하는 법망을 빠져나와 다양한 지역에서 여러 문학가들의 현실 비판 논리를 출판할 수 있었다는 점에서 의미가 컸다면, 노동자 수기는 사회 구조적으로 억압받으며 자신의 목소리를 낼 능력도 여유도 의지도 없다고 치부되었던 노동자들이 스스로 그들이 처한 지난한 노동 현장 경험과 사회 비판의 목소리를 직접 담아 낸 출판물이라는 점에서 문학사적으로 중요한 의의를 가진다.

문학장에서 노동자 수기가 등장하는 것은 1970년대 후반부터 잡지 『대화』등에 노동자들의 글이 실리면서부터이다. 그리고 이 글들은 80년대가 되면 다수가 단행본으로 묶여 쏟아져 나오게 되는데, 유동우의 『어느 돌멩이의 외침』, 송효순의 『서울로 가는 길』, 석정남의 『공장의 불빛』, 장남수의 『빼앗긴 일터』 등이 대표적이다. 야학이나 산업선교회 등에서 노동자들의 짧은 글들을 묶은 문집인 『비바람 속에 핀 꽃들』, 『인간답게 살자』, 『그러나 이제는 어제의 우리가 아니다』 등도 이 예에 속한다. 뿐만 아니라 노동자들의 수기는 무크지에 '생활글'이라는 표제 하에 지속적으로 소개되기도 한다.

사회적 모순을 얼마나 제대로 반영하고 비판하는가 하는 점이 문학 작품의 가치를 평가하는 주요한 지점이라고 할 때, 당대의 사회적 문제를 오롯이 살아내고 있던 노동자들이 스스로 자신의 이야기를 썼다는 것은 그 자체로 작품의 사회적 효용을 담보했다. 그렇기에 수기는 많은 노동자들에게 친밀한 공감을 불러일으켰고3), 그들을 그러한 상황

---

3) 노동자 수기들은 70년대와 80년대에 걸쳐 대부분 금서 목록에 들어가 있었다.(김원, 『여공 1970 그녀들의 反역사』, 이매진, 2006, 652~656면; 정종현, 「노동자의 책읽기」, 『대동문화연구』86집, 성균관대학교 대동문화연구원, 2014, 95~98면) 그럼에도 불구하고 노동자들의 회고를 보면 노동자들이 당시에 자신과 같은 처지의 노동자들이 쓴 수기인 『어느 돌멩이의 외침』, 『서울로 가는 길』, 『어느 청년노동자의 삶과 죽음』 등을 많이 읽었다고 언급하고 있다.(유경순 엮음, 『같은 시대, 다른 이야기-구로 동맹 파업의 주역들, 삶을 말하다』, 메이데이, 2007, 82면, 111~112면, 243면; 김원, 앞의 책, 657~658면) 수기나 노동자 글모음집 등을 보면 이들이 다른 노동자들의 수기를 읽고 그것을 통해 자신의 부당한 노동 현실에 눈을 뜨고 사회비판의식을 키우는 부분을 자

속에 떠밀어대고 있는 현실에 대한 사람들의 비판 의식을 각성시켜주
었다. 그리고 노동자들이 처한 구체적 현실을 실감하지 못하던 문학가
들에게 많은 자극을 주었다.4) 그렇기에 수기는 등장 이후 지속적으로
출간되고 읽혀졌던 것이다. 따라서 이 수기들은 노동자들이 문학 작품
의 서술주체가 되었다는 점과, 기존 문단계가 지식인들 내부에서 그들
만의 언어로 구성되면서 가질 수밖에 없었던 폐쇄성과 도식성을 깨뜨
렸다는 점에서 그 의미가 컸다. 즉 노동자 수기는 이전의 문학이 갖지
못했던 '현장성' 혹은 '실천성'이 가치 판단의 핵심이 되어 다양한 논
의들을 산출했던 것이다.5)

　이러한 논의들은 분명 노동자 수기의 탄생 경로와 그 지속적인 생명
력의 원인을 설명하는 중요한 지점이다. 하지만 이러한 입장만으로 수

　　주 확인할 수 있다. 장남수의 『빼앗긴 일터』에서 필자가 석정남과 유동우, 그리고 전
　　태일의 수기를 읽고 노동자들의 직시하게 되는 부분이 그 구체적 예가 될 것이다.
4) 홍정선은 노동문학에서 현장성과 운동성을 가장 핵심적 요소로 여기는 것이 70년대부
　　터 지식인들이 진정한 문학 혹은 행동하는 지식인으로서의 정체성을 문학적으로 형상
　　화하는 것에 어려움을 겪었기에 현실 인식적 기능과 정보전달 기능이 극대화된 노동
　　자 수기나 르뽀가 중요시 되었다고 본다.(홍정선, 「노동문학의 정립을 위하여」, 『민중,
　　노동, 그리고 문학』, 지양사, 1985, 156면) 그리고 황광수도 이 시기 소설의 침체와 노
　　동자 수기의 강세가 작가들의 노동현장에 대한 체험 공간의 상실에서 비롯되고 있다
　　고 논한다.(황광수, 「노동문제의 소설적 표현」, 위의 책, 317면) 이러한 주장은 80년대
　　초반에 문인들에 의한 노동소설의 성과가 크지 않은 채, 노동자들의 수기가 많이 읽히
　　고 논의되었던 사실은 이러한 입장의 근거가 된다. 이에 반해, 문인들의 민중에 대한
　　지향성이 문인들 혹은 문학 작품에 대한 부정으로 번져서는 곤란하다는 점을 상기하
　　는 입장들도 다수 제기된다.(백낙청, 「민족문학과 민중문학, 『자유의 문학 실천의 문학』,
　　자유실천문인협의회, 이삭, 1985; 임헌영, 「노동문학의 새 방향」, 『노동의 문학 문학의
　　새벽』, 자유실천문인협의회, 이삭, 1985 등 참조)
5) 노동자 수기에서 현장성과 실천성은 80년대 당대는 물론이고 오늘날에 이르기까지 대
　　부분의 논자들이 가장 중점적으로 인정하는 노동자 수기의 문학적 가치이다.(박수빈,
　　「1980년대 노동문학(연구)의 정치성」, 『상허학보』37, 상허학회, 2013 참조)

기의 가치를 모두 아우를 수는 없다. 그렇게 되면 이 시기 노동자 수기는 민주화 혹은 노동자 투쟁을 강화하는 현장 자료로 수단화 되고, 기존의 문학 작품 평가의 잣대로 수기의 예술성을 논의하는 것에 그치기 때문이다. 확실히 노동자 수기는 80년대 중반을 넘어서면서 그 길이가 짧아지고 내용상 불합리한 노동 현장을 고발하여 노동자들의 각성을 호소하는 것으로 고착화되는 경향이 있다. 이는 분명 노동자 수기가 당시 정치적 필요에 의해 그 성격이 동일화되었음을 보여주는 증거이다. 그러나 지금 이 자리가 오늘날 우리 현실을 민주화 하는 것에 의지를 다지고자 80년대의 주요 움직임을 살펴보는 자리라면, 80년대 초반에 쏟아져 나온 노동자 수기를 새롭게 보는 것이 필요하지 않을까 한다. 그리고 이는 애초에 노동자들이 수기를 쓰고자 했던 의지의 추동력이 무엇인지에 대해 있는 그대로 살펴보는 것에서 시작해야 할 것이다. 그리고 그것은 80년대의 정치적 이데올로기나 기존의 문학 논리가 포착하지 못했던 면을 살피는 속에서 가능할 것이다.

이러한 관점을 바탕으로 여기에서는 당시에 등장했던 주요 노동자 수기인 송효순의 『서울로 가는 길』, 석정남의 『공장의 불빛』, 장남수의 『빼앗긴 일터』를 살펴보고자 한다. 이 작품들은 공통적으로 70~80년대에 공장에서 노조활동을 하다가 해고되어 복직 운동을 했던 여성 노동자들이 노동자로서의 자기 정체성을 확고히 하면서 자신의 경험을 장편 수기로 묶어낸 것 들이다. 이 자리를 통해 노동자들이 수기의 형태로 표출하고자 했던 그들의 고민과 의지가 무엇이었는지를 생각해보고자 한다. 이곳에는 아직 거대 담론의 질서에 따라 윤색되지 않은 노동자들의 온갖 감각들의 소용돌이가 응축된 당대의 생생함이 있는 자리이기 때문이다. 이 분유의 현장에서 그때를 호흡하고 지금을 재고해 보자.

2. 절합의 에크리튀르

80년대의 정치적 뜨거움 속에서 '노동자'는 시대의 부조리가 인간들의 삶을 어디까지 비인간화할 수 있는지를 보여주는 증인이었다. 이들의 수난사는 시대의 부패상을 드러내고 비판하는 핵심적인 키워드였으며, 노동자라는 이름은 하나로 묶여 호명된 정치적 공동체였다. 그래서이들이 써 낸 수기에서도 그러한 통일된 정치적 단결 의지가 강하게드러날 것이라고 생각하게 된다. 실제로 80년대 전체에 걸쳐 만들어진노동자 수기는 그러한 운동성을 기조로 하고 있다. 그러나 그러한 관점에 의지하여 이 글들을 보게 되면 애초에 이와 같은 글들이 담고 있는 많은 의미들을 묻어버릴 가능성이 많다.

여기에서는 그 이전 시대에는 등장한 바 없었던 노동자 수기라는 글쓰기를 되도록 그 자체로 살펴보고자 한다.6) 시대적으로 어떤 한 장르

---

6) 김성환은 이 당시 노동자 수기가 "이데올로기로 환원되지 않는 개인의 고유한 성격과 역사를 형상화하는 담론 행위"라고 보고 이들의 글쓰기에서 '다중적 서술태도'를 찾아 내는데, 그것이 내용상 형식상 일관성이 없는 노동자들의 글쓰기 형태라고 보는 것에 서 논의가 그친다.(김성환, 「1970년대 노동수기와 노동의 의미」, 『한국현대문학연구』 37, 한국현대문학회, 2012) 그리고 노동 수기 형식은 이데올로기적 실천을 지향하기 위해 쓰인 것으로 보기 때문에 형식 자체보다는 내용적 측면에 치중해버리는 면이 있

가 부상하는 것은 단순한 우연의 결과가 아니다. 랑시에르에 따르면 한 사회에는 "어떤 공통적인 것의 존재 그리고 그 안에 각각의 몫들과 자리들을 규정하는 경계설정들을 동시에 보여주는 감각적 확실성의 체계"[7]가 있다. 그는 이를 '감성의 분할'이라 부르는데, 이 분할은 각각의 사회 구성원들에게 시공간의 배치와 정치적·사회 규범적 몫을 분배하면서 동시에 제한하는 사회 구조 전체의 틀로, 우리는 이를 선험적인 형식 체계로 받아들이게 된다. 예를 들어 80년대의 공장 노동자들이 공장의 비인간적인 노동의 규율들을 억지로 내면화하고 그것에 맞추어 소위 모범 노동자가 되고자 애쓰는 양상, 사용자들이 노동자를 기계 부속품처럼 여겨도 된다는 인식, 공돌이 공순이는 무식하다는 사람들의 통념 등은 노동자에 대한 당대의 감성 구조를 절대화할 때 보여주는 행동 양태이다. 그러나 이러한 감성의 분할이 말 그대로 선험 '적'인 것이지 '선험'의 것이 아니라면 이야기는 달라진다. 이에 대해 논하기 위해 랑시에르는 예술적 실천에 대해 이야기한다. 그에게 있어 예술적 실천은 "행하는 방식들의 일반적 분배 가운데 그리고 존재 방식들과 가시성의 형태들과의 그 관계들 가운데 개입하는 '행동 방식들'"[8]이다. 이는 예술의 생생함이, 고정 불변의 것으로 보이게 분할해 놓은 사회 체제들에 개입하여 그 분할들을 파괴하면서 기존의 정치 체제나 동일성의 가치들을 무규정적인 혼란 상태로 이끌어 새로운 의미

다.(김성환, 「새로운 글쓰기 양식이 이끈 인식 지평의 확대」, 『실천문학』108, 실천문학사, 2012.)

7) 자크 랑시에르, 오윤성 옮김, 『감성의 분할』, 도서출판b, 2008, 13면.

8) 위의 책, 15면.

를 창출할 수 있는 가능성을 실천하는 방식이 된다는 말이다. 그가 미학적인 것에서 민주주의 체제를 찾고 있는 것은 이러한 새로운 감성 분할의 가능성이 예술 속에 있기 때문이다. 이에 따르면 문학의 사회적 급진성은 새로운 형식 속에 새로운 내용을 담아 현실을 반영·표현하는 과정 속에 있다. 익숙한 기존의 틀이 아니라 현실을 다르게 바라보고 새롭게 해석·판단할 수 있는 힘이 현실을 변화시키는 추동력이 되는 것이다. 따라서 노동자들이 이 시기에 자신들의 이야기를 기록하여 새로이 문학적 서술주체로 선 것은 이들이 시대의 감성을 새로이 분할해내고 있음을 보여준다. 때문에 우리가 이 수기들 속에서 노동자들이 노동에 대해, 그리고 사회에 대해 만들어낸 감성 구조를 파악하고자 한다면 이 작품들의 형식과 내용이 어떤 식으로 직조되고 있는지, 그리고 그것이 반영하는 의미는 무엇인지를 살펴보아야 할 것이다.

구성면에서 이 수기들의 두드러지는 특징은 작품 속에서 다루는 사건이나 인물, 서술 방식이 일정한 중심을 갖기보다는 다양한 요소들이 병렬되는 양상을 보인다는 점이다. 서술 주체의 측면에서 볼 때 이들 수기는 기본적으로 필자가 1인칭 시점의 위치에서 자신의 기억과 경험을 소개한다. 그러나 서술의 상당 부분에서 다른 노동자의 이야기도 서술자 자신의 이야기만큼이나 길게 직·간접인용의 형태로 제시하고 있다. 그 구체적인 예는 수기에서 서술자가 노동조합 운동의 와중에 노동자들을 한명씩 일일이 소개하는 부분에서 확인할 수 있다. 송효순의 『서울로 가는 길』에서 필자는 노동자들이 노조를 결성한 이후 참가하게 된 수련회를 소개하면서, 함께 한 사람들 여러 명의 사연을 길게 전달하고 있다. 공장을 고발한 노조 활동가들 15명이 힘든 일만 골라 파견 근무를 하고 결국 오산공장으로 쫓겨나다시피 한 부분을 서술할 때에도 각 인물들의 이름을 소개하며 그들의 사연을 서술한 것이 내용의 중요한 부분을 차지하고 있다. 마찬가지로 석정남의 『공장의 불빛』에도 필자 자신의 경험뿐 아니라 순애, 연봉, 문명순, 영순, 용자 등 동료들 각자의 사연과 그들의 생각, 그들과 필자와의 관계 등이 구체적으로 많은 부분 서술된다. 『빼앗긴 일터』에는 노조 활동을 하다가 감옥에 가게 된 필자 장남수가 그곳에 함께 간 동료와, 거기서 만난 가난하고 힘없는 자들 한명 한명의 사연을 상세히 서술한다. 일견 비슷해 보이는 이들의 사연이지만, 수기에서 그것들은 서술자의 목소리로 통합·해설되지 않는다. 오히려 필자는 각자가 처한 상황을 그대로 상세하게 전달하는 것에 치중한다.

이들이 경험하는 사건의 측면에서 살펴보면 기본적으로 노조 활동 소개를 목표로 하고 있다. 그래서 이들이 노조를 꾸리는 과정이라든지 공장측에 의해 열악한 상황에 놓여 있는 현장 상황, 노조 활동을 방해받고 해고되는 일련의 과정이 서사의 전체 틀을 구성하고 있다. 이런 점들은 80년대 경제적 발전 논리가 가진 많은 폭력적 지점들, 그리고 열악한 현실을 돌파하기 위한 노동자들의 노력이 어떠한 것들이었는지를 구체적으로 실감할 수 있게 해 준다. 하지만 내용 속에는 그런 부분들 뿐 아니라 그들이 진행했던 봉사활동, 모금활동, 견학, 소풍, 기숙사 생활, 체육대회, 학원이나 야학에서 공부할 때의 소소한 즐거움들, 탈춤을 비롯한 취미를 배우는 일 등 그들이 개인적으로 혹은 그들끼리 즐겁고 재미있는 생활을 하는 모습들도 많이 소개되고 있다. 때문에 수기 속에서 많은 노동자들의 이름이 각자의 개성을 지닌 채 호명되고 있고, 억압적인 현실에 분노하고 시위하는 모습만큼이나 스스로 각자의 삶을 즐겁고 아름답게 꾸려가는 과정들이 서사 속에 병렬되어 있다. 이처럼 초창기에 보이던 노동자 수기들에는 많은 사람들의 사연이 각종 사건이나 상황들 속에 다소 혼란스러울 정도로 가득 담겨 있다.

또한 이 수기들에는 아무런 망설임이나 여과장치 없이 이질적인 장르의 글들이 섞여 들어오는 형식상 특징이 보이기도 한다. 세 작품 모두 기본적으로 서술자의 가난한 어린 시절이나 공장의 혹독한 노동 환경 등 그들이 처해 있던 열악한 현실과, 그로 인해 겪을 수밖에 없는 사회적 열등감을 보여준다. 그리고 야학이나 교회를 통해 불합리한 사회 구조의 문제를 깨닫게 되면서 자신을 '노동자' 계층으로 인식하고 스스로의 권리를 자력으로 찾겠다는 의지를 실천하는 과정이 서술된다. 이때 이 내용은 일기 혹은 회고록에 가까운 형식을 취한다. 즉 서술자들이 그들의 삶 앞에 나타나는 문제들에 맞설 때 일어나는 희로애락의 온갖 감정들을 오롯이 드러내고 있는 것이다. 그런데 노조 활동을 소개할 때에는 서술자가 직접 받은 노조간부 교육 내용을 있는 그대로를 글로 옮기는 양상을 공통적으로 보이고 있다. 즉 교육 참가자들을 대상으로 전문 강사가 나와 노조의 의미와 현황, 노조 운동을 할 때 가져야 할 마음가짐 등을 가르치는 부분의 경우 강사의 목소리를 그대로 글로 옮겨 놓는 것이다. 교육 중 보고 읽은 영화나 책에 대한 소개 등도 보이고, 교육을 받은 이후 사람들끼리 모여서 그 내용에 대해 토론하는 내용은 대화체로 수기 속에 담겨 있다. 이 뿐만 아니라 그들이 서로 나눈 편지, 그리고 기도문도 작품 속에 오롯이 들어와 있다. 노동자들이 자신들이 겪은 불합리한 현실을 폭로하는 연극이나 탈춤을 직접 만들어 무대에 올리는 활동을 했을 때에는 그것의 시나리오를 그대로 보여준다. 또한 노조의 간부들이 감옥에 가게 되어 법정에서 듣게 되는 판결문이나, 간부들의 최후 변론 등이 오롯이 수기에 옮겨지기도 한다.

이와 같이 이들 작품 속에는 여러 주체들의 이야기, 노조 활동의 다양한 면면이 여러 글쓰기 양식을 통해 서술되고 있다. 이는 언뜻 보기에 스토리의 기승전결 구도가 제대로 완결되지 않고 조각난 사건들이 긴밀한 연관성을 갖지 못한 채 나열된 것으로 보일 수 있는 위험을 담고 있다. 즉 필자 혼자의 주장이나 관점이 글의 전체를 관통하기 보다는, 여러 동료들 각각의 목소리나 노조의 노련한 전문가들의 관점, 동료들과 합심해 만든 창작물, 법정 소식 등이 서술의 인과 논리, 즉 사건과 사건, 발언과 발언 사이의 연결고리에 대한 구애됨 없이 병렬적으로 제시되고 있는 것이다. 이는 각각의 이야기들이 긴밀하게 연결되기 보다는 절합, 즉 분절되면서 결합되어 있다고 할 만하다.

수기의 내용을 미루어 보건데 서술자들은 대개가 '문학 소녀'로서의 꿈을 가지고 있었고 쓰기와 읽기에 관심과 재능을 보인 자들이다. 즉 이들은 고등 교육을 받지는 못했지만 다른 노동자들에 비해 책이나 문학적 글쓰기와 꽤 친숙한 사람들이라 할 수 있다. 따라서 이들이 단지 능력이 모자라서 이러한 기존 문학 서사 과정과 다른 '서투른' 글쓰기를 하게 된 것은 아닐 것이다. 오히려 이러한 형식들이 공통적으로 드러나는 것은 그것이 이 시기를 공장 노동자로 살아낸 당시 노동자들의 수기가 공유하고 있는 그들의 에크리튀르라고 보는 것이 합당하다. 이러한 형식적 특징은 후기에 담긴 필자의 집필 의도에서 그 이유를 발견할 수 있다.

> 나 자신을 중심으로 써야한다는 게 싫었고 내 이름이 드러나는 것이 못마땅하여 주저하기를 여러 번 하였다⋯⋯ 내 권리는 내가 찾아야 한다는 것을 알면서도 모든 일에 자신이 없고 아는 것도 없는 내가 어떻게 하나 하는 생각을 갖는 사람이 많은 것 같아 조금이라도 도움이 되었으면 고맙겠다는 생각으로 이 글을 썼다.9)

> 혼자 설 수 있는 사람은 아무도 없다고 생각한다. 우리는 모두 누군가의 도움을 받고 도움이 되기도 하며 알게 모르게 상대방을 상처 입히기도 하고 멍들게도 하리라. 나도 그런 부족함 투성이의 사람 중의 하나이다. (중략) 그러나 서러운 시대에 설움 받고 살면서도 노동자의 자존과 긍지를 잃지 않고 살아가는 벗들이 끊임없이 날 채찍질하고 일으켜 세워주길 바라는 심정 간절하다.10)

위 인용문은 송효순과 장남수가 후기에 남긴 말들의 일부이다. 여기서 우리는 필자들이 자신을 수기 속 의미를 완성하는 주인으로 감각하

---

9) 송효순, 『서울로 가는 길』, 형성사, 1982, 208면. 이하 인용 부분은 본문에 저자, 제목, 면수를 표기하기로 한다.
10) 장남수, 『빼앗긴 일터』, 창작과비평, 1984, 256면. 이하 인용 부분은 본문에 저자, 제목, 면수를 표기하기로 한다.

는 것에 대해 거리를 두고 주변 사람들과의 필연적 연관관계 속에서 비로소 구성되는 자기 정체성을 분명히 하고 있음을 확인할 수 있다. 석정남 역시 수기의 머리말에서 '나'보다는 '우리'를 강조하는 것이 보인다. 이를 수기의 형식적 특징과 더불어 생각해 보면 그것이 단지 겸양의 의미가 아니라 실존적 측면에서 자신은 자기 안과 밖의 요소들이 만들어내는 화학 작용 속에서 구성되는 것이라 생각하는 필자들의 의지를 보여준다 하겠다. 사건의 한복판에서 나온 여러 목소리들에 의해 상황의 여러 면들을 가장 충실하게 드러내고자 하는 것이 이들 서술자의 공통된 의지이다. 이는 자신의 경험이나 선택을 절대화하고 그것에 대한 감정 이입을 전면에 배치하여 소기의 목적을 달성하고자 하는 의지를 드러내는 서술방식이 아니라, 자기 주변에서 일어나는 일들이나 만나는 사람들에 대한 정보의 조각들을 모아들이는 쪽에 가깝다. 그 과정이 결과적으로 서술 주체에 의해 선별된 정보들일지라도 그것들을 어떤 식으로 부려놓는가의 문제는 그 정보에 대한 필자의 입장을 보여주는 중요한 지표이다. 그렇게 볼 때 이들이 그 정보를 최대한 많이, 다양하게 담고자 하는 방식은 기존의 문학 장에서 노동자들을 이야기할 때 사용된 방식과는 엄연히 구별된다. 이들이 보여주는 분절된 형태로 결합되어 있는 수기의 형식적 특징들은 이 글들을 만들어낸 노동자들이 기존 현실의 가치나 감각을 새로이 구획해낸 의지인 것이다.

수기의 곳곳에서 확인할 수 있듯 당시는 억압적인 서열 논리에 따라 공장주나 관리직 직원들이 노동자들에 대하여 무조건적인 복종과 희생을 강요했다. 그리고 그러한 공장 관리 방식은 국가 경제 개발 신화를 이루고자 했던 국가 통치 체제하에서 경찰이나 행정가들의 비호 하에 적극적으로 옹호되었다. 이는 노동자에 대해 사회 전반에 걸쳐 드러나고 있는 당대의 위계적 감성 분할 방식에 의해 전개되고 있다. 반면 노동자들의 수기가 보여주는 형식적 절합 형태는 이와 같이 지당한 것으로 강요되었던 권력자들의 위계적 감성 분할 방식에 배치된다. 각 요소들은 흩어진 듯 모여 있고, 서술 주체는 자신을 서사의 중심에 두지 않는다. 이는 당대 위계적 감성에 대한 비판의식이 노동자들 내부에서 활성화되고 있을 때 만들어진 새로운 감성의 결과물이라 하겠다. 이를 통해 이들은 노동자 전체의 이름으로 자신을 세우는 것이 권력자들의 통치를 대신하는 다른 하나의 목소리를 찾는 것이 아니라고 말한다. 대신에 다양한 목소리로 자신들의 의지를 만들어내는 과정을 보여줌으로 해서 노동자들이 하나의 목소리에 의존해서 움직이는 수동적인 존재가 아니라 각자의 목소리를 내면서 자기 삶을 창조적으로 만들어가는 존재임을 알리고 있다. 하나의 중심적인 목소리를 찾거나, 그것에서 자신의 정체성을 투사시키는 방식이 아니라 여러 장르, 여러 인물들의 목소리를 통해 자신의 모습을 구체화해하는 자신들만의 리듬이 형식적 콜라쥬 속에서 녹아나고 있는 것이 이들 수기의 형식이 보여주는 새로운 감각의 분할이다. 많은 사람들이 자신의 삶을 이야기하고 다양한 종류의 쓰기 형식이 나열되고 있는 이들 수기의 에크리튀르는 한 사람의 목소리, 혹은 그것으로 대표되는 가치로 세상의 의미를 동일화해버리는 서열구도에 대한 대항 논리이다. 이 논리는 노동자들이 기존의 사회적 틀에 의해 주입된 자신들의 사회적 역할들과 과감히 단절하고 자기 정체성을 새로이 분할해 내며 사회 변혁적 의지를 실천할 수 있는 힘이 된 것이다. 문학이 어떤 정치적 의미로 그 생생함을 가지는 순간은 바로 이와 같은 새로운 정신이 새로운 형식 속에서 태어나는 순간이다.

이와 같이 80년대 초기 노동자 수기의 구성은 노동자들이 자신들의 존재 방식을 담는 새로운 형식이었다. 그렇다면 수기를 통해 새로운 감성을 보여준 이 주체들은 구체적인 현실 속에서 어떤 공동체를 상상하고 어떤 관계맺기를 이루어내고 있었는지에 대해 수기의 내용을 바탕으로 살펴보자.

3. 비약·분유하는 주체의 미완결 텍스트

앞서 우리는 70~80년대 노동자들이 선취한 노동자 수기가 절합의 에크리튀르라는 문학 형식을 보여주었고, 그것이 공동체 속에서 자기 정체성을 정립하는 노동자들만의 관점을 담고 있음을 확인했다. 그렇다면 이제 이들이 이와 같은 형식적 독특함을 만들어낼 수 있었던 내면적 특징이 어떤 것인지 좀 더 구체적으로 들여다보자. 노동자들이 수기를 통해 보여주는 주체 형성 양상에 대한 기존의 논의들은 주로 노동자들이 그들과 적대를 이루고 있는 회사 측 사람들 등 권력자들과의 관계 속에서 어떻게 각성하고 저항하는가를 고찰하는 것에 치중해 있다. 이런 관점에서 볼 때 수기 속 노동자들은 가족, 회사, 그리고 세상 사람들에 의해 산업역군이라는 멋진 이름을 부여받았지만, 실제적으로는 '무식하고 능력 없는 자들', '시키는 대로 기계처럼 일하는 노예 같은 존재'로 취급받고 있었다. 그래서 이들은 깊은 열등감과 자괴감에 시달리며 자아 성취와는 전혀 무관한 삶을 살아내고 있었다. 그러나 야학이나 산업선교회 등에서의 가르침을 통해 사회 구조적으로 희생을 강요당하는 자신들의 입장을 깨닫게 되고 스스로 권리를 만들어가는 능동적 주체로 변모해간다. 이 과정은 주로 '가난한 가정환경에 의한 고생스러운 성장 – 공장 취직으로 억압과 착취를 당함 – 의식의 각성과 저항 – 고난 – 노동운동가로서의 성숙' 등의 인생 곡선의 틀로 설명되고 있다. 이때 '성숙'이란 이 주체들이 굳건한 개혁 의지에 따라 협동 단결하는 양상이다. 이는 분명 노동자 수기의 전체적인 맥락이 흘러가는 중요한 지점이다. 하지만 노동자들이 수기를 통해 보여주는 성숙의 단계는 적대에 대항하는 이와 같은 도식적 논리로 모두 설명되지는 않는다. 그들을 성숙에로 이끄는 학습이나 배움, 스스로를 포함한 동료들과 만들어가는 관계는 단지 질서정연하지만은 않기 때문이다. 오히려 이들이 스스로를 이해하고 정치적 주체로 자립하는 양상은, 인물들의 내적·외적 갈등 속에서 보여주는 비약하는 논리들이나 동료들 사이에 오가는 화합과 불화의 상황을 혼란 그 자체로 감당하는 그들의 의지를 통해서인 경우가 많다.

　　나는 공부가 하고 싶어 조금이라도 여유가 생기면 학교나 학원이라
　　도 나가야지 하는 생각이 간절하였지만 내 앞은 더욱 더 어려워지고

있었다. 재운이 도시락도 싸주어야 했기 때문에 산업선교회에 나가는 시간이면 차라리 회사에서 잔업을 하는 게 보탬이 되었다. 그래서 신용조합에 저금했던 돈을 찾게 되었고 그 돈은 생활비에 보태 써야 했다. 산업선교회를 탈퇴하고 매일 잔업에 시달리면서 살다보니 자꾸 짜증이 났다. 그렇게 해도 나한테는 여유가 생기는 일이 없었고 남들한테서는 구두쇠라는 소리만 들을 뿐이었다.

그래서 처음에 나를 소개했던 황순애와 몇몇이서 다시 이야기를 하였다. 우리 같은 근로자는 억울하게 당하여도 찾아갈 데가 없고 누구하나 도와주는 사람도 없는데 그래도 찾아갈 곳은 산업선교회밖에는 없다는 생각을 모두가 갖고 있었다. 내가 생각해도 공장에서 당하는 사람은 한두 명이 아니었다. (중략)

우리 몇 명은 다시 산업선교회를 찾기로 했다. 산업선교회에서는 5월 달에 봄 야유회를 간다고 하였다. 그래서 우리들도 함께 가기로 하고 우리 집에서 김밥을 싸기로 하였다.

(송효순, 『서울로 가는 길』, 59~61면)

인용문은 송효순이 산업선교회에 가입과 탈퇴를 반복하는 과정을 보여준다. 필자는 공장의 지독한 작업 환경 속에서 힘들어 하다가 우연히 산업선교회를 찾게 되어 삶의 활력을 얻는다. 그러나 위에서 보듯 삶의 조건이 변하고 생각이 바뀌면서 산업선교회를 탈퇴하기도 하고 다시 찾아가기도 한다. 이러한 행동의 변화에 대해 필자는 스스로를 평가하거나 의미화 하는 과정보다는, 의지와 현실의 부조화 속에서 내적으로 갈등하고 방황하는 마음을 드러내는 것에 집중한다. 선교회의 지식이 쌓여가면서 현실을 각성하게 되는 방향이기보다는 그곳의 뜻과 노동자들 각자의 삶의 흐름이 함께 가기도 하고 그렇지 못한 상황이 도래하기도 하는 속에서 관계성이 변화한다. 이는 필자가 산업선교회를 찾는 행위가 노동자들의 이곳에 대한 의존이나 경도에 의해 끌려가는 과정이 아니며, 조직적 강령이나 이론적 근거에 의한 선택들도 아니었음을 보여준다. 이들은 자신의 필요 여부나 마음이 움직이는 만큼 그곳과 접촉하고 있는 것이다. 그렇기에 가입과 탈퇴 이후 다시 가입했을 때에도 아무렇지도 않게 선교회에서 간 봄 야유회 이야기로 넘어가는 것이다. 중요한 것은 이들이 기록하고 있는 경험들이 옳은 일에 대한 '앎'의 문제라기보다는 그것을 '하기로 결심'하고 '실천'하는 문제라는 것이다. 이는 도식적일 수 없고 계몽적 노선에 따라 획일화할 수도 없는 현실의 문제이다. 그리고 그렇게 결심하고 실행하고 나면 그것으로 그 행동의 의미는 이루어진 것이며 그 의미가 아무리 큰 명분을 가진 것이라도 그것이 노동자들의 현실을 지시하는 일종의 지침과 같은 것이 아니라는 점이다. 이러한 흐름은 석정남의 『공장의 불빛』에서도 드러난다.

석정남은 혹독한 공장 생활에 힘을 잃어가다가 산업선교회를 알게 되고 삶의 활기를 회복하여 소모임 활동을 하기도 하고 노조 사람들과 친분을 쌓는다. 그러던 중 노조활동을 하는 노동자들이 산업선교회에 나가는 것을 알게 된 회사 측 간부가 석정남에게 산업선교회에 나가지 말라고 윽박지른다. 이에 필자는 모임을 버리고 공장에서 원하는 노동자로서의 삶에 집중하고자 하고 실제로 그렇게 한다.

친구를 버리고 내 생활을 택한 것은 잘못이었을까? 어렵지만 연봉이처럼 친구와 생활과 양심 앞에 떳떳할 수 있는 용기가 내게는 없었던 것이다.11)

어찌해야 좋을까, 어찌해야……. 피할 수만 있으면 피하려고 생각했었는데……. 저렇게 눈앞에 보이고 들리는 것까지도 모른 척 해야 되는 걸까? 차라리 귀를 막고 눈도 꼭 감아 버리고 싶었다. 외면할 수만 있다면 외면하고 싶었다. (중략)
"우리 직포과 사람들만 들어왔어.", "우리도 저기 가야될 것 같아."
이런 말이 끝나자 큰 잘못이라도 저질렀던 사람들처럼 모두들 노조 앞으로 달려갔다. 거기에서 농성하던 사람들은 우리를 붙잡고 기뻐서 어쩔 줄을 몰랐다. 모두들 성과 이름을 몰라도 좋았다. 뜻이 통했다는 그한 가지 이유만으로도 우리는 서로 부둥켜안고 기뻐할 수 있었다.
(석정남, 『공장의 불빛』, 41면)

인용문의 앞부분에서 보듯 석정남은 자신의 용기 없음에 계속 마음이 괴롭지만 회사의 명령에 순응하며 일 잘하는 노동자로 살기를 결심한다. 그러나 필자는 노동자들의 권익을 위해 노조를 지키며 단식투쟁을 하고 있는 동료를 보고는 그곳이 자신의 자리임을 느끼고 순간적으로 그곳으로 뛰어가는 것이 인용문 뒷부분에서 드러난다. 앞에서 본 송효순의 글에서도 그러하지만 석정남 역시 노조 활동을 하는 것이 불러온 갈등과, 그 갈등이 노조의 가입과 탈퇴로 이어지는 일련의 상황

11) 석정남, 『공장의 불빛』, 일월서각, 1984, 37면. 이하 인용 부분은 본문에 저자, 제목, 면수를 표기하기로 한다.

들을 있는 그대로 기록하고 있다. 그리고 이들의 실천에는 현실의 복잡한 사정이나 올바른 이념에 대한 지식적 축적이 고민의 핵심이 아니다. 오히려 그러한 옳고 그름에 관한 문제는 너무나 단순하고 자명하다. 중요한 것은 결심을 실행하는 순간이다. 하나의 정체성을 만들기까지 석정남이 보여주는 내적 갈등은 순차적이라거나 점진적인 변화이기보다는 인용문에서 보듯 비약적으로 전환되어 구체적 실천으로 이르고 있다. 수기의 필자들이 자신들을 이러한 형태로 형상화하는 것은 분명 이것이 스스로를 설명하는 중요한 부분이기 때문일 것이다. 이들의 방황이 비약하는 순간은 정확히 서술되지 않고 무엇 때문에 그런 결정을 하였는지 정확히 드러나지도 않는다. 이는 많은 논자들이 말하듯 그들이 이론적으로 투철하지 않기 때문에 가지는 실천적 한계라고 말해지는 부분이다. 그러나 이들의 결심이나 실천이 '무엇' 때문이라는 점이 강조되지 않기 때문에 오히려 이들은 그 어떤 논리에도 오롯이 귀속되지 않는 그들만의 특이점을 가질 수 있는 것이 아닐까. 자기비판이나 반성에 그다지 얽매이지 않고, 자기 불안에 대한 다른 사람들의 동조를 요청하려 하지도 않는다. 분열적이라고 할 수 있을 만큼 변덕스러운 자신의 모습을 특별한 각색 없이 미화도 비판도 강조하지 않으면서 담담하게 드러낼 수 있다는 것은 그들이 어떤 이론이나 논리에 따라 스스로를 제단하기보다, 고민하고 갈등하는 그대로 자신을 드러내는 것에 더 큰 가치를 두고 있기 때문이다. 이러한 경향은 이들이 민주 노조 활동에 열성적일 때에도 지속되는 고뇌의 과정이며, 다른 노동자들과의 관계상에 벌어지는 외적 갈등에 있어서도 마찬가지이다.

영애언니는 어제 병원에서 진찰을 했는데 일을 하지 말고 쉬어야 한다고 하면서 사표를 써야 한다고 말했다. 왜 하필 지금 다리가 아프지, 정말 누가 우리를 그렇게 만들었지. 건강 때문에 사표를 써야 한다면 붙잡을 수도 없었다. 단지 같이 일할 수 없다는 게 아쉬울 뿐이었다. 공장에 오래 다니면 누구나 건강은 나빠진다. 다리가 아프고 허리가 아프단다. 결혼을 하여 아기를 하나만 낳아도 금방 표가 난다고 이야기들을 많이 한다. 영애 언니도 그중의 한 사람이었다. 나도 오래 다니면 아파서 그만두게 될지 모르겠다. 영애언니를 보내는 우리들은 가슴이 아프고 아쉬운 마음을 말로 표현할 수 없을 만큼이나 서운하였다. 누구나가 사표를 내면 그런 마음이 있었으나 같이 어려움을 해결해야 하겠다고 하였기 때문일까, 우리들이 믿었기 때문일까, 이제는 우리의 힘이 하나도 없는 것만 같았다.(송효순, 『서울로 가는 길』, 81면)

영애 언니는 필자와 함께 공장 측의 억압에 대항하여 끝까지 투쟁하자고 의견을 모은 동료이다. 그러나 그랬던 그녀가 불현듯 입장을 바꾸어 공장을 떠나버린다. 이에 필자는 "힘이 하나도 없는 것만 같"을 정도로 실망한다. 이 상황은 함께 하지 않게 된, 혹은 그렇게 하지 못하게 된 것에 대한 안타까움이지, 동료의 이러한 행동에 대해 옳고 그름을 가리는 직접적인 비판을 가하거나 계몽적 명분을 내세워 평가하지는 않는다.

석정남의 수기는 어떨까. 이 작품에서 그녀가 산업선교회에 마음을 열게 되는 계기로 큰 역할을 하는 존재는 교회에서 만난 순애라는 친구이다. 그녀는 아는 것도 많고 사회 비판 의식도 강하다. 그런 만큼 노조 일에 관련해서도 석정남을 많이 이끌어 준다. 그러나 이 둘의 사이는 결코 화합만으로 만들어지는 공감의 장이 아니다. 오히려 둘은 모이기만 하면 상반된 관점으로 토론을 벌이는 일이 많다.

이렇게 성격이 다른 데도 불구하고 어느 구석엔가 통하는 구석이 있었던지 우리의 대화는 항상 풍부했다. 그러나 그 대화가 척척 잘 맞아 떨어지고 죽이 맞고 마음이 맞는 것은 결코 아니었다. 하나의 문제를 놓고 이야기할 때 우리의 의견은 항상 엇갈렸다. 논리적으로 자기주장의 타당성을 말하는 순애 앞에서 나는 끙끙거리며 겨우 반대의견을 몇 마디 했던 그 심리의 이면에 어느새 합일점이 생겨나곤 하던 우리의 싸움.(중략) 이렇듯 엎치락뒤치락하는 논쟁으로 우리는 몇 번이나 밤새는 줄 모르고 날을 밝혔다.(석정남, 『공장의 불빛』, 31~32면)

이들에게 엇갈리는 의견과 논쟁은 화합에 걸림돌이 되지 않는다. 여기서 석정남이 말하는 "심리의 이면에" 생겨나는 "합일점"은 서로 다른 관점을 가졌다 할지라도 그것을 아무 것에 구애됨 없이 함께 이야기할 수 있는 토대를 공유했다는 지점에서 찾을 수 있을 것이다. 논리나 이론 이전에 이와 같은 '함께 함'을 전제로 열심히 자신의 의견을 만들어가는 모습은 당시 이들이 분열과 화합을 함께 하는 방식으로 공동체를 움직여왔음을 보여주는 증거이다. 이밖에도 수기의 곳곳에서 석정남은 자신과 같이 노조 활동을 하면서도 그녀와 대립하는 인물들과의 일화나 변절하는 사람들의 이야기를 계속해서 소개하고 있다. 특히 위의 순애와의 관계도 좋은 쪽으로 흐르지만은 않는다. 동일방직의 저 유명한 명동성당 단식투쟁 이후 얼마간의 시간이 흐른 후 순애는 석정남에게 적의를 드러내고는 몇몇 친구들과 함께 노조를 아예 떠나 전라도로 가버리기 때문이다. 수기에서 석정남은 그러한 순애의 돌연한 변심에 대해 강도 높게 비판하지만 순애에 대한 마음은 그러한 비판만으로 끝나지 않는다.

　　향자, 순애, 용자, 영순의 얼굴이 차례로 떠오른다. 한결같이 굳은 표정, 딱딱한 얼굴들이다. 쓸쓸함이 가슴을 메운다. (중략) 그렇게도 내 마음을 아프게 하였던 순애와 용자, 영순은 끝내 나에게 간다는 말도 없이 전라도로 내려가 버렸다. 야속한 계집애들. 만약 내가 상근자만 아니었으면 나도 함께 따라갈 수 있었을지 모른다. 아무튼 이 세 명의 전라도행은 내가 상근자로 일하던 짧은 기간 동안 가장 내 마음을 아프게 하는 상처로 남아 있게 되었다.(석정남, 『공장의 불빛』, 235면)

　함께 죽을 고생을 하며 투쟁해왔던 동지들이 제대로 설명도 하지 않고 떠나버리기로 한 순간 석정남은 그들이 단식투쟁의 후유증을 크게 앓고 있는 상태이고 너무나 무책임한 결정을 했다고 비판했다. 그러나 인용문에서 보듯 그들이 정작 내려가는 순간 그녀도 함께 따라가는 상상을 했음을 보여주고 그들이 떠나버린 일에 깊은 상처를 받았음을 고백하고 있다. 수기 속에서 언제나 투쟁에 앞장섰던 순애가 이처럼 급작스럽게 변심하는 것도 놀라운 일이지만, 필자가 그들을 비판하면서도 그들과 함께 하고 싶은 마음을 그대로 노출하고 있는 것도 인상적이다. 이들이 만들어 내는 공동체의 감각은 이처럼 복합적이면서 수시로 변화하며 반목과 이해가 공존하고 있다. 이처럼 복잡다단하게 분유하는 감정과 불화하는 인물들의 모습을 작품 속에 드러내는 필자의 의지는 단순한 선악이나 명분으로 사람을 판단하는 것을 유보하고, 그것이 긍정적이든 부정적이든 동료들과 자신의 공통된 감각을 찾는 것에 집중하는 것과 연결되는 점으로 보인다.

장남수의 수기는 다른 두 작품보다는 좀 더 일관된 입장에서 노조의 의미와 노동자가 나아가야 할 바에 대한 의지를 강하게 드러낸다. 그래서 내용상 회사 측과의 싸움이나 수감 생활 등에서 내적·외적으로 갈등하는 양상이 많이 드러나지는 않는다. 그러나 그 속에서도 자신과 다른 입장을 가진 사람들에 대한 무조건적 배척보다는 불화를 감당하고자 하는 방식으로 생각하는 것을 확인할 수 있다.

미혜는 담임, 반장 눈치를 보느라 작업 중엔 화장실도 잘 못간다. 그러나 뭐라 할 말이 없었다.

"얘 우리 퇴근하고 노동조합에 한번 가보자. 책도 많더라."라고 말하자.

"싫어. 난 빨리 가서 잠잘래. 피곤해 죽겠어." (중략)

미혜가 획 토라진다. 나도 감정이 치밀어 싸울 것만 같아 억누르고 아무 말도 하지 않은 채 현장으로 들어왔다. 그 애의 잘못이 아닌데 내가 너무 아는 척했나 보다. 그러나 좀 슬픈 생각이 들었다. 그래 열심히 일하는 건 좋다. 그렇지만 비굴하게 눈치 보며 아첨하며 그렇게 해선 안 될 것 같다. 정당하게 일하고 현장 내의 잘못된 것을 개선하고 서로가 동료애로 결속해서 좋은 분위기를 만들어나가며 나아가 좋은 세상을 만들자는 게 노동조합의 뜻이지 않는가? "노동조합이 나하고 무슨 상관이냐?"는 미혜를 꼭 노조에 데려가야겠다고 나는 다짐했다.(장

남수, 『빼앗긴 일터』, 32면)

　장남수가 그리고 있는 작업장의 분위기는 노동자들이 작업을 하느라 화장실도 제대로 가지 못하는 열악한 상황이다. 그래서 장남수의 친구 미혜는 일이 끝난 이후의 시간에 쉬고 싶을 따름이다. 인용문에서 보듯 장남수는 그런 미혜에게 노동자들이 처한 현실 자체를 변화시키는 일이 필요한 것을 알리고 싶다. 그러나 그녀는 완강히 거부당했고 이에 필자는 화가 치민다. 하지만 필자는 미혜에 대한 비판으로 일관하는 것이 아니라 자신이 너무 아는 척 한 것은 아닌지 걱정하고, 그런 상황 자체를 슬프고 안타깝게 여긴다. 여기서 전제되는 것은 자기 의사의 전달이 동료에게 제대로 되었는가에 대한 문제이자, 자신의 마음을 몰라주는 동료에 대한 아쉬움이지 비판이 아니다. 즉 필자의 핵심적인 의식은 동료가 노동자들의 현실에 대한 비판적 사고를 하지 못한다거나 노동조합을 모른다는 지식 면이 아니라, 노조 활동에 동참하는 마음을 내도록 '설득'해야겠다는 의지를 다지는 면이다.

　그리고 그녀가 부활절 새벽예배 생중계 방송 카메라 앞에서 노동자 인권 보장을 요청하는 호소를 한 뒤 옥고를 치르고 출옥한 뒤의 감회 일부를 보자.

　　우리가 구속된 후 우리를 아는 사람들, 아니 관심을 가져 주었던 사람들이 우리를 '위험한 애들'로, 어떤 사람의 조종에 의해 사건을 저지른 철부지들이란 얘기를 많이들 했나보다. (중략) 그것은 내가 영등포 산업선교 교인이었고, 원풍모방 노동조합원이며 또 대의원이었는데 소속을 무시하고 개별적인 행동을 했다는 것이다. 동일방직 사건이, 방림방직 사건이 모두 노동자의 문제요 내 문제이지만 여러 형태의 대책협의회도 있고 교회기관도 있는데 노동자들 몇 명이 저희들끼리 협의하여 아무도 모르게 행한 것이 조금은 건방지거나 괘씸하게 생각된 걸까? (중략) 우리는 어느 기관에, 단체에 소속되기 이전에 노동자의 감정은 지닌 노동자인데……. 소속이라는 것이 무척 중요함을 알지만, 눈앞에 심정으로 공감되며 할 수밖에 없는 일이라고 생각되는 어떤 경우엔 과감히 벗어날 수도 있어야 하는 것 아닐까?

사실 여섯 명 중 그 당시 강한 조직력으로 결속된 원풍노조원이었던 덕분에 6개월간 감옥살이를 했으면서도 유일하게 나는 해고를 당하지 않았다.(장남수, 『빼앗긴 일터』, 121~122면)

위 인용문에서 보듯 장남수는 출옥을 하고 난 뒤에 그들의 행위가 개인행동이었다는 점에서 뒷말을 듣게 된다. 여기에서 확인할 수 있는 것은 이들의 시위가 계획적으로 이루어졌다기보다는 그 순간의 의기투합으로 비약적으로 진행되었다는 점이다. 그리고 그런 행동을 한 것은 노동자로서 노동자를 위한 일을 하는 것이 집단이나 소속의 문제에 앞선다는 믿음이 있었기 때문이다. 그랬기에 필자와 그의 동료들은 자기 회사에서 직접 일어난 일도 아닌 사건에 대해 자기 일처럼 나섰고 옥고까지 치렀던 것이다. 그러나 장남수의 기록은 여기에 그치지 않는다. 자신이 소속된 그 집단 원풍모방 노조 덕분에 그녀는 함께 감옥에 갔던 다른 동료들과 달리 해고를 당하지 않을 수 있었던 사실을 서술하면서 자신의 입장이 상황의 전부는 아님을 병기한다. 이는 개인과 집단 간에 빚어지는 갈등과 화합의 분유가 이루어지는 현장이다. 이 상황은 개인의 의지만을 따를 수도 없고 그렇다고 집단의 의지만을 따를 수도 없다. 단체의 강령에 어긋났기 때문에 시위를 벌인 이들이 무조건 잘못한 것도 아니고, 집단의 의지에 따르기 위해 개인적으로 일어나는 의기를 참는 것이 옳은 것도 아니다. 그러면서 집단도 개인도 모두 중요하다. 필자는 이 두 관점에 오롯이 소속되지 않지만 동시에 이 둘에 충실하고자 하는 면모를 보이고 있는 것이다.

지금까지 살펴본 바와 같이 수기들 속에서 노동자들이 만들어내는 공동체는 단순히 하나의 목적의식이나 민주화 혹은 민주노조 활동에 대한 긍정 등의 맥락만으로 정리할 수 없는 복잡한 관계성 속에서 작동하고 있었다. 그리고 그 속에서 노동자들은 내적·외적으로 방황하고 이리저리 흔들리면서 그들의 의지와 공동체를 세우고 무너뜨리는 과정을 반복하고 있었다. 이처럼 갈등을 지속한다는 것은 그 주체가 어떤 문제에 맞닥뜨렸을 때 자신이 옳다고 생각하는 관점으로 섣불리 가치평가를 내려버리지 않는 방식이다. 그리고 자신의 생각이나 행동을 다른 사람이나 집단의 그것과 동일한 선상에 두고 고민을 지속하면서 자기 의지를 유지하기도 갱신하기도 하는 과정을 긍정하고 있음을 의미한다. 분명 이들에게 적대는 명확하고, 각자가 그 적대 앞에서 도망치거나 좌절하지 않고 대항하며, 스스로를 극복하는 것이 옳음을 알고 있다. 실제로 작품 속에도 그러한 내용이 많이 형상화 되고 있다. 그러나 여기에서 보듯 이들은 단결된 의지와 행동만큼이나 그러한 실천을 향해 가는 길 앞에 놓인 자신들의 내적·외적 갈등들, 끊임없이 들끓고 있는 의외의 욕망들 역시 자명하게 드러내고 있다. 이 글 속에 인용하지는 않았지만 지식인이나 교회 측의 지도에 대해 무조건 긍정하지 않고 스스로의 판단 경로를 통해 실천의 방향을 설정하는 노동자들의 모습도 발견할 수 있다. 즉 이들은 소위 아무 것도 모르는 무식한 노동자로서 특정 집단의 지도에 스스로의 정체성 형성을 기대는 것이 아니라, 외부의 자극과 자신의 성찰적 의지, 다른 노동자들과의 소통 과정 속에서 자신을 세우고 있는 것이다.

수기의 필자 혹은 등장인물들이 이와 같이 고민이나 갈등을 받아들이고 포용하는 모습은 적어도 이 수기라는 문학 형식 내에서 서술자를 비롯한 인물들, 그리고 이 수기를 읽었던 이들 내부에서 작동하는 중요한 가치가 '평등'이었음을 말해 준다. 앞서 랑시에르를 언급하면서 그가 '감성의 분할'이라는 것으로 사회의 통치 구조가 공고해진다고 한 바를 살펴보았다. 이때 한 감성의 구조가 고착화되고 사람들에게 내면화되어 사회를 통치하는 단 하나의 동일성의 원리로 작동하게 되는 것이 치안이다. 이를 넘어 해방, 즉 평등으로 나아가기 위해서는 하나의 정체성을 부정하는 것, 합의가 아닌 평등을 증명하기 위한 논쟁적인 공통 장소, 그리고 언제나 불가능한 동일시를 내포하는 것, 이 세 가지가 필요하다고 지적했다. 그리고 이때 평등의 과정은 차이의 과정이며 정치적 주체의 자리는 이러한 틈새 혹은 균열이라고 말한다.[12] 이는 인간이 서 있는 자리에서 어떤 불합리가 있을 때 그것의 부당함을 말하고 새로운 가능성을 이야기하는 것 자체가 이미 정치이며, 그

---

12) 자크 랑시에르, 양창렬 옮김, 『정치적인 것의 가장자리』, 도서출판 길, 2008, 143~144면.

것은 기존의 가치를 다른 의미들과 동등한 선에서 다시 생각해 보고 그것을 재구성할 수 있다는 점에서 평등의 실현이라 할 수 있다. 이에 따라 볼 때, 노동자들에게 우리가 요청해야 하는 정치는 특정한 정치 체제에 대한 지식을 얼마나 알고 있는가의 문제가 아니라, 그들이 노동자로서 자신들만의 감수성으로 기존 현실 체제를 얼마나 새롭게 분할해 내고 그것이 얼마나 평등을 실현할 수 있는 것인가의 문제라 할 수 있다. 이 수기들에서 드러나고 있는 인물들의 혼란과 불안과 충돌은 그런 점에서 기존의 서열주의적인 가치를 근본적으로 재배치하는 그들만의 감각이라 할 수 있다.

> 만일 문학이 공동체에 중요한 무언가를 증언한다면, 그것은 나 안에 타율성을 도입하는 장치를 통해 가능할 것이다. 바로 그것이 문학의 문제와 민주주의의 문제를 이어준다. 평등은 공동체 내의 신체들의 어떤 분배에서도 정당화된 자리를 갖지 않으며, 언제나 일시적이고 국지적으로 있음으로만 신체들을 그들의 장소 바깥에, 그들의 고유함 바깥에 둘 수 있기 때문이다. 문학은 합의를 해체한다. 문학은 낯섦의 경험이다.13)

앞에서 여러 예들을 통해 확인했듯 수기 속 노동자들이 보이는 모습은 하나의 양상으로 고정되는 것이 아니라 끊임없이 움직이는 유동성을 드러내고 있다. 그 유동적인 것들은 자기 내부에서도 통일되지 않고 외부적으로도 쉽게 동일성의 논리로 호명할 수 없는 존재들로 가득 차 있다. 이들이 수기라는 문학 형식을 통해 드러내고 있는 것은 그런 면

---

13) 위의 책, 208~209면.

에서 스스로를 재규정하는 과정이라 할 수 있다. 노동자들이란 무식하고 교양 없으며 시키는 대로 일을 잘 해야 한다는 사람들의 통념도, 노동자들의 의식을 각성시키고 이끌어 줘야 한다는 사람들의 생각도 노동자의 입장을 대변하지는 않는다. 이들이 만들어내는 수기를 통해 볼 때, 이들이 스스로를 재규정하는 형태는 규정이라는 것을 거부하는 방식이다. 즉 자기 자신은 물론 세상을 규정짓는 논리들에 대해 의심하고 낯설게 느끼는 감각이 이들의 논리이다. 단절되고 비약적인 과정, 또는 반복적인 모습 속에서 이들은 자발적이고 창조적으로 스스로의 정체성을 만들어가고 있는 것이다. 그들을 둘러싸고 일어나는 모든 갈등들에 함몰되기보다 자신의 갈등을 바탕으로 타인을 이해하고 타인의 갈등을 바탕으로 자신을 돌아보는 지속적인 논쟁 가능성을 열어두는 자세가 갈등에 대한 이들의 열린 태도를 가져오는 것이다. 이와 같은 방식으로 수기에는 새로운 갈등을 예고하는 인물들, 해결되지 않은 사건, 지식인들과의 갈등이나 회사 관리자들과의 관계에 새로운 가능성들이 형상화되고 있다. 그것은 일대일의 인과논리, 또는 당연한 선악 구도나 지식의 서열관계 등에 함몰되어 있지 않다. 때문에 이 속에서 불화는 제거해야 할 불순물이 아니라 필연적으로 공존하는 존재들 사이의 열린 부분이며, 따라서 그것은 그것대로 감당해야 하는 것이 된다. 정당함으로 일컬어지는 것이 현실과 부딪힐 때 일어나는 모든 가능성을 자신의 문제로 가져와 고민하는 속에서 평등이 선취되는 것이다.

80년대의 정치성에 대해 이야기할 때 우리는 민주화 운동이 필연적으로 생길 수밖에 없는 열악한 노동현장, 노동 운동에 참여한 사람들이 내걸고 있는 정치적 구호, 그리고 많은 사람들이 권력의 억압적 논리에 대항하여 얼마나 단결된 자세로 소신을 지켰는가를 이야기한다. 그래서 80년대 민주화 운동가, 혹은 노동운동의 투쟁가는 치안정국에 맞서 하나의 정체성을 가지고 그 어떤 어려움도 뚫고 나가야 한다는 의분으로 가득 찬 모습이다. 이는 다른 모든 이유를 떼고서라도 민주화를 위해 노력하는 중요한 역사적 현장이라 할 수 있다. 그러나 그 민주화의 과정이 사람들의 기억 속에서 은폐된 바 있음은 앞에서 말한 바 대로이다. 아마도 그러한 열기 속에서 그와 종류가 다른 이질적인 목소리들이 논쟁의 장을 잃어버리고 음지로 가라앉으면서 정당하게 이야기되었어야 할 담론들이 목소리를 내지 못하고 억압되었기 때문이 아닐까.14) 지금까지 살펴본 80년대 초반 노동자들의 수기에 평등을 실현하는 목소리도 이 가라앉은 것들 중 하나였던 것이며, 그렇기에 우리는 이에 대한 논의를 정당하게 활성화시킬 의무가 있다 하겠다.

4. 오래된 미래, 1980년대

지금까지 80년대 초반에 나온 노동자 수기의 주요 작품을 살펴보았

---

14) 김원은 여성노동자들의 수기가 80년대에 크게 생산되지 않는 면을 들어 그것이 80년대 계몽서사에 의해 여성 노동자들의 수기의 가치가 밀려나게 되었음을 지적하고, (김원, 「여성들의 자기 역사쓰기, 또 하나의 실험」, 『경제와 사회』90, 비판사회학회, 2011, 359~360면) 김예림은 전태일, 유동우, 석정남의 수기를 통해 산업심리적으로 재단된 존재가 아닌 영혼으로서의 노동자 상을 도출해내고 이들의 모습이 80년대가 되면 서술에서 탈락되고 있음에 대해서 말한다.(김예림, 「어떤 영혼들」, 『상허학보』40, 상허학회, 2014, 374면)

다. 여기에서 우리는 이질적인 것들의 절합으로 구성된 노동자들의 에 크리튀르를 확인했고, 이들이 현실 속에서 불화와 화합을 모두 감당하면서 평등을 추구하는 주체였음도 살펴보았다. 80년대 노동자 수기는 기존의 많은 논자들이 이야기하듯 당시 노동자들이 억압적인 노동현장을 민주화하기 위해 어떤 노력과 희생을 했었는지를 구체적으로 담고 있다. 이들이 부정적 현실을 개선하고 자신의 권리를 스스로 찾기 위해 행했던 많은 실천들은 우리 사회의 민주화를 견인했던 중요한 활약이었다. 하지만 80년대 노동 운동이 거대해지고 조직화되면서 운동의 효율성이 중요시되고, 필연적으로 이데올로기나 노조의 입장에 따른 획일화 되고 일사분란한 활동 원리가 강조된다. 그래서 초기 노동자 수기에서 보이던 분유하고 절합하는 감각들은 더 이상 확장되지 못한 것으로 보인다. 여기에서 살펴본 것은 바로 이 읽혀지지 않은 80년대의 감각이다. 이 감각을 오늘날 무엇보다 우선해서 읽어야 하는 이유는 그것이 이들의 노조 활동을 가장 살아있는 교훈으로 스스로에게 각인되는 근본 정신이 되고 있기 때문이다. 수기의 말미에 노조 활동과 복직 투쟁이 서술자들 스스로에게 어떤 의미였던가를 되새겨 보는 부분은 바로 이런 지점을 잘 보여준다.

　　우리들은 직장은 잃었지만 따뜻한 형제의 인정을 베풀며 함께 어려움을 극복해나가는 자매들이 되었다. 4월에 나는 회관의 주선으로 대림동에 있는 희망의 집에서 장사를 하며 또 다른 동료들과의 생활을 시작하고 있다.(송효순, 『서울로 가는 길』, 207면)

이제 우리 앞에 남겨진 일은 무엇인가. 노동조합을 지키는 일도 복직투쟁도 아닐 것이다. 열심히 살아가는 일만이 남았다. 지난 18년의 암흑세계에서도 열심히 살아왔듯이 이제 앞으로도 열심히 꿋꿋하게 살아가야 한다. 그러나 우리에게 생명이 붙어있는 한 우리 삶의 모습은 남달리 이어질 것이다. 모두들 결혼을 하여 아이 엄마가 되거나 그렇지 않은 사람이 있을지도 모른다. 그러나 한가지 분명한 것은 우리는 결코 평범한 모습으로 살아가지 않을 것이다. 어느 구석엔가 살아남아서 열심히 꿋꿋이 살아갈 것이다.(석정남, 『공장의 불빛』, 254면)

더불어 살아간다는 것은 얼마나 귀한 것인지 모르겠다. 비록 노동조합이란 테두리나 형식은 깨어진다 하더라도 뜨거운 가슴들이 연결되어 살아있는 한 모든 것이 새로이 꽃필 수 있으리라 나는 굳게 믿는다.(장석남, 『빼앗긴 일터』, 256면)

수기의 필자들은 모두 노조 운동을 하다가 해직되고 복직 운동을 하다가 결국에는 복직을 이루지는 못한 상황을 겪었다. 표면적 의미로 볼 때 이들의 투쟁은 복직을 이루지 못했기에 실패이다. 그러나 위의 인용문들이 보여주듯이 이들이 수기의 마지막에서 차분한 어조로 전하고 있는 것은 그 실패, 혹은 가졌어야 할 정당한 결과에 관한 것이 아니다. 송효순은 장사를 하면서 다른 동료들을 만들고 있고, 석정남은 노동조합 일이나 복직투쟁에 얽매이지 않고 열심히 살아가겠다고, 평범하지 않게 꿋꿋하게 살아가겠다고 말한다. 장남수는 조직이 없어져도 그 조직을 일구었던 사람들이 서로 마음을 나눈 이상 그것으로 새로운 미래는 상정 가능함을 확신한다. 이는 현실 논리에서 볼 때에는 실패일지 몰라도, 사회적으로 이들을 속박했던 통치의 틀을 깨뜨리고 스스로가 스스로에 가장 적합한 모습으로 스스로를 의미화하는 것에는 대성공이다. 때문에 이들은 어디에서 무슨 일을 하며 누구를 만나더라도 그들의 모습 그대로 특별한 정치적 주체로서 현실의 강고한 틀에 끊임없이 균열을 낼 것이고, 주변 사람들에게는 새로운 영감의 원천으로서 존재하게 될 것이다.

80년대식 단결, 혹은 연대에 대해 우리는 주로 하나의 정치적 구호 아래 모든 사람들이 하나의 마음을 갖는 것이라는 이미지만을 가지고 있었다고 해도 과언이 아니다. 그러나 수기로 살펴본 그들의 감각은 많은 사람들이 하나의 대의 아래 단결하는 것이 서로를 위하고 스스로를 구하는 단결과 희생의 정신 뿐 아니라 무수하게 뻗어나가는 사람들 간의 차이와 불화를 나누는 혼잡한 상황임을 알았다. 그리고 그 예측 불허의 분유하는 주체들이 단절과 비약의 형태로 만들어가는 정치적인 것에 대해서도 말이다.

노동자들이 보여준 평등의 감각은 다소 무질서하고 혼란스러워 보인다. 하지만 이 불안과 혼란, 변심 등 온갖 분유하는 의지나 행동들을 투쟁 의지와 평등하게 볼 수 있는 지점에까지 육박해 있던 이들의 평등의 감각은 노동자들 각 개인들이 구체적인 현실 속에서 노동과 노동자, 노동 환경을 바꾸는 주체로 거듭날 수 있게 한 가장 근본적인 대의가 아니었을까 한다. 그리고 이들이 쓴 글의 형식적 내용적 특징들이 그와 같은 이들의 감각을 오롯이 담고 있는 것이다. 이는 오늘날 우리가 80년대를 다시 보고 새로운 의미를 우리 현실 속에서 실현하고자 할 때 읽어두어야 할 80년대의 핵심적인 감성의 지형이 아닐까. 이를 읽어내는 작업은 80년대에 불붙었던 노동의 의미와 노동자 정체성, 공동체 의식을 통해 역사적 교훈을 얻고자 하는 프레카리아트로서의 오늘날 노동자들에게 의미있는 과정이 될 것이다.

프레카리아트(precariat)란 '불안정'을 의미하는 단어 precarious와 프롤레타리아트(proletariat)의 합성어[15]로, 오늘날 신자유주의 체제 하에서 불안정한 고용 조건하에 놓인 노동자들을 일컫는 말이다. 신자유주의 논리 속에서 자본의 힘은 나날이 막강해지고 정치나 행정은 공공성이나 사회적 이익의 분배 등에 무관심한 채, 자본의 증식을 옹호하고 지지한다. 그래서 자본가가 그 무엇에도 구애됨 없이 자본을 증식시키기 편한 논리로 고용 형태도 변화하고 있는데, 그 예가 계약직 노동자, 파견 근로자, 비정규직 노동자 등의 프레카리아트이다. 이들은 소속에 대한 보호 장치가 제거된 상태로 고용되어, 정규직 노동자들과는 달리 일터의 정식 구성원으로서 권리를 요청할 수 있는 자격이 없는 존재로 치부된다. 그리고 이는 신자유주의식 고용 유연화라는 이름 하에 더욱 광범위한 고용 형태가 될 것으로 보인다. 사람들의 소비에의 욕구는 점점 거대해 지고, 노동 형태나 고용 조건의 이해관계는 서로 너무 다르다. 그리고 이러한 요소들 속에서 사람들이 '노동자'라는 이름으로

---

15) 이진경, 『불온한 것들의 존재론』, 휴머니스트, 2011, 333면 참조 이진경은 이 '프레카리아트'에 대해 '불안정한 계급'의 의미를 수동적으로 해석하는 데 머물지 않고 '불안정하게 하는 계급'이라는 능동적 의미를 부여하여 오늘날 노동자들이 이탈하는 형태로 단결할 수 있는 한 가능성을 엿보고 있다. 이것은 노동자들에 대한 신자유주의식 함정이 될 위험이 있지만, 새로운 가능성을 탐색하는 하나의 토대가 될 수 있음은 명백해 보인다.

결집하기는 힘들어 보인다. 실제로 최근 우리 사회에서 벌어졌던 시민들의 정치적 움직임은 특정 집단에서 전개되는 운동이기보다는 다양한 이름의 대중이 각각의 색깔을 지닌 채 결집하고, 이전에는 없었던 형식으로 자신들의 의지를 표출하고 있다.

이제 오늘날 새로이 요청되고 있는 노동 운동은 아마도 새로운 감각을 분할해낼 것임에는 분명하다. 그리고 그것은 분명 오늘날 현실 논리와의 대응 양식으로 만들어질 것임도 당연하다. 따라서 80년대라면 상상할 수도 없을 만큼 다양한 입장과 목적, 의미들이 노동 운동의 표면에서 소용돌이 칠 것이라 생각한다. 따라서 오늘날과 같은 사회 구조 속에서 통시적 지속성과 공시적 공감을 반영할 수 있는 정치적 응전방식에 대해서 치밀하고 창의적인 발상을 하는 것을 멈춰서는 안 된다. 노동 수기로 살펴본 80년대의 교훈은 이 응전방식이 새로운 노동 주체를 만들어낼 때, 그것이 가능한 한 모든 목소리를 아우를 수 있어야 한다는 점이다. 즉 각각의 이해관계가 복잡하게 얽혀있는 파편화된 개개인들이 구체적인 수준에서 공유할 어떤 공통적 진실을 찾고, 그것을 향한 방편이 필요하다. 그리고 그러한 순간, 하나의 문제에 대한 공통의 전선이 만들어졌을 때 그 공동체는 공동체의 내부와 외부를 아울러 발생하는 감각들에 대한 열린 구도를 전제로 해야 할 것이다. 그 구체적인 길에 정답은 없을지도 모른다. 하나의 정답을 만든다는 것 자체가 더 많은 문제를 야기할 수 있기 때문이다. 게다가 세상은 너무나 복잡하게 변해 있으니 말이다.

가능한 2000년대식 거대담론은 아마도 존재들의 권리에 대해 보장은 해주되 그들 삶에 간섭은 하지 않는 형태이지 않을까. 그런 점에서 끊임없는 논쟁과 불화 속에서 지속적으로 분화하는 관계의 가능성을 보였던 80년대 초 노동자 수기의 가치가 새삼 중요하게 다가온다. 이는 일찍이 만난 우리의 미래일지도 모른다. 이들 수기들이 보여주는 형식적·내용적 불완전성은 일종의 급진적 정치성의 한 가능성이었다. 이것이 80년대에는 채택되지 못하고 사장되어버렸다면, 그 어느 시대보다도 사회적으로 복잡하게 얽힌, 그렇기 때문에 자신의 일 이외의 문제에 대해서는 무관심할 수도 있는 사람들을 한자리에 호출해야 하는 오늘날 시대적 맥락 속에서는 이러한 80년대 여공들의 수기가 보여주었던 그들의 평등에 대한 감각이 어느 때보다도 필요한 것이 아닐까 한다.

언어화되지 않은 노동자들의 말과 삶

─1980년대 노동자 글쓰기를 중심으로

양
순
주

1. 노동자라는 이름으로부터

21세기, 지금 여기, 노동자라는 이름은 여전히 낯설다. 한국 사회를 살아가는 대부분의 사람들은 자신들의 노동력을 판매하여 그 대가로 받은 임금으로 생활하는 자들, 즉 노동자이기에 실상은 국민 대다수가 노동자로 살아가고 있다고 할 수 있다. 그러나 그들은 개인적/사회적으로 자신들의 이름이 지워진 채로 살아간다. 도처에 노동자들이 존재함에도 사회는 마치 집단 세뇌(洗腦) 당한 듯이 노동자라는 이름을 삭제해 나간다. 『공산당 선언』의 저 유명한 "하나의 유령이 유럽을 떠돌고 있다. 공산주의의 유령이"[1]라는 구절을 조금 변형시켜본다면 한국 사회에 노동자라는 유령이 배회하고 있다고 말할 수 있을 만큼, 노동자는 비가시화된 복수들로 존재하는 것이다.

---

1) 칼 맑스·프리드리히 엥겔스, 김태호 옮김, 『공산당 선언』, 박종철출판사, 1998.

압도적인 자본의 자장 속에서 살아가야만 하는 지금 여기, 노동자들의 현실은 유령처럼 존재하는 그들에 대한 인식과 마찬가지로 비참함 속에 놓여있다. 경쟁이라는 회전목마를 탄 채 노동자의 삶은 쳇바퀴처럼 공회전한다. 생산수단으로부터 소외되어 생존을 위한 싸움을 감내해야하는 노동자들의 삶은 자본에 포섭될 수밖에 없다. 맑스의 말처럼 "소득의 유일한 원천이 노동력의 판매인 노동자는 자신의 생존을 단념하지 않고서는 구매자 계급 전체, 즉 자본가 계급을 떠날 수 없다. 노동자는 이러저러한 자본가에게는 속하지 않지만 자본가 계급에게는 속한다."[2] 굶어죽지 않기 위해 노동력 판매를 멈출 수가 없는 삶, 자신의 생존을 유지하기 위해 끊임없이 노동해야 하는 삶을 그들은 피할 길이 없다. 생활 수단을 확보하기 위해서는 노동이 필수불가결하며 생존을 위한 노동은 불가피한 것이기에 노동자의 삶은 영원히 자본에 예속될 수밖에 없는 것이다. "자본은 임금 노동을 전제하고, 임금 노동은 자본을 전제한다. 그것들은 서로를 제약하며, 서로를 생기게 한다."[3]

따라서 자본의 시스템이 전면화될수록 노동자라는 이름의 비가시화 또한 증폭될 수밖에 없다. "노동은 자본의 이면이며 노동자는 자본의 일부"[4]라 할 만큼 사회 전반에 노동이라는 현상은 넘쳐나지만, 노동자들에 대한 적대의 구도는 멈출 줄을 모른다. 특별한 변수가 없는 한, 노동자라는 계급으로 귀속될 수밖에 없는 예비노동자 90% 정도가 노

2) 칼 맑스, 김태호 옮김, 『임금 노동과 자본』, 박종철출판사, 1999, 30~31면.
3) 칼 맑스, 김태호 옮김, 같은 책, 48면.
4) 조정환, 「사회주의 리얼리즘의 종말 이후의 노동문학」, 『실천문학』57호, 실천문학사, 2000, 264면.

동자라는 단어에 거부감을 느끼고 있다는 광주교육정책연구소의 조사 결과[5]는 노동자라는 이름의 개인적/사회적 거리감을 새삼 확인시켜준다. 물론 특정 단체의 계량적 수치만을 가지고 이를 단정짓기는 어려우나 노동자라는 이름은 우리의 인식 체계와 유리된 것임에 틀림없다. 사고 회로와는 동떨어진 곳에 자리하는 특정 어휘가 거부감을 가져오리라는 것은 자명하다. 그렇게 노동자라는 이름은 사람들의 인식으로부터 멀어지면서 하나의 망령으로 지금 여기를 배회하고 있는 것이다.

상품 교환 과정에서 소외되는 노동과 마찬가지로, 노동자라는 이름도 점차 사라져간다. 노동자의 노동하는 삶이 눈앞에 실재함에도 노동의 흔적은 지워져버린다. 이러한 구도 속에서 인간적인 대우를 요구하는 발언이 끼어들 틈새는 존재하지 않는다. 일찍이 전태일은 인간을 물질화하는 사회 현실이 "모든 것을 빼앗기고, 모든 것으로부터 거부당하고 밀려난 소외된 인간"[6]을 주조했음을 간파하고 인간으로서의 최소한의 요구를 위해 쟁투하다 끝내 분신했다. "어떠한 인간적 문제이든 외면할 수 없는 것이 인간이 가져야 할 인간적 문제이다."[7]라는 믿음으로 역사에 증명해 보이려던 그의 투쟁은 70, 80년대를 살아간 수많은 노동자들을 깨우친 밑거름이었으며 동시에 이 시대에도 여전히 유효한 메시지를 던진다. 노동자라는 이름으로 인간적인 삶을 쟁취하고자 했던 고투는 전태일이라는 이름으로 분출되어 1980년대라는 변혁의 시대를 통과해 2015년, 지금 여기에 당도한다. 그러나 불행히도

---

5) "청소년 10명 중 9명 가까이 노동자라는 단어에 거부감", ≪경향신문≫, 2015.01.05.
6) 조영래, 『전태일 평전』, 돌베개, 1983(2005 개정판 참조), 201면.
7) 전태일이 1969년 12월을 전후하여 쓴 글. 조영래, 앞의 책, 213면 재인용.

그 시절을 겪어낸 노동자들의 투쟁의 역사는 그때보다 나아진 것도 달라진 것도 없이, 새로운 노예의 삶으로 드러나고 있다. 이 글은 여전히 문제적인 노동자라는 이름, "다시 살아오는 함성"[8]이라는 슬픔과 희망을 움켜쥘 수밖에 없는 현재의 비인간적인 처우를 겪는 노동자들의 삶에 대한 각성에서부터 출발한다. 수십 년이 지났음에도 낯선 역사로 지금 여기를 배회하고 있는 노동자들의 삶에 인간이라는 두 글자는 새겨질 수 없는 것일까. 자본의 가속화된 경쟁 구도 속에서 철저하게 소외된 구도를 파쇄시킬 수 있는 방법은 없는 것일까. 낯선 역사로 현존하는 삶을 새로이 주조하기 위해서는 이러한 물음에 가장 치열하게 응답했던 1980년대 노동자들의 글쓰기에서부터 시작할 필요가 있다.

노동자라는 이름으로 수행되어온 역사가 그들 존재 전체로 수렴될 수는 없다. 특히 1980년대 노동문학이라는 테제 아래, 창작 주체를 어떻게 설정하는가 하는 문제는 이른바 지식인 대 현장 노동자라는 구도 속에서 비판적으로 검토되어 왔다.[9] 더불어 "운동으로서의 문학"이라는 기반 위에서 성장해 온 1980년대 문학은 여태껏 억압되어온 "문학

---

8) 1986년 8월에 창간호를 발간한 부정기간행물 『햇살』(형성사)의 코너 이름이다. "일하는 사람들과 함께 하는 잡지"라는 방향성을 가지고 노동자들의 말과 글을 다채롭게 엮어 출간했다. 특히 이 코너에서는 노동현장을 수호하려다 감옥에 간 동료들의 목소리가 함성으로 되돌아오길 바라는 마음을 담은 글들을 주로 싣고 있다. 변혁에 대한 열망의 목소리가 과거에 묻혀 들리지 않는 것이 아니라, 현재 속에서 다시 울려 퍼질 수 있기를 바라는 마음에서 이 코너명을 글의 문장 속에 새겨 넣은 것이다.
9) 장성규는 변혁적 문학운동론의 대두 속에서 1980년대 노동자 글쓰기에 대한 논의가 당대의 중요한 비평적 과제였다는 점, 그럼에도 주로 문학운동론 층위에 국한되어 논의가 진행되었다는 한계를 지닌다는 점 등을 들어 1980년대 노동자 글쓰기를 재평가할 필요가 있음을 역설한다. 장성규, 「1980년대 노동자 문집과 서발턴의 자기 재현 전략」, 『민족문학사연구』50권, 민족문학사연구소, 2012 참조.

의 사회성과 정치성"을 회복할 수 있었다는 특징을 지니는 데 반해 "구호화와 도식성"이라는 한계를 벗어날 수 없었다.[10] 이처럼 지금까지의 문학과는 다른 형질을 가지고 새로운 장(場)을 만들고자 했다는 점에서는 80년대 노동문학이 새로운 것이었지만, 그 시도 역시 하나의 경향으로 굳어질 수밖에 없는 한계를 지닌 것이기도 했다. "파업이라는 소재, 선진 노동자라는 인물상, 비타협적 투쟁이라는 서정, 승리의 전망"이라든가 "고귀한 출생—고난—투쟁—종국적 승리"[11]와 같이 유사영웅서사적 구도를 반복하는 전형적인 작품만을 생산하면서, 이들 문학이 곧 노동문학의 전범으로 굳어지게 된다.

이러한 한계를 극복하기 위해 문학 연구의 장 속에서 새롭게 자리매김한 것이 노동자 글쓰기라는 개념이다.[12] 애초에 문학이라는 의미망으로 포섭될 수 없었던 노동자들의 글들을 새로운 방식으로 재구성하고자 하는 시도가 뒤따랐으며, 그것은 노동자 수기라는 텍스트에 주목하는 연구 경향을 만들어낸다. 그러나 연구가 축적되고 80년대 문학에 대한 평가가 갱신되면서 이들 수기마저도 하나의 전형성을 획득하게 된다. 『어느 돌멩이의 외침』(유동우), 『공장의 불빛』(석정남), 『서울로 가는 길』(송효순), 『빼앗긴 일터』(장남수) 등과 같은 특정한 이름(대표표상)으로 재현되거나 노동자들의 생활글[13]이라는 형식으로 변형되어 나

---

10) 조정환, 앞의 논문, 256면.
11) 조정환, 앞의 논문, 같은 면.
12) "1980년대 노동자 글쓰기가 지배적인 '문학' 개념으로 환원되지 않는다면, 역으로 이들 텍스트들로부터 문학 '외부'에서 생산된 '다른' 글쓰기의 가능성을 추출하는 것이 가능하지 않을까?"라는 문제의식에서부터 출발하는 장성규의 논의가 대표적이다. 장성규, 앞의 논문, 260면.
13) 생활글은 "시민문학 혹은 소시민문학에서와는 달리 노동과 글, 정신과 행위가 상호

타나고 평가되면서 형태만 조금 바뀌었을 뿐, 앞서 서술한 전형성을 고스란히 반복하고 있는 것이다. 대체된 언어만으로 문학이라는 견고한 성벽은 쉬이 허물어지지 않지만, 문학으로는 결코 환수되지 않는 잉여들이 존재했고 여전히 존재한다. 따라서 여기서는 노동자 글쓰기라는 개념을 유지해 사용하면서도 역사 속에 온전히 뿌리내리지 못한 노동자들의 경험적인 층위에 좀 더 주목하고자 한다. 노동자 대 지식인이라는 구도에 대한 비판적인 물음으로 시작된 연구 성과들은 노동자들이 스스로를 재현하려는 시도로 전복되었지만, 노동자 글쓰기라는 개념 역시 노동자 계급성의 재현이라는 주제에서 여전히 자유로울 수 없다는 한계를 지닌다. 그럼에도 반복되는 특정 경향이 아니라, 그것으로는 통일되지 않는 경험이나 기억이 어떤 식으로 전해질 수 있을까 하는 물음을 노동자 글쓰기를 통해 살펴보고자 하는 것이 이 글의 기본적인 문제의식이다.

언어화되지 않은 이것들을 표현할 수는 없을까, 그 물음을 붙잡고 고민한 흔적들을 이 글 속에 담고자 한다. 1980년대를 가득 메운 변혁의 함성들 속에서 언어화되지 못한 경험과 기억들은 단편적이지만 짤막한 형태의 글들로 남아있다. 노동문학에서 노동자 글쓰기로의 자리 이동에 더해 '이름 없는' 노동자들의 글쓰기라는 또 다른 보조선을 긋고자 하는 것은 이러한 이유에서이다. 기존의 대립구도와는 다른 벡터

소외되지 않고 전면적으로 통일"된 것을 일컫는다. 김경숙 외, 편집부 엮음, 『그러나 이제는 어제의 우리가 아니다』, 돌베개, 1986, 5면. 이후 인용 시에는 필자명, 제명, 원출처(『그러나』: 면수) 순으로 표기함. 이 글에서 제기하는 문제의식을 드러내기 위해 각주를 빌어 이들 노동자의 이름과 글을 일일이 기록했다.

로 노동자 글쓰기의 양상을 파악할 수 있는 하나의 방법으로, 그간 체계화되어 있지 않아서 연구의 자장에 들어오지 못했던 글들에 주목하고자 한다. 노동자들은 자신들의 일상과 경험, 감정을 생활글, 일기, 르포, 시, 수필, 메모 등의 글들로 적거나 이를 소모임에서 공유하면서 비공식적인 문집, 부정기간행물 등의 형태로 엮어냈다. 진솔하게 적어 내려간 그들의 글들은 80년대 전반에 걸쳐서, 그리고 87년 노동자대투쟁이라는 상징적인 함성으로 분출되었다. 그러나 우렁찬 함성에 묻혀 하나의 목소리로 결집되지 못한, 끝내 감춰진 그들의 목소리들도 동시에 존재했으며, 사실상 그것들이 연대의 단초를 마련해 주기도 했다. 따라서 우리는 어떤 상징적인 이름들만을 기억해야할 것이 아니라, 당대를 살아간 수많은 노동자들의 삶을 기억해야만 한다. 아래로부터의 역사라는 다면의 이질적인 결들을 고스란히 보여주는 '이름 없는' 노동자들의 글쓰기를 통해 그들의 삶과 글, 경험의 소외를 최소화시키는 것이 낯선 역사로의 유령에게서 그들의 목소리를 되찾아주는 작업이 될 것이다.

"우리가 어떻게 살고 문제가 어떤 거고 우리의 생활에서 기쁜 것은 뭐고……할 말이 많다. 우리나라 인구 중에 반이 넘는 사람이 노동자인데, 우리가 주인공이 되지 않는 것은 TV연속극 쓰는 사람이나 소설, 영화를 만드는 사람이 학생출신이고 학생들이 특별한 대우를 받으니까 그렇지 **우리 얘기가 없어서는 아니다.**"[14]

---

14) 『손에 손을 잡고: 노동자 소모임 활동사례』, 풀빛, 1985, 168면. 강조는 인용자.

사회는 학생 출신의 사람들에게 특혜를 주고, 그러한 사회 속에서 노동자들은 주인공이 될 수 없다. 소수의 학생들이 주인공의 자리를 점하고 있기 때문에 다수의 노동자들은 주인공이 될 수 없는 존재들이다. 기존의 질서와 체제 속에서는 사라져버린, 그렇기에 결코 언어화될 수 없었고 존재하지 않았던 자들이 된 노동자들은, 그럼에도 분명 80년대를 생의 시간으로 살아온 존재들이다. 언어 질서 속에서 유실된 그들이지만 내뱉고 싶었던 말이 없었던 것은 아니다. 할 말이 많았던 것이다. 따라서 그들의 말/글로부터 시작하는 것은 역사에서 지워진 그들의 이름과 존재를 만나게 되는 순간인 것이다. "중요한 사건들과 중요한 인물들에서 익명인들의 삶으로 옮겨가는 것, 평범한 삶의 사소한 세부들 속에서 시대, 사회 또는 문명의 징후들을 발견하는 것, 지하의 단층들로 표면을 설명하는 것 그리고 그 자취들로부터 세계들을 재구성하는 것"[15]이 필요한 때이다.

2. 나는 노동자입니다

노동자들이 자신들의 감정이나 경험을 솔직하게 표현한 노동자 글쓰기에는 계급성으로의 전회 이전의 다양한 감각의 자취들이 담겨 있다. "1970년대와 1980년대 초중반에 쓰인 노동자의 자기 기록에는 '의식화' 과정에 동반되거나 아니면 이 과정에서 배제되어 온 복잡한 감정

---

15) 자크 랑시에르, 오윤성 옮김, 『감성의 분할』, 도서출판b, 2008, 44~45면.

과 개인적 소회 그리고 집단화될 수 없는 존재론적 고투의 흔적이 생생하게 남아 있다"[16] 그러나 이러한 "존재론적 고투의 흔적"들은 노동문학이나 노동운동사 내에서 "의식화 과정"으로 회수되면서 크게 주목받지 못했다. 물론 짤막한 글의 형태로밖에 남아 있지 않은 이들 글에서 그 흔적들의 공통점을 분석해 내기란 무척이나 어려운 일이다. 그럼에도 주체의 의식화 과정에 동반된 무수한 감정의 파편들이 지금껏 역사 속에서 배제되었다는 점을 상기한다면, 그 과정에 주목해야할 최소한의 조건은 확보될 수 있다. 역사에서 제거된 구체적 경험의 소실이 지닌 문제에 천착한 도미야마 이치로의 다음의 사유, "질서 형성의 동인이 되면서, 스스로가 동인이 된 그 질서 속에서 소실된 것이다. 동시에 그것은 질서가 된 것이 그 도래를 다른 인과의 연쇄로 의미를 만들어가는 프로세스이기도 할 것이다. 역사는 우선 이러한 동인을 흔적 없이 지운 인과의 연쇄가 아닐까."[17]라는 문제의식은 이 글에서도 동궤를 이룬다. 1980년대를 말할 때, 역사의 동인(agent)으로서의 노동자가 존재했다는 사실을 간과할 수는 없다. 그럼에도 노동자는 끝내 그 역사 속에서 이름을 획득하지 못했다. 역사를 만들어간 과정(process)으로 그들 존재가 가로놓여 있었음에도 역사라는 "인과의 연쇄"에서 그들은 삭제되고 만다. 따라서 역사 속에서, 이름을 갖지 못한 이중의 억압에 노출된 노동자라는 존재에 다가가기 위해서는 역으로 그들의 흔적으로 남은 기록들 하나하나를 세밀하게 살펴보는 과정이 필요하다.

---

16) 김예림, 「노동의 로고스피어」, 『사이』15권, 국제한국문학문화학회, 2013, 259면.
17) 도미야마 이치로, 양순주 옮김, 「유토피아들」, 『유토피아라는 물음』, 산지니, 2013, 181면.

노동자들이 그들 자신으로 존재하지 못했던 것은, 우선 노동자들 스스로가 자신의 이름을 제대로 가질 수 없었기 때문이다. 그들은 어린 나이에 열악한 노동 현장에 뛰어들어야 했기에 '위장취업'의 길을 선택할 수밖에 없었다. 중학교 진학에의 열망을 가득 안고 공부에 열중하던 박예순은 결국 집안 사정으로 인해 공장에 취업하게 된다. "보세 공장, 17세 이상 모집. 난 주민등록등본도 남의 것을 빌려갔기 때문에 사무실에서 행여 탄로가 날까 가슴 조였다."[18] 그녀와 마찬가지로 당시, 수많은 어린 여공들은 남의 이름을 빌려 공장 생활을 하고 있었다. 더불어 그들은 노동자 혹은 하나의 인격체로 대우받을 수 없었으며, 생산 라인의 기계이자 부속품으로 그 자리를 차지하고 있었다. "이름 없는 '7번 시다', '1번 미싱사', '공순이'"[19]로 불렸던 자신의 그 시절을 기억하고 있는 신순애의 기록만 보더라도, 그들은 제대로 된 이름을 가질 수 없었던 존재들이었음을 확인할 수 있다.

저 따뜻한 거리를 웃으며 거니는 사람들도 나와 똑같은 사람이거늘, 나는 저 따스한 햇볕마저도 마음껏 받아 보지 못하는가 보다. 온종일 지겨움에 라디오를 켜면 라디오 속의 출연자들의 이야기는 여가 선용이 어떻고 주말이면 가족이 여행을 간다느니 어떠니, 내게는 이해가 잘 되지 않는 용어들. 마치 딴 세상 사람들이 떠들어 대는 소리로밖에는 들을 수 없는 것일까……. 분명 발걸음을 같이하는 현 시대의 사람들인데.

---

18) 박예순, 「그 때와 지금」, 『다운문집』3(『그러나』: 30).
19) 신순애, 『열세 살 여공의 삶』, 한겨레출판, 2014, 15면.

나는 저들을 대하면 초라한 마음과 걷잡을 수 없는 외로움이 그들의 흉내를 내게 하고 마음을 더욱 슬프게 만드는 걸까……. 그들의 흉내라도 내면은 나도 그들과 걸음이 같아지겠지 하는, 달랠 길 없는 마음과 현실을 회피하려는 그런 생각들 때문인가.

그 때문에 오는 나의 마음과 현실은 더욱 외로워지다 못해 부끄러움과 분한 마음까지 갖게 되고 내 자신은 너무 초라해 보인다.[20]

같은 시대를 살아감에도 불구하고 노동자들은 다른 사람들로부터의 소외를 경험한다. 그들과 나 자신이 다르다는 인식은 초라함과 외로움, 슬픔, 부끄러움, 분노 등의 감정으로 전이된다. 철저한 차별의 구도는 햇살, 따뜻함, 여행, 여가를 누릴 수 없는, 어느 것도 가질 수 없는 소외된 구도 속으로 노동자들을 배치시켜 놓는다. 저들은 "마치 딴 세상 사람들"처럼 떠들어대고, 그렇기에 그들의 말들은 이해할 수 없는 말이며, 다른 세상 사람들의 소리로밖에 들리지 않는 것이다. 노동자가 아닌 그들과 노동자인 '나'로 분리된 회로 속에 놓여 있음을 자각하면서 그들은 점차 사회의 위계화를 인식하게 된다. 또한 이것은 열등감을 만들어낸 가장 중요한 요인이 되며, 특히 대학생들과의 차별 구도는 그것을 더욱 강화시켜 나간다.

뉴스나 연속극, 영화, 만화, 소설 등에 노동자가 주인공으로 나오는 것은 없다. (…) 영화도 좀 괜찮다 싶으면 주인공들은 대학생들 이야기다. (…) 만화도 노동자가 중심인 것은 별로 없다. 학생들 이야기다. 하

---

20) 김영선, 「나는 누구냐」, 『실천문학』4집(『그러나』: 132)

다 못해 뉴스도 그렇다. 연휴 때 시민의 표정을 얘기하면서도 공장에서 땀흘리는 노동자 표정은 쏙 빼놓는다. **그 많은 노동자들이 겪는 어려운 얘기는 신문에도 안 나오고 뉴스에도 없고 소설에서도 볼 수 없다. 우리는 시민취급도 안하나 보다.** 우리가 주인공인 것은 공원모집 뿐이다. 전봇대에, 벽보에, 게시판에 가득한 공원모집. 우리를 알아주고 반기는 곳은 거기뿐이다.[21]

노동자가 스스로를 무지한 자, 결핍된 자, 보잘 것 없는 자라고 인식하는 과정은 사회 내 다른 사람들과의 비교에서부터 비롯된 것이다. 특히 모든 매체에 주인공이 대학생으로 설정되어 있다는 사실은 대학생과 대학생 아닌 자(=노동자)라는 대립 구도를 만들어 낸다. 스스로의 정체성은 내발적으로 구성되는 것이 아니라, 다른 정체성의 부정의 형식으로 도출된다. "사실 흑인만의 문제란 없다. 혹여 그런 것이 있다손 치더라도 그것은 우연적이긴 하지만 백인과 관련되어 있다"[22]는 파농의 말처럼, 흑인들은 백인의 관심을 끌기 위해 집착하거나 백인을 동경하면서 자신들의 욕망을 드러낸다. 앞선 인용, 김영선의 「나는 누구냐」에서와 같이, 자신의 초라함을 숨기기 위해 대학생들을 흉내(mimicry)냄으로써 현실을 회피하고자 한 이런 태도는 1980년대 대학생과 노동자들 사이에서도 반복되고 있다.

노동자들이 표출한 욕망은 그럼에도 사회에서 승인받지 못한다. 그 구도 속에서 그들이 놓여야 할 곳은 다름 아닌 공장, 공장의 "공원모

---

21) 『손에 손을 잡고』, 167면. 강조는 인용자.
22) 프란츠 파농, 이석호 옮김, 『검은 피부 하얀 가면』, 인간사랑, 2003, 39면.

집"란 밖에 없다. 사회 속에 설 자리가 없는 노동자들이 향하는 공장이라는 장소는 대학생들과의 차별을 더욱 강화시킨다. 『꼭지의 여고시대』와 『비바람 속에 피어난 꽃』이라는 필독서의 분할로도 극명하게 드러나는 것과 같이 노동자와 대학생은 다른 아비투스(habitus)를 형성한다. "이 두 권의 책을 비교해 보면 어느 것이 옳은가를 판단하는 것만이 아니라, 이쪽 계층과 저쪽 계층이 다르다는 것을 꼬집어 놓은 것만 같다."[23] 차별을 강화시키는 구별짓기(distinction)는 노동자 자신에게 환멸감을 가져다주기도 한다. 그러한 구도 속에서 노동자들은 자연스럽게 자신의 감정을 적어 내려가면서 사회 현실을 자각하게 된다.

몇 년의 공장생활로 온갖 직업병에 만신창이 된 제 몸뚱아리지만 밭고랑을 헤매며 살고 싶어요
그러나 어머니. 뭔지 모를 분노와 눈물이 납니다.[24]

우리 같은 적자 인생들은 한적한 한낮을 즐기는 데도 적자이다. 돈 벌어 봐야 생활비에도 못 미치고 점심을 먹긴 했으나 일하는데 소모되는 에너지에도 못 미친다. 더러워서……. 빼앗기고, 속아 주고, 굴복하고……. 아, 가슴이 답답하다. 이래서는, 정말 이래서는 안 되는데…….[25]

나는 이렇게 생각한다. 왜 우리 노동자들만 이렇게 못 살아야 하는가. 왜 우리는 뼈골이 빠지게 일을 해도 잘살 수 없는가?[26]

---

23) 작자 미상, 「『비바람 속에 피어난 꽃』과 『꼭지의 여고시대』」(『그러나』: 116).
24) 장남수, 「고향에 계신 어머니께」, 『원풍소식』(『그러나』: 164).
25) 안사영, 「어느 탁상드릴(보로방)공의 하루」, 『민주노동』3(『그러나』: 246).
26) 김은영, 「뼈골 빠진 십 년에 남은 것」, 『등불』5(『그러나』: 186).

사회의 주인공이 될 수 없었던 우리들의 "적자 인생"은 매번 소모되는 일만을 되풀이한다. 쳇바퀴처럼 돌아가는 공장의 기계와도 같은 삶 속에서 답답함과 분노를 느끼면서도 "과연 우리들은 누구인가"[27] 하는 질문을 스스로에게 던지며, 자신을 자각하는 계기로 삼기도 한다. 생활 글이라는 형식으로 엮어 있는 수많은 글들 속에는 노동자들의 노동 현실이 고스란히 담겨 있으며, 이를 핍진하게 표현한 것들이 많다.[28] 생활(노동)과 글(문예)의 통일을 지향했다는 점은 그들의 삶의 조건을 언어화하기 위해 노력했다는 것이며, 그것은 노력 이전에 자연스럽게 형성되는 것이기도 했다. 경험 속에서 육화된 말들이 자연스럽게 문자화된 것이며, 이것이 노동자 글쓰기를 추동하는 힘이기도 하다.

공장에서 일하는 여자는 공순이. 공장에서 일하는 남자는 공돌이. 공순이, 공돌이는 천한 애들. 그렇고 그런 애들. 노는 애들.
공장 다니는 우리들을 사람들은 싸잡아 이렇게 부른다. 언제부터인가 우리들은 공장 다니기 때문에 싫어도 할 수 없이 공순이다. (…) 그래도 공순이들은 공장 다니는 표시가 난다. 아무리 옷을 잘 입고 화장을 잘 해도 표시가 난다. 그 표시를 안 낼려고 일부러 옷에 신경 쓰고 머리를 하고 화장을 더 한다. 사람들은 돈도 못 벌면서 사치를 부린다

---

27) 장미선, 「사회 속의 우리들」, 『푸른 보리』,(『그러나』: 110).
28) 이런 점에서, "노동자 글쓰기에 접근할 때는 이처럼 핍진성에서 비롯되는 '울림'에 대한 충분한 고려도 필요할 듯하다"는 김예림의 지적은 타당하다고 여겨진다. 김예림, 앞의 논문, 258면. 노동자 글쓰기가 가지고 있는 '핍진성'과 '울림'은 그들 글이 지닌 강점이자 동시에 분석·해석하기 곤란한 표현이라는 점에서 비평의 형식으로는 해소할 수 없는 잉여이기도 하다. 그럼에도 노동자들의 글들과 함께 그들의 표현을 빌어 '핍진성'과 '울림'에 가닿고자 하는 시도는, 비평의 차원을 넘어 인간이 지녀야할 최소한의 도덕이라 해야 할 것이다.

고 하지만 공순이 딱지를 떼려고 그런다.

　얼굴에 공순이라고 써 붙이고 다니는 것도 아닌데, 왜 남들이 척 보고도 우리가 공순이라는 것을 알아낼까. 다리통이 굵고 허리가 굵고 손이 거칠고 얼굴이 누렇고 가난에 찌들려 보이나? 품위가 없고 천하게 보이나? 열다섯부터 공장생활 7~8년 하다 보면 공장물이 들겠지. 그렇다고 악착같이 숨기는 것은 또 뭐야. 학생은 학생이라고 떳떳하게 말하는데 우리라고 숨길 필요는 없을 것 같다. 공장 다니는 것이 죄인가. 공장 다니는 사람 모두가 공장 다니는 것을 숨기지 않고 떳떳하게 말하면, 너도 나도 기죽지 않으면, 아무렇지도 않을 거다. 공순이 공돌이. 좀 더 듣기 좋은 말은 없을까.[29]

　노동자는 옷 입는 방식, 문화 등을 통해 사회에서 공순이라는 꼬리표를 달게 된다. "공장물"이 들었다는 표현에서 알 수 있듯이, 싫어도 어쩔 수 없이 공순이라는 딱지를 부여받는다. 공순이라는 낙인을 통해 그들 존재는 규정되며, 그렇기에 공순이라는 사실을 숨기고자 하는 욕망이 생겨난다. 그러나 이순자의 표현처럼 죄지은 것도 아닌 우리들이, 공장 다니는 사실을 숨길 필요는 없다. 떳떳하게 공장을 다닌다고 말할 용기를 갖자는 그녀의 의지와 같이, 스스로가 노동자임을 자각하면서 그들은 서서히 공순이라는 표식에서부터 벗어나고자 한다. 그러기 위해서는 사회가 요구하고 승인한 자리로부터 이탈하고 부정할 수 있는 힘을 길러야 한다. 그/그녀들은 대학생을 흉내냄으로써 기존 사회로 편입하고자 하는 욕망을 표출하기보다는, 스스로가 노동자임을 인정하

---

29) 이순자, 「우리라고 숨길 필요가 있나」(『그러나』: 111).

는 것으로 사회의 위계질서와 배치를 뒤흔들어놓는다.

　　이것은 노동자를 천시하는 사회풍조 때문에 자꾸 감추고 싶어하고, 시집가면 잘 살겠지라는 등의 환상에 젖어 자신을 숨기며 솔직하지 못하게 산다. 홀홀 껍데기를 벗어 버리고 "나는 떳떳한 노동자다. 나 같은 노동자들이 없어 봐라, 이 나라가 어찌 되는지"라고 외칠 수 없을까.[30]

　　난 노동자입니다. 전 공순이란 말이 부끄럽지 않습니다.[31]

　　"노동자를 천시하는 사회풍조" 속에서 자기 자신을 직시하고 자신을 찾기란 쉽지 않은 일이다. 그럼에도 환상에 젖어 자신을 솔직하게 바라보지 못하는 것을 꾸짖고 "껍데기를 벗어 버리"자고 표현한 정노운의 바람은 의지에의 표명으로 드러난다. "나는 떳떳한 노동자다" "난 노동자입니다"라고 선언할 수 있는 용기 속에서 우리는 이미 해방을 선취한 노동자들을 만날 수 있다. "까막눈을 가진 눈 뜬 장님이 자기 모습을 찾기 시작한 걸음이었던 것이다."[32] 이들은 "자신의 힘으로 동굴을 빠져나가 '햇빛을 본' 해방된 노동자들"[33]이며, 그들이 내딛은 "걸음"은 그들 앞에 비춰진 "조명(illumination)"이기도 한 것이다.

---

30) 정노운, 「바지 차림」, 『원풍회보』(『그러나』: 113).
31) 작자 미상, 「난 공순이입니다」(『그러나』: 114).
32) 작자 미상, 「내 삶의 자리에 주인이 되고 싶소」(『그러나』: 125).
33) 자크 랑시에르, 양창렬 옮김, 『무지한 스승』, 궁리, 2012, 15면. 랑시에르는 "'햇빛을 본' 해방된 노동자들"의 "개인적이거나 집단적인 '우연한 경험들'을 가리키기 위해 '조명'이라는 표현을 쓴다"는 옮긴이 주 참조

우리들의 삶의 자리는 어디일까? (…)

그래, 내 고통, 내 사랑, 내 동료, 내 가난함, 내 미래, 내 서러움. 그
래, 그것을 미친 듯 껴안으며 살아가는 거다. 고난의 노동으로부터 해
방의 노동을 만들어야 하는 오늘의 노동자에겐, 올해에는 어제와 같이
그렇게 일어서는 거다. 그래, 만들어 가자. 내 삶의 자리에 주인이 됨을
확인하고, 확인받는 그날을.[34]

사회가 배치해 놓은 노동자의 자리를 벗어나, "우리들의 삶의 자리"
를 새롭게 직조해내려는 물음으로부터 노동자들은 이미 다른 걸음을
만들어가고 있었다. 그 자리는 사회가 부여한 결여나 결핍으로서의 노
동자가 아닌, 자신을 찾기 위한 출발점이었다. 눈 뜬 장님의 힘찬 걸음
이었다. 그것은 고통 받으며 주어진 것만을 생산해내는 "고난의 노동"
이 아닌, 새로운 우리들의 자리를 생산해내는 "해방의 노동"을 위한
것이었다. 이렇게 노동자들은 새로운 삶의 자리를 만들기 위한 자각을
통해 발아/발화하고 있었던 것이다.

3. 노동자의 분신들

노동자들은 사람들에게 소외당하는 현실을 자각하는 것을 넘어 인간
답게 사는 법에 대해서도 자문하면서 이를 "숙제"[35]로 여기며 살아간

---

34) 작자 미상, 「내 삶의 자리에 주인이 되고 싶소」(『그러나』: 125~126).
35) 박영미, 「우리의 숙제」, 『다운문집』3집(『그러나』: 119).

다. 그러나 그들이 처한 환경, 노동 현실은 "똑같은 일, 반복되는 작업. (…) 마치 TV에서 보는 로봇과 같은 기계인간의 생활"36)에 지나지 않았다. "로봇"과 같은 노동자는 기계로, 노동의 가치는 기계보다도 못한 것으로 취급당하기 일쑤다. 그들은 기계와 같이 매일 똑같은 생활을 연명해가며, 관리자들에 의해 관리·통제되는 삶, 달리 말해 자본에 의해 철저하게 규율화된 삶을 살아간다. 그것은 생존만을 위해 삶의 시간을 연장해 가는 것일 뿐이며, 인간답게 산다는 것을 인지할 수 없게 만드는 폐쇄회로에 갇힌 삶이다.

> 그저 우리는 밥만 먹고 공장만 다니는 기계인 줄로만 안다. 기계도 가끔은 휴식을 취하고 기름을 쥐야 고장도 안 나고 제 구실을 할 수 있는데 말이다. 하물며 인간인 우리들을 쉴 수 있는 시간은 전혀 주지 않고 일만 잘 하기를 바라는 기업의 악랄성을 잘 엿볼 수 있다.37)

> 정말 이 일은 사람이 기계가 되지 않고서는 할 수 없는 일이다.38)

『그러나 이제는 어제의 우리가 아니다』 제3부 3장 '기계에 휘말린 삶'이라는 제목에 엮인 글들은 기계와 동일시 된 노동자들의 삶을 가감없이 보여준다. 삶 자체가 기계에 휘말려 들어간 상품과 같아지면서 노동자는 "기계의 부속품"을 넘어 "기계의 종, 하인"39)으로 전락한다.

---

36) 김향숙, 「고요한 밤에」, 『실천문학』4(『그러나』: 171).
37) 성지현, 「내가 있는 공장은」, 『원풍회보』16(『그러나』: 173).
38) 작자 미상, 「기계」, 『실천문학』4(『그러나』: 176).
39) 작자 미상, 「노동은 신성한가」(『그러나』: 176).

정해진 시간에 출근하지만 퇴근시간은 정해져 있지 않고 목표 달성 때까지인, 그마저도 지켜지지 않는 날이 허다한 노동기계로 살아간다. 생산물량을 채워 자신들의 이익만을 챙겨가는 기업가의 악랄함에도, 그나마 살아남기 위해서는 그 시간들을 견뎌내야 한다. 산업재해를 당해도 굶어죽지 않으려면 다음날 다시 반복되는 삶을 살아야할 그들에게 공장은 노동지옥으로 상징되는 죽음의 장소이다. 일만 하는 기계로의 삶을 강요당하면서도 법의 보호를 받지 못하는 사각지대에서 살아가는 그들은 노예와 다를 바 없는 생활을 한다. 공장은 "감옥", "창살 없는 감옥", "지옥(문)", "도깨비 소굴" 등으로, 노동자는 "죄인", "수용소 죄수", "우리 안에 갇힌 짐승" 등으로 표현되는 것만 보더라도 그들의 열악한 노동현장을 떠올리기는 어렵지 않다. 번호를 부여받은 노예들은 자신의 자리에서, 다른 이들과의 대화나 휴식을 허가받지 못한 채 할당된 노동량을 채우는 일에만 열중해야 한다. 규율화 된 삶은 할당받은 반경 내에서만 움직일 수 있도록 강제하고, 그 규정에 복종해야만 생존할 수 있다고 종용하는, 철저히 폐쇄된 감옥과도 같은 것이다. 여기에 인간이라는 단어가 들어갈 틈은 전혀 생겨날 수 없다. "근로자 개인의 인간적 삶을 무시한 작태는 반노동적, 비인간적인 행위임은 두말할 필요조차 없"[40]으나 인간적 삶은 철저하게 무시당한다.

　우리들은 노동자입니다.
　사회에서는 없어서는 안 될 중요한 직책을 맡고 있는 착한 사람입니

---

40) 작자 미상, 「언제 해방의 삶을」, 『고랑공동체 글모음』(『그러나』: 156).

다. 그러나 어둡고 괴로운 현실에 태어나 가진 것 없고, 배우지 못한 이유로 사회의 싸늘한 눈총을 받으며 삶을 꾸려 나가는 우리들입니다.

(…) 배움이 있는 저들에게 어찌할 수 없는 노예가 되어 언제나 저들의 뒤를 따라야만 했습니다. 저들은 항상 앞장을 섰으며 뒤를 따르는 우리는 차마 인간으로서는 느낄 수 없는 고통과 아픔을 맛봐야만 했습니다. 우리들은 왜 이래야만 합니까?[41]

나는 노동자의 뼈를 갈아먹는 놈들이 자기의 돈의 축적과 권력의 비리를 막기 위해 쓰는 수단임을. 노동자는 어떻게 살아야 하는가.[42]

산다는 것은 경쟁, 경쟁에서 이미 패자를 정해 놓은 모순이 사회에 있는 것이라는 생각이 든다.[43]

시다공들도 똑같은 인간이기에 생각하고, 판단하고, 의욕도 있고, 불평·불만도 가지고, 또 장단점도 갖고 있다. (…) 그런데도 왜 이 사회에서는 인간으로서의 대우를 못 받는 것일까?[44]

배우지 못한 무지한 자들, 사회의 음지에서만 생활하던 "어둠의 자식들"[45]은 야학, 소모임, 노조 등을 통해 다른 사람들과 만나면서, 노동법을 알아가면서 점차 스스로를 자각하게 된다. 이는 울분이나 한탄, 체념, 분노를 넘어 사회적 모순에 대한 자각으로까지 이어지기도 한다.

41) 작자 미상, 「우리의 현실」(『그러나』: 133~134).
42) 작자 미상, 「노동위원회에 다녀와서」, 『일꾼의 소리』(『그러나』: 250).
43) 김영선, 「나는 누구냐」, 『실천문학』4집(『그러나』: 133).
44) 현순자, 「미싱사와 시다공」, 『한벗』3집(『그러나』: 219).
45) 작자 미상, 「하소연할 곳도 없이」(『그러나』: 149).

사회는 눈부신 경제성장과 발전을 이룩하게 되었으나, 그 밑바탕이 되었던 노동자들의 삶은 여전히 나아진 것 없이 동일한 상태라는 사실을 통해 그들은 자신이 철저하게 비인간적인 노예와도 같은 처우 속에 놓여 있음을 자각한다. 장시간 노동, 저임금, 잔업·철야의 연속에도 수당을 제대로 받지 못하는 현실에 아무 말 없이 뒤따르기만 했던 자들이 "이젠 귀먹어리요, 벙어리가 아닌 떳떳한 우리의 권리를 주장하며 더 이상 우리의 이익을 남에게 착취당하지 말고, 노동법의 한 가지 한 가지를 실천할 수 있는 노동자"46)가 되고자 각오하기도 한다. 그렇지만 사회적 모순을 자각하게 된 경우라 할지라도, 이러한 각성이 노동자의 내발적인 계기만으로 이루어졌다고 보기는 어렵다. 당대 쓰여진 대부분의 글에서 노동자의 각성은 야학이라는 공간을 통해 이루어지면서 노동자의 내면에 어떤 균열을 야기하기 때문이다.47) 균열된 내면이 존재하지만 어쨌든, 노동자들은 자신들이 노동 수단에 지나지 않는다는 사실을, 그렇기에 "이미 패자를 정해 놓은 모순이 있는 사회"라는 사실을 노동 현장을 겪어내면서 뼈저리게 경험한다. 동시에 그 경험들

---

46) 작자 미상, 「우리들의 현실」, 『일하는 아이들』(『그러나』: 152).

47) "야학에 다니면서 저는 많은 것을 깨우치게 되었습니다. 우리가 사는 사회에 대해서도 알게 되었고 우리 노동자들이 정당한 대우를 못 받고 혹사당하고 있다는 사실도 깨우쳤습니다. 또한 전에는 대학생들이 우러러 보이고 우리같이 천대받는 공순이는 사람도 아닌 것같이 생각되었었는데, 지금은 똑같은 소중한 인간이며 결코 학력으로서 차별받아서는 안 될 것이라고 뼈저리게 느꼈습니다." 유순남, 「나의 이야기」, 『한 벗』(『그러나』: 25). 야학을 통해 사회의 모순을 깨닫고, 모두가 같은 인간임을 느끼게 되었다는 서술은 유순남의 글뿐만 아니라 다른 노동자 글쓰기 곳곳에서도 확인할 수 있다. "그럭저럭 챗바퀴 돌 듯, 삶 속에서 야학이라는 곳을 다니게 된 것이야. 나에게 기쁨과 슬픔, 사랑을 안겨준 그곳." 전신영, 「아가, 남의 것은 다 똥으로 봐라」, 『등불』5(『그러나』: 39).

은 동등한 인간임에도 불구하고 언제나 인간으로서 대우받지 못하는, 차별화된 구조 속에 철저히 소외된 자들이라는 자각이기도 하다. 이러한 현실적 상황을 "노동지옥 위에 기업주의 천국이"[48]라는 제목은 적확하게 드러내고 있다.

그러나 사회는 노동자들의 변화를 그렇게 호의적으로 수용하지 않는다. 그렇기에 변화를 열망하는 자들은 자신의 권리를 쟁취하기 위해 싸워나갈 수밖에 없다. 이런 싸움은 투쟁, 쟁의, 파업, 농성, 점거 등의 형태로 분출된다. 이때, 폐쇄회로를 파쇄하기 위한 최극단의 지점에 노동자의 죽음, 분신이 가로놓여 있다. 노동자들은 살기 위해 목숨을 담보로 한 최후의 담판을 자행한다. 생존을 위한 결단은 전태일 이후 수많은 노동자들이 스스로를 파멸시킴으로써만 드러낼 수 있었던 막다른 저항이었다. 80년대는 노동자라는 존재 증명을 죽음으로 쓸 수밖에 없는 폭압적 조건 속에 놓여있었으며, 그들 존재[分身]는 분신(焚身)으로만 완수될 수 있는 것이었다. 『햇살』 창간호의 권두시 「친구여, 세상 어둠을 떠도는 빛이여—박영진 열사에게 드리는 글」과 「구로공단에서 타오른 불꽃: 신흥정밀 박영진 열사의 분신자결」은 노동자의 죽음과 노동자 글쓰기의 연관성을 그대로 노출시킨다.

숙아,
이젠 네게 자신 있게 얘기 한다……
신흥정밀 노동자 모두가 남남이 아니다. **노동자는 남남이 아닌 하나**

---

48) 「소식: 세풍합판, 300여 노동자 파업 농성」, 『햇살』 창간호, 형성사, 1986. 8월호, 127면.

일 수밖에 없다.

왜냐고?

우린 한 달 내내 기계처럼 일하고 일요일도 돈없어 허리가 휘어지도록 잠만 잔다든지, 아니면 강제로 특근, 대치근무를 해야 한다. 이렇게 뼈가 빠지도록 일하고 받는 돈이 고작 10만원 내외이며 진짜 쥐꼬리 같은 봉급으로는 우리들 노동자 모두가 인간답게 살아가기에는 어렵다. 아니 어려운 것이 아니라 노예생활과 다름이 없다.

나는 내가 누구인지 안다.

배운 거 없는 무식한 놈.

가진 것 없는 가난뱅이.

그래서 인간대접도 받지 못하고

짐승처럼, 노예처럼, 로봇처럼,

시키면 시키는 대로 일만 하고

주면 주는 대로 받을 수밖에 없는

힘없고 보잘 것 없는

한평생을 굽신거리며 살아야 하는 노동자임을……

희용이, 영수, 용남이를 경찰이 데려갔다. 왜 데려갔을까?

회사에서 노동법 어기고 있는 것을 좀 알려고 했을 뿐인데.

우리들의 빼앗긴 권리를 찾으려고 조금 노력했을 뿐인데.

이 회사가, 이 사회가 어떻게 돌아가고 있는지 알려고 조금 노력했을 뿐인데…….

우리 회사에서 매일같이 행해오던 부당해고, 2~3일 결근하면 짜르는 거, 너에게 그리고 여자에게 해당되는 여자와 18세 미만 근로자 기본 근로시간이 7시간인데 9시간을 시키고 그 시간을 떼어먹고 석회형이, 성현이가, 광찬이가, 일을 하다가 환자가 되어 집으로 돌아갔고 문

영이, 병선이, 정선이형이 코가 헐고 봉로가 약물에 데어, 우리의 몸은
병들어가도 회사는 대책이 없다.[49]

1986년 3월 17일 신흥정밀 기숙사 옥상에서 박영진과 그의 동료들
은 "초임 3,080원을 4,200원으로 인상할 것과, 근무시간의 정상화, 강
제잔업 특근철폐 및 부당한 해고를 철회할 것을 요구"하며 경찰과 대
치한다. 그러던 중 박영진은 경찰에 물러가 줄 것을 요구하다 끝내 분
신, 병원으로 후송했으나 "회생불가능" 진단을 받게 된다. 「구로공단에
서 타오른 불꽃」은 이러한 정황과 함께 그의 약력, 3월 15일에 쓴, 함
께 일하던 나이어린 동료 명숙에게 보낸 편지를 담고 있다. 불꽃으로
타오른 그가 남긴 편지는 "남남이 아닌 하나"인 우리들 노동자에게 전
해져, 꺼져가는 노동의 불씨를 되살려나가는 추동력으로 작동한다.[50]
폭압적 규탄과 통제는 권력과 언론의 협잡으로 더욱 강화되어갔지만
은폐될 수 없었으며, 시대적 합의에 반기를 든 폭로 발언들이 난무했
던 시기가 1980년대이기도 하다. 죽음을 새긴 글쓰기가 노동자의 또
다른 분신일 수 있었던 것은 바로 이러한 이유 때문이다. 『말』지의 보

---

49) 「구로공단에서 타오른 불꽃: 신흥정밀 박영진 열사의 분신자결」, 『햇살』창간호, 125
~126면. 강조는 인용자.

50) 『햇살』제2호의 <집중취재: 해고노동자를 찾아서>라는 코너는 "어떻게 이것들(비극
적인 시대 현실, 공장 해고노동자들의 비참함―인용자)을 가리우는 이 거대한 장벽
들을 깨부술 것인가 하는 분노"에 초점을 맞춰 작성되어 있다. 그 중 「어둠의 절벽
이 아무리 높아도」에서는 "고 박영진 열사와 함께 임금인상을 위해 싸우다가 해고
된 분"과의 이야기를 담고 있다. 그 외에도 참조할 글은 박경희, 「고 전태일」, 『한벗』;
작자 미상, 「전태일 추도식에 다녀와서」, 『일꾼의 소리』2집; 작자 미상, 「김종태의
죽음 앞에서」, 『일꾼교회 주보』(『그러나』: 127~131) 등과 목공 박○○, 「고 이봉희
동지를 보내며」, 『진실』6호(『거칠지만 맞잡으면 뜨거운 손』, 광주, 1988, 198~199)
등이 있다.

도지침 폭로 특집호(1986년 9월)로 극명하게 드러난 제도언론의 실태는 「어처구니없는 보도」와 같은 노동자 글쓰기에서도 신랄하게 비판된다. "(…) 또 잊어야할 '광주사태' 운운하고 있는데, 천만의 말씀이다. 보도되지 않고 입으로만 전해진 진실들을 '유언비어'에 묶는다고해도, '죽어도 못 잊을' 그 사연들은 겪지 않은 사람에게 전해지고 마는 것이다."[51] 언론이 다루지 않는, 있지도 않았던 일처럼 처리되는 노동자들의 이야기는 노동자들의 글쓰기를 통해 전해진다. 그들의 손과 입이 실어 나르는 이야기, 노동자 글쓰기는 "활활 타오르는 불꽃의 혀"[52]였다.

4. 동류: 함께 나누어가진 '나들'의 글쓰기

노동자들은 인간보다 못한 인간 취급을 당하면서도 인간이고자 했다. 인간적인 삶을 요구한 흔적들은 투쟁, 쟁의, 파업, 농성, 점거, 분신 등으로 나타나기도 했지만, 그들의 손으로, 입으로 전해지기도 했다. 그것들은 상호 침투하면서 전환되는 것이다. 즉, 노동자 글쓰기는 언어로 변화된 현실이면서 동시에 행위였다. 소음, 추위, 더위, 먼지, 졸음, 배고픔 등 열악한 노동 현실의 생생한 경험들은 그들의 말/글이자 행동이고, 이는 곧 자기 자신에 대한 변화를 동반하는 계기이자 행위였

---

51) 작자 미상, 「어처구니없는 보도」, 『일꾼의 소리』2(『그러나』: 103).
52) 『햇살』제6호(1988년 겨울)의 제목, "활활 타오르는 불꽃의 혀가 되어"에서 가져온 것이다.

다. 이들 사이에 명확한 경계선을 긋기란 불가능하다. 그들은 경험으로 느끼면서 새로운 삶을 살아가는 방식들을 생성해 나간다.

그러다 마침내 1984년쯤 근로 야학이라는 델 찾아가게 되고, 같이 입학원서를 쓰던 꾀죄죄한 아이도 그렇고(그 아이를 그렇게 생각했던 건 겉모양보다는 직업란에 '노동자'라고 쓰는 걸 보고서 그랬을 거다. 세상에 원 근로자도 아니고 '노동자'라니!) 원서를 받던 꾀죄죄한 사람들을 보며 뭔가 자꾸 찜찜하고 서글프긴 했지만 그 길 말고 다른 길이 없어 나만 열심히 하면 된다고 몇 번식 마음을 사려 먹으며 입학원서 직업란에 당당히 '회사원'이라고 서 넣었고, 억새풀야학(사실은 그때 억새풀이라는 이름도 별로 마음에 안 들었다. 풀이름을 할 거면 물망초나 난초도 있고 아네모네나 달리아 같은 고상하고 우아한 꽃 이름도 얼마든지 있는데!)에서는 또 다른 생활이 시작되었다.

나한테 절실했던 영어 단어나 수학 공식보다는 근로기준법이 어떠니 노조가 어떠니 하는 일에 더 열을 올리던, 뭔가 불순한 냄새가 나던 그 강학이란 것들을 경찰서에 신고할까 어쩔까 몇 번 망설이기도 했지만 어쨌든 새로운 것에 눈떠 간다는 희열도 있고, 만날 잔업에 찌들어 회사와 불 꺼진 자취방을 오가던 짐승 같은 생활에 잔업 말고도 용접 말고도 내게 다른 일이 생기고, 갈 곳이 생겼다는 한 가닥 의미가 참 소중하게 느껴졌다. 그때 강학 하나가 책 한 권을 건네줬다. 진숙 씨가 읽어 보면 참 많은 도움이 될 거라면서. (…)

『어느 청년 노동자의 삶과 죽음: 전태일 평전』이라는 책이었다. 그 책을 처음 받아 들었을 때, 사실 푸르딩딩한 책 색깔도 그렇고 어떤 아줌마가 가슴에 뭔가를 끌어안고 주저앉아 우는 것도 궁상스럽고, 무엇보다 제목에 '노동자'라는 말이 마음에 안 들어 받아다 놓고는 펴 보지

도 않은 채 먼지만 앉히고 있었다. 니체나 이상, 그리고 김춘수나 김남
조는 책꽂이에 소중하게 꽂아 놓고 있었지만 그따위 책은 그렇게 취급
해도 아깝다는 생각도 안 들었다. (…)

그러던 어느 날 소나기가 내려 오후 작업을 못 하고 명휴(회사의 명
령으로 쉬는 것)을 했는데, 비는 철철 오고 빨래하기도 그렇고 갈 데도
없고 해서 노느니 장독 깬다고 심심파적으로 그 책을 들척거렸다. **그
책을 끝내 들추지 말았어야 했을까.** 눈물을 줄줄 흘리면서 난 처음으
로 스스로에게 부끄럽다는 생각을 했다. 다른 누구도 아닌 나 자신에게
부끄러워 꺼이꺼이 지리산 계곡처럼 울었다.

가슴에 큰 산 하나가 들어앉아 그 산에서 돌덩이가 와르르 쏟아져
양심에 돌팔매질을 해대는 그런 느낌이었다. 내가 살아온 삶과 별로 다
르지 않은 삶을 산 사람. 그러나 그 삶을 피하거나 외면하지 않고 온몸
으로 끌어안고 뒹굴었던 사람.

난 뭘까. 그 삶에 비한다면 내 삶은 뭘까. 똥구덩이 같은 현장에서
혼자 비단신을 신고 내내 똥을 탈탈 털고 있었던 넌 뭐냐. 시집을 끼고
다니며 니체도 모르는 아저씨들을 비웃으며 그들과 나는 다르다고 끊
임없이 주문을 외우던 넌 누구냐. '노동자'라는 말에 멸시를 보내며
'회사원'이라는 자만의 웃음을 질질 흘리던 넌 도대체……

나와 함께 일하고 나와 같이 뒹굴며 그러나 끝내 내가 되지 못하고,
내가 그들이 되지도 못한 채 흘러갔던 수많은 아이들. 그리고 지금 나
와 함께 뒹구는 아무 데서나 오줌 누구 욕을 달아야만 말이 되는 이
아저씨들.

**세상을 새롭게 보게 되었다. 내가 곧 그들이라는 사실이 이제 더 이
상 부끄럽지도 치욕스럽지도 않았다. 같이 살아야 된다는 생각. 내가
달라져야 그들이 달라진다는 생각. 그들이 딛고 선 땅이 변해야 내가**

딛고 선 땅도 변한다는 생각.

　눈물은 곧 다짐이 되었고 가슴 벅찬 환희가 되었다. 인간이 참 고귀한 존재라는 생각이 처음으로 들었다. 그때 평화시장의 상황이 눈앞에 훤히 그려지며 나를 더 깊은 자책과 공감의 늪으로 빠뜨렸던 건 평화시장과 똑같은 자갈치에서의 경험이 더해져서였을 게다.[53]

　상당한 지면을 할애하면서도 군이 이 긴 글을 옮겨온 것은 노동자라는 이름으로부터 새롭게 세상을, 자신을 자각하게 된 한 노동자의 글을 함께 호흡하기 위해서이다. 또한, 책읽기와 글쓰기를 통해서 노동 현실로부터 벗어나고자 했던 노동자의 이름 위에 석정남의 수기 『공장의 불빛』 혹은 신경숙의 『외딴 방』을 올려놓지 않은 것은 현재로 지속되는 노동 현실에서도 그 "눈물"과 "다짐", "환희"를 기억하기 위해서이다. 전태일이 살았던 시대와 현실 상황은 '나'가 경험한 것들과 별반 다르지 않다. 허나 유사한 상황 속에서도 그가 판이하게 다른 삶을 살아간 사실을 마주하면서 '나'는 부끄러움을 넘어 존재의 무너짐을 경험한다. "가슴에 큰 산 하나가 들어앉아 그 산에서 돌덩이가 와르르 쏟아"지는 것과 같은 느낌은 '나'를 지금까지의 '나'로 존재할 수 없게 만든 '돌멩이'이다. 그것은 더 이상 '나'가 '나'로서 살아갈 수 없음을 의미한다. "나와 함께 일하고 나와 같이 뒹굴며 그러나 끝내 내가 되지 못하고, 내가 그들이 되지도 못한 채 흘러갔던 수많은 아이들."이라는 문장은 그들과 함께 호흡하지 못한 것에 대한 미안함, 반성, 자각 그리

---

53) 김진숙, 「그 시절의 이력서」, 『소금꽃나무』, 후마니타스, 2011, 45~48면. 강조는 인용자.

고 변화를 동시에 뿜어내고 있다. 그것은 책을 펼쳐들면서 이미, 시작되고 있었던 것이다. '나'에게 '너', '그들'은 각자 따로 존재하는 것이 아니라 '나'와 같은 '너'(혹은 '그들'), '너'와 같은 '나'(혹은 '그들')로, 나아가 '나'와 같은 무수한 '나들'로 겹쳐져 있다. 그렇게 '나들'은 "같이 살아야 된다는 생각"을 할 수 있으며, 그것은 노동자라는 이름에 아로새겨진다. '나'에는 지금까지와는 다른 '나'가 존재하는 것과 마찬가지로 '나들'로 한데 모아진 노동자라는 이름도 지금까지의 의미들을 탈각하게 된다. "우리는 동류들이다. 왜냐하면 우리는 **우리 자신을 위해 우리 자신인** 바깥으로 각자 외존되기 때문이다. 동류는 엇비슷한 자가 아니다. 나는 타자 안에서 나를 다시 발견하지도 나를 인정하게 되지도 않는다. 나는 타자 안에서 타자성과 변조(變調)를, 또는 타자의 타자성과 변조를 체험한다. 그 '내 안에서' 일어나는 변조에 따라, 나는 나의 단수성을 나의 밖으로 가져다 놓는다. 그 변조에 따라 나의 단수성은 무한하게 유한해진다."54) 줄여 말하면, '나'는 '나들'로의 "변조"를 경험하면서 노동자라는 "동류"가 되는 것이다.

그런데 그 방황하던 시절에 『신동아』에서 전태일의 일기를 읽으니 과거에 들었던 이야기가 떠오르고, 지금껏 살아왔던 내 모습이 죽 연결이 되더라고요. 처음 제본소에 들어갔을 때 봤던 노동자의 모습들, 아무리 공부하려고 해도 여건이 되지 않았던 것, 평화시장에서의 경험…… 나는 어딜 가나 노동자로 살 수밖에 없는데, 내가 만약 전태일이 있던 현장에 함께 있었다면, 그 사람의 죽음에 대해 이렇게 덤덤하

---

54) 장-뤽 낭시, 박준상 옮김, 『무위의 공동체』, 인간사랑, 2010, 83면. 강조는 원문.

게 말할 수 있을까. 그래서 주소를 보고 이소선 어머님을 찾아갔어
요.55)

얼마 후 편지로 쓰여진 전태일 선배의 글을 읽어 볼 수 있었다. 복
사지에 적혀 있던 그 글은 여러 사람이 돌려 보아 손때가 너저분하게
묻어 있었지만 그 글은 너무도 선명히 눈에 들어왔다.
(…) 나를 두고 한 소리는 아닌가? 우리가 가야 할 길을 남겨 놓고
우리를 그 길로 부르는 것은 아닌가? 그가 했다는 마지막 말 '내 죽음
을 헛되어 하지 말라'는 말은 우리에게 한 말은 아닐까?56)

패시픽에 입사한 지 일년이 다 되어가던 무렵 원풍모방에 다니던 언
니가 내 앞으로 『월간 대화』를 정기구독 신청해주었다. 석정남의 『불
타는 눈물』, 유동우의 『어느 돌멩이의 외침』 등을 읽으며 정말 가슴이
불타올랐다. 그것은 정말 내게 새로운 눈뜸, 새로운 사회의식에의 계기
였다. 마치 내 각막에 붙어 있던 어떤 막이 벗겨지고 보다 깨끗한 세계,
보다 치열한 세계를 내 눈으로 보게 되는 것과도 같은 충격과 경이의
체험이었다.57)

민종덕, 이옥순, 장남수의 글은 모두 다른 노동자의 일기, 수기 등을
읽고 존재의 변화를 경험했음을 기록한다. 글과 함께 그들 존재는 이

---

55) 1970년대 청계천 노동자 민종덕이 청계피복노동조합의 활동 경험을 중심으로 구술
한 내용을 받아 정리한 것이다. 유경순, 「노동자, 스스로를 말하다: 구술로 살펴본
청계노조의 역사」, 역사학연구소, 『노동자, 자기 역사를 말하다』, 서해문집, 2005,
113면.
56) 이옥순, 『나 이제 주인되어』, 도서출판 녹두, 1990, 65면.
57) 장남수, 『빼앗긴 일터』, 창작과비평, 1984, 24면.

어진다. 노동자 글쓰기는 "새로운 눈뜸, 새로운 사회의식에의 계기"를 마련해준 것이고, 그러한 체험을 기록한 '나'의 글은 또 다른 노동자의 손으로, 입으로 전해지면서 물음을 던진다. '맥박'이라는 그룹 모임에서 전태일의 이야기를 들은 이옥순은 그 후, 그의 유서를 직접 마주하게 된다. 동료의 입을 통해 듣게 된 그의 이야기는 글을 통해 내 안으로 들어온다. "이제부터는 전태일 선배님이 살아보지 않은 시간들을 나는 산다. 어떻게 살 수 있을까?"[58] 물음과 응답으로서의 글쓰기는 함께 고통 받는 '나들'이라는 인식을 가능하게 하며, 이 대화가 곧 글로 현현된 것이다. 동료들의 입을 통해, 전태일의 글을 통해 그들 가슴 속의 불꽃은 "불꽃의 혀가 되어" 들불처럼 번져나간다. 노동자들의 자기 각성은 바깥으로 외존되어 있었으며, 그렇기에 그들의 글쓰기는 단지 자신을 위무하는 행위에 그친 것만은 아니었다. 함께 나누어 가질 수 있는 공동의 글쓰기였던 것이다. "이는 이미 공동체에 참여하고 있다는 것을, 즉 어떤 방법으로든 공동체를 소통으로서 경험하고 있다는 것을 의미한다. 이는 글쓰기를 함의한다. 글쓰기가 중단되어서는, 우리의 공동-내-존재의 단수적 윤곽이 노출되는 것이 중단되어서는 안 된다. (…) 나아가 바로 공동체 자체가—그러나 그것은 아무것도 아닌 것**이며, 그것은** 집단적 주체가 아니다—쓰면서 스스로를 분유하기를 중단하지 않는다.[59]

노동조합, 소모임과 같은 공동체가 아니더라도, 글과 말 그 자체로

---

58) 이옥순, 앞의 책, 66~67면.
59) 장-뤽 낭시, 박준상 옮김, 앞의 책, 96~97면. 강조는 원문.

이미 그들은 공동체를 경험했다. 노동자 글쓰기가 지닌 이러한 행위성은 실제의 공동생활, 독서토론, 소모임, 상담실, 편지 주고받기 등의 활동들로도 나타난다. 『손에 손을 잡고』는 "우리 낱알들이 함께 살면서 그때그때 써놓은 일기"를 책의 형태로 모아 출간한 것으로, '첫 번째 이야기: 공동생활일지'와 '두 번째 이야기: 주제토론'으로 구성되어 있다. 봉제계통의 미싱사들이 함께 생활하면서 쓴 일지는 공동의 대화적 기록이다. 『햇살』의 <독서토론>은 막심 고리끼의 『어머니』(창간호), 장남수의 『빼앗긴 일터』(제2호), 조지 오웰의 『동물농장』(제3호), 이택주의 『타오르는 현장』(제4호)을 읽고 토론한 노동자들 간의 대화를 담고 있다. 더불어 『햇살』은 <햇살 상담실>을 통해 노동자들의 실제적인 고민을 나누고 해결하기 위한 방안을 함께 모색하기도 하고, <우리들의 말 나눔>60)에서는 노동자 두 사람이 주고받은 편지가 실리기도 한다. 그 외에도 『햇살』을 읽고 인상 깊었던 점, 아쉬운 점 등을 진솔하게 표현하고 있는 <독자의 소리>와 같은 코너도 마련하여 여러 노동자들의 목소리를 다양하게 담아내려고 했다. 노동자들은 "어떤 방법으로든 공동체를 소통으로서 경험"하고 있었으며, 노동자 글쓰기는 "분유하기를 중단하지 않"았던 것이다. 쓰고 읽(히)고, 또 다시 쓰면서 함께 나누어 가질 수 있었던 공동체 그 자체가 바로 노동자 글쓰기였던 것이다.

---

60) 『햇살』제3호에는 <우리들의 말 나눔>으로, 『햇살』제4호(1988년 6월)에는 <우리들의 나눔 광장>으로 표현되어 있다.

5. 다시 노동자라는 이름에

역사의 시간들을 지나오면서 1980년대 노동자들의 변혁의 함성은 사그라들었다. 노동자 대투쟁 전후 들불처럼 번져간 함성들은 끝내 자취를 감추어버렸고, 그 속에 다양하게 존재했던 그들의 말과 글들 또한 함성과 역사 속에 묻혀버렸다. 시간의 흐름은 역사의 망각으로, 존재들의 잊혀짐으로 경과한다. 마치 시간의 퇴행·역전이라도 일어난 것 같이, 들불은 꺼지고 불꽃의 혀는 끊어져 버린 채 불꽃마저 희미하게 사그라져 간다. 노동자라는 이름이 유령처럼 떠도는 이 사회가 단적으로 보여주듯, 그 함성이 퍼질 날은 여전히 오지 않고 있다. 지난한 투쟁의 역사를 겪어오면서도, 세상이 조금씩 변해가면서도, 역설적이지만 노동자들의 삶은 자본의 논리 속에서 노예의 삶을 되풀이하고 있다. "저는 우리가 참 멀리 왔다고 생각했습니다. 어느 날 뒤돌아보니 우리가 떠나온 자리에 이들(비정규직—인용자)이 서 있었습니다. 저는 우리가 이제는 노예의 사슬에서 벗어났다고 믿었습니다. 어느 날 되돌아보니 우리가 벗어던졌다고 믿었던 사슬이 이들에게 고스란히 대물림돼 있었습니다."[61]라고 한 노동자의 고백처럼 노동자인 대상이 조금씩 변했다 뿐이지, 그들이 "노예의 사슬"을 벗어날 수 없는 구조적인 문제는 그때도 지금도 끊임없이 되풀이 되고 있다.

그럼에도 불구하고 노예의 사슬을 끊기 위해 또 다른 연대의 고리를 만들어내고 있는 이들 역시 존재한다. 노동자라는 울타리는 끊어지지

---

61) 김진숙, 「그때 우리는」, 앞의 책, 162면.

않았다. 그 연대의 끈은 "동류" 노동자들에게로 계속 이어져 왔다. 낯선 역사로서의 노동자라는 이름을 붙들고 새기는 작업을 계속 해야 하는 이유이다. "전태일 씨의 생활은 곧 우리들의 생활이었다. 그 시대와 지금 시대와는 똑같은 시대의 연속이다."[62] 시간의 흐름은 "시대의 연속"이라는 관점에서 망각이나 잊혀짐을 기억으로 뒤바꾸어놓는다. 지금 여기에도 그때와 마찬가지로 노동자들의 삶과 글이 살아/남아 있음은 그 시절을 잊지 말고 상기하자고 권고한다. "상기하기는 일종의 윤리적 행위**이며**, 그 안에 자체만의 윤리적 가치를 안고 있다. 기억은 이미 죽은 사람들과 우리가 공유할 수 있는 가슴 시리고도 유일한 관계이다."[63] 수많은 노동자들 위에 다시금 그 길을 걸어가야 하는 '나들'의 삶이 조금은 더 인간적일 수 있으려면, 노동자들의 삶과 글이 온몸으로 뿜어내는 "윤리적 가치"를 기억해야 한다. 2015년에 화석화된 1980년대 노동자 글쓰기에 인간이라는 두 글자를 새겨 넣고자 하는 이유이다. 다시 노동자여야 하는 이유인 것이다.

> 노예가 품었던 인간의 꿈. 그 꿈을 포기해서 박창수가, 김주익이가, 그 천금 같은 사람들이, 그 억만금 같은 사람들이 되돌아올 수 있다면, 그 단단한 어깨를, 그 순박한 웃음을, 단 한 번이라도 좋으니 다시 볼 수 있다면, 용찬이 예란이에게, 준엽이, 혜민이, 준하에게 아빠를 다시 되돌려 줄 수만 있다면, 그렇게라도 하고 싶습니다.
> 자본이 주인인 나라에서, 자본의 천국인 나라에서, 어쩌자고 인간답

---

62) 박경희, 「고 전태일」, 『한벗』(『그러나』: 128.)
63) 수전 손택, 이재원 옮김, 『타인의 고통』, 이후, 2010, 168면. 강조는 원문.

게 살고 싶다는 꿈을 감히 품었던 말입니까? 어쩌자고 그렇게 착하고, 어쩌자고 그렇게 우직했던 말입니까?[64]

전태일이라는 이름 이후, 그의 곁에 새겨진 수많은 노동자들의 이름은 자본이 "천국"이고 "주인"인 나라에서, 어떤 꿈도 꿀 수 없는 지옥과도 같은 현실에서, 결코 실현될 수 없는 "인간의 꿈"을 지닌 자들에 의해 만들어져 왔다. "인간답게 살고 싶다"는 꿈은 감히 품어서는 안 되는 죄악과도 같은 현실에서 그럼에도 그 꿈을 위해 싸우다 죽어간 사람들이 존재해 왔다. 그들은 "이제 아무도 기적을 말하지 않을 때 온몸으로 기적을 만들어 가는 사람들"이면서 "우리가 단지 역사를 추억할 때 스스로 역사가 되어 가는 사람들"[65]이다. 그러니 이제는 노동자라는 이름을 노예의 삶으로 인식할 것이 아니라 스스로 역사가 되어간 인간들의 외침이 아로새겨진 것으로 기억해야 한다. 또한 그들의 말/글이 가지고 있는 핍진성을 나누어가짐으로써 노동자라는 이름이 나에게로 전이될 수 있음을, 나 역시 노동자라는 사실을 자각할 수 있음을 기억해야 한다.

그러나 여러분! 조금만 더 주위를 살펴본다면 함께 일하며 식사하던 동료 2명이 아무런 얘기도 없이 없어졌음을 알 수 있을 것입니다. 그들은 떠나지 않았습니다. 힘없이 납중독에 걸려 회사 측의 묵인 아래 적당한 타협 속에 버려진 것입니다. 몹쓸 병에 걸리고도 아무 대가도 없

64) 김진숙, 「전태일과 김주익의 유서가 같은 나라: 김주익 열사 추모사」, 앞의 책, 121면.
65) 김진숙, 「그때 우리는」, 앞의 책, 160면.

이 정든 직장에서 쫓겨난 것입니다. 우리가 매일 만드는 축전기처럼 다 쓰면 다시 채울 수 있는 것도 아닌, 한 번 쓰면 버려질 건전지로 사라져 버린 것입니다.

　　그렇다면 왜 회사 측은 이 문제를 쉬쉬하려고만 할까요? 우리들의 건강 때문일까요? 아닙니다. 우리들이 몸을 더욱 더 망가뜨려 피와 땀을 짜서 이익을 뽑아내기 위함입니다. 소문 없이 사라진 그들을 통해서 이 사실이 모든 노동자들에게 알려진다면 보상비다 뭐다 해서 이익이 줄기 때문입니다.

　　(…) 온 공장안을 뒤덮는 납가루, 납가스와 지독한 황산으로 야근이다, 철야다, 특근이다 하며 우리의 몸은 점점 만신창이가 되어 이제 죽음만 기다리고 있는 것입니다. 그토록 고생해서 십 몇만 원을 받을 땐 기쁘기도 하지만 얼마 못 가 우리 회사의 모든 노동자들은 쓰러져 건전지처럼 버려지고 말 것입니다.[66]

　　건전지와 같은 삶을 살다 버려진 노동자들이 너무나도 많다. 그럼에도 희망이라 말하기 어려운 한 가닥 희망을 붙들 수 있는 이유는, 변화를 갈망하는 목소리들 또한 멈출 줄을 모르기 때문이다. 일상의 굴레를 조금씩 부수어나간 틈새에서 흘러들어온 말과 글들은 "윤리적 행위"를 생성해 낸다. 평생을 온 몸 바쳐 일해도 남는 것 없이, 결국은 버려질 수밖에 없는 삶을 연명하는 것은 무기력하게 죽음만을 기다리고 있는 것과 다를 바 없음을 자각한 자들이 있다는 존재 자체가 가능성을 일러준다. 그 가능성의 불씨가 꺼지지 않으려면 이제는 달라져야

---

66) 작자 미상, 「우리는 축전지도 못 되는 건전지인가?」, 『성문밖 교회』(『그러나』: 178~179).

한다. 더 이상 그들을 외면해서도 비난해서도 안 된다. 그들의 목소리가 울려 퍼질 수 있도록 힘을 보태고 동참해야만 한다. "여러분 더 이상 참지 말고 일어나 우리들의 정당한 권리를 되찾읍시다. 매일 매일 이용만 당할 것이 아니라 벌떡 일어나 사람답게 살아봅시다." 우리들 모두는 인간이기에 인간의 권리를 되찾아야 한다는 사실에는 모두가 동의할 수 있지 않은가. 인간의 존엄함을 되찾기 위한 권리 선언은 1980년대 노동자 글쓰기 그것 자체였고, 그것으로 이미 충분한 것이었다. 또한 이를 기억하는 여기의 다양한 말과 글들은 그 선언을 수호해 나간다.[67] 주저되는 부분이 없는 것은 아니지만, 이 글 또한 그들 곁에서 하나의 울타리가 되었으면 한다. 1980년대 노동자들을 지켜내고 또 이 시대를 살아가는 노동자들과 함께 하는 글쓰기로서 하나의 공유지(共有地/紙)가 되었기를 바란다.

---

[67] 이경석, 이창근, 유승하 외, 『섬과 섬을 잇다』, 한겨레출판, 2014. 장기투쟁 현장인 일곱 개의 섬들—쌍용자동차, 밀양 송전탑, 재능교육, 콜트·콜텍, 제주 강정마을, 현대차 비정규직, 코오롱—의 이야기를 만화가와 르포작가들이 엮어서 담아낸 결과물이다. 일곱 개의 섬은 14명의 "작은 울타리"들로 인해 연결되고 더 많은 울타리들과 만나면서 덜 고립되고 덜 외로운 섬이 된다. 그들 곁에서 "얼기설기 엉성하지만 그래도 집을 보호해주는, 개중에 단단한 놈은 바람을 좀 더 막아주고, 그렇지 못한 것은 그것대로 힘이 되어주는 그런 울타리"(8면)가 되고 싶다는 바람을 담고 있는 책이 『섬과 섬을 잇다』이다.

노동자 없는 산업, 목소리 없는 성/노동

— 87년 체제와 젠더억압에 관한 물음

장
수
희

S# 1. 친부 살해의 현장

2014년 12월 19일, 대한민국 헌법재판소는 통합진보당(이하 통진당)의 해산을 결정했다. 이 결정은 대한민국 헌정사상 최초의 일이라고 언론들은 연이어 보도하였다. 헌법재판소의 심판을 근거로 하여 통진당 소속 국회의원 5명의 의원직은 모두 박탈되었다. 헌법재판소의 판결이 근거로 하고 있는 '헌법'은 87년 민주화 운동의 결과물로서 '헌법재판소' 자신과 대통령직선제를 탄생시킨 '87년체제'의 본령이라고도 말할 수 있을 것이다. 80년대의 치열한 민주화 운동을 통해 직접선거와 정당시스템이라고 하는 '아들'을 탄생시킨 87년체제는 그동안 '한국의 민주화'라는 타이틀을 달아왔고, '민주화 이후'라는 굳어진 표현으로 지칭되기도 하였다. 또한 87년 민주화 운동의 주역들은 386 혹은 486 세대로 지칭되어 왔다. 그런데 이 87년체제가 낳은 또 다른 아들,

'헌법재판소'가 선거를 통해 선출된 국회의원직을 박탈하고 통진당이라는 정당 자체를 해산 시킨 것이다. 이 역사적인 장면은 87년체제가 자신이 낳은 자식(헌법재판소)으로부터 살해당하는 이른바 '친부살해의 현장'이다.

친부살해의 현장을 맞닥뜨린 이상, 우리는 이른바 '87년체제'에 대한 재검토를 하지 않으면 안 되는 시점에 서 있다. 한국현대사의 흐름 속에서 '정당해산'이라는 것은 이승만의 독재와 이후 이어지는 군부독재의 서막을 장식하였던 사건이었다. 이런 사건이 '민주화된 한국'이라 불리는 '87년체제'에서 데자뷔처럼 드러나게 된 것은 무엇을 예고하는 징후인 것일까.

이 글의 목적은 87년체제에 대한 전면적인 재검토와 대안제시를 하는 것은 아니다. 이 글은 우리가 자연스럽게 '민주화 이후'라고 표현해 왔던 87년체제가 무엇을 기반으로 하여 만들어졌는지에 대한 조심스러운 환기일 뿐인지도 모른다. 그러나 이를 통해 '민주주의'라는 것을 사유할 때에는 꼭 필요한 어떤 것을 발견할 수 있을 것이라는 믿음 하에 이 글을 써 나가려고 한다.

1987년 이후 1990년대는 '국민의 정부', '참여정부'로 상징되는 '시민성'과 '민주주의'의 시대, 노동에 있어서도 계급 착취에 대항하는 민주-노총의 시대였으나, 이 시민성과 민주주의가 가시적이든 비가시적이든 성노예화와 성착취를 밑바닥에 '밟고 달성된 것이라는 분석이 이미 발표된 바 있다.[1] 1990년대의 기원이 되었던 87년체제, 그리고 그

것이 배태하고 있었던 젠더억압을 정면으로 대면할 때, 이른바 '친부
살해'의 장면을 내재하고 있었던 87년체제를 설명할 수 있을 것이다.

공교롭게도 1987년을 전후로 하여 개봉되었던 영화 두 편은 87년체
제와 젠더억압이 어떻게 함께 작동되고 있었는지를 잘 보여준다. 하나
는 김지미 주연, 임권택 감독의 <티켓>(1986)이고, 다른 하나는 80년
대 최고의 흥행을 기록했던 한용수 감독, 나영희 주연의 <매춘>(1988)
이다. 1986년에 개봉되었던 <티켓>과 1987년을 지난 후 1988년에
개봉되었던 <매춘>에 재현된 성/노동을 비교해 보는 것은 소위 '민주
화'라고 불리는 1987년을 지나면서 한국사회의 젠더에 대한 태도가 어
떻게 변화했는지를 감각할 수 있게 한다. 나아가 2000년대 이후 여성
연예인의 성착취 문제를 다룬 영화에서 87년체제의 재현방식을 살펴
보는 것을 통해 성/노동의 재현이 제기하는 문제에 대해 더 구체적으
로 접근해 보겠다.

아시안게임에서 올림픽으로, 〈티켓〉에서 〈매춘〉으로

한국, 그리고 서울에서는 1987년을 기점으로 하여 그 전 해에 아시
아인의 축제인 '86 서울 아시안게임'이, 그 다음 해에는 '88 서울 올림
픽'이 개최된다. 아시아인의 축제와 전 세계인의 축제를 서울로 유치한

---

1) 권명아, 「문화산업과 노예화 사이의 성/노동」, 『개입하는 문화연구, 노동의 문화화와
   문화의 노동화』 한국문화연구학회 2014 가을정기학술대회 발표집, 65~73면 참조.

것은 전두환 군부정권이 이루어낸 쾌거로 회자되기도 하였다. 그렇게 보면, 한국에서 열린 이 세계적 축제들은 '전두환 정권'이라는 같은 기원을 갖고 있는 것이다.

"개국 이래 처음 맞게 되는 두 차례의 큰 잔치"[2]인 86년 아시안 게임과 88년 올림픽으로 세계적인 주목을 받게 된 전두환 정권은 손님맞이를 위한 거리정화 사업을 시작한다. 대대적인 부랑인 단속을 시작하였고, 이에 발맞추어 형제복지원과 같은 수용소는 부랑자, 장애인, 고아 등을 불법 감금하고, 강제 노역을 시키는 등 인권유린에 앞장서게 된다. 거리의 노점상들과 전통시장들은 도시 미관에 좋지 않다는 이유로 강제철거 당하고, 재개발 정책을 실시하여 주민들을 도시 외곽으로 강제 이주시켜 삶의 터전을 빼앗았다. 돈과 권력을 가진 사람들은 도시의 중심으로, 산업화에 기여하던 노동자들과 도시에 터전을 일구어나가던 가난한 사람들은 도시의 외곽으로 밀려난다.

86년에 개봉된 영화 <티켓>이 지방의 작은 다방을 중심으로 이야기가 전개되는 것은 화려한 86년 아시안게임과 대비되는 그늘에 살고 있는 사람들의 이와 같은 사회적 배경에서이다. 고향을 떠나 돈을 벌기 위해 도시로 왔던 가난한 사람들이 다시 도시 외곽의 작은 다방으로 밀려나오게 된다. <티켓>의 첫 장면은 민 마담이 <관허 원주지역 제3 직업소개소>로 들어오는 모습이다. 직업소개소 안에는 일자리로 팔려가기만을 기다리고 있는 여성들이 있다. 영월에서 온 미스 홍과 원통에서 온 미스 양 그리고 막내인 미스 윤은 민 마담에게 선택되어

---

2) 「사상최대의 86 아시안 게임」, 『경향신문』, 1986. 7. 1, 2면

속초의 다방으로 간다.

미스 윤 : 저는 서울에 있었어요
미스 조 : 그 좋은 델 두구, 여긴 왜 왔어?
미스 윤 : 거긴선 20만원이고요, 여기선 30만원 선불이잖아요

이미 민 마담의 다방에서 일하고 있던 미스 조는 서울을 떠나왔다는 미스 윤에게 '그 좋은 델' 두고 지방으로 왔다고 안타까워한다. 미스 윤이 서울을 떠나 지방으로 온 것은 빚이 되는 '선불금' 때문이다. 충분한 자본을 갖고 있는 사람이라면 다른 곳으로 이동하지 않을 서울이라는 공간을 자본이 없기 때문에 이동하는 여성의 모습을 보여주는 장면이다. 이러한 '이동'은 신자유주의시대의 '이주'라고도 할 수 있을 터인데 이를 과연 자유로운 '이동'이라고 할 수 있을까. 서울이라는 공간의 '거리정화'는 상대적으로 자본을 갖지 못한 자가 반강제적으로 도시의 외부로 밀려나는 역학과 함께 이루어졌던 것이다.

86년 아시아의 사람들이 서울에 모여 즐거운 축제를 만끽하고 있을 때, 미스 윤은 서울을 떠나 지방으로 간다. 그리고 그 곳에서 축제에서 제외된 지방 남자들에게 '티켓'을 판다.

한편, 87년 이후 <매춘>(1988)의 앞부분에 다음과 같은 장면이 나온다.

포주 : 월급은 50만원, 능력에 따라서 더 벌 수도 있지. 물론 공부도
　　　계속 할 수 있고 말이야.

상경한 여자 : 무슨 일을 하는데요?

포주 : 가보고 싫으면 다시와도 돼. 강요하진 않아. 민주화니까.

시골에서 상경한 여자가 서울역 앞에서 만난 포주로부터 일자리 제
의를 받는다. 상경한 여자는 포주의 제의에 의심스러워 하지만 포주는
하기 싫으면 강요하지 않겠다고 하면서 '민주화'라고 이야기한다. 일상
적인 대화에서도 87년의 '민주화'의 여파가 영향력을 발휘하고 있는
장면이라고 할 수 있을 것이다.

'민주화'의 여파를 타고 '자유'를 찾아 서울로 상경해 일자리를 제의
하는 포주를 따라 갔던 이 여성은 이 영화의 주인공도 아니고 비중을
차지하는 서사에 나타나지도 않는다. 이 여성은 영화의 중반 부분에
업소에서 일할 여성들에게 '교육'을 하는 장면에서 다시 잠깐 나타난
다. 그녀는 더 이상 서울로 갓 상경한 시골의 여성도 아니고, '민주화'
라서 '업소'를 떠날 수 있는 자유를 갖고 있는 것도 아니다.

우리 꿈은 공주지만 현실은 창녀야. 나도 많이 울었어. 밥은 하루에
한 끼, 배고파도 참아. 돼지처럼 살이 찌면 값이 없어지니까. 또 가장
중요한 건, 아랫도리가 찝찝할 땐 하루에 항생제 열 알씩 먹어. 위장이
빵꾸 나도 죽는 것보단 낫단 말이야. 내말 명심들 해.

꿈은 '(국)민'의 일원으로서 사회의 주인이 되는 세계의 '공주'이지
만 현실은 '창녀'라고 말하고 있는 이 여성들에게 '민주화'란 어떤 의
미였을까. 과연 그들은 '민주화'된 한국의 87년체제를 감각하고 그려

볼 수 있었을까. 이들 여성이 빠져있는 '(국)민'이 주인이 된 체제-민주화라는 것은 젠더 억압이 일상적으로 행해지는 세계의 허울 좋은 간판이었던 것은 아닐까. 항쟁과 민주적 절차를 밟아 수립되었으나 젠더 억압을 전제로 하고 있는 이 체제를 우리는 '형식적 민주주의'라고 할 수 있을 것이다.

86년의 <티켓>을 탄생시켰던 사회가 이른바 '민주화'라고 불리는 87년을 지나 <매춘>을 탄생시키는 사회로 변화되었다면, 그 사회는 여성들이 감각하기에 어떤 사회로 변화한 것이었을까. '민주화'라고 이름 붙여진 사회는 '에로'라고 불리는 영화들에 어떻게 드러나고 있는가.

시간을 사는 〈티켓〉에서 신체를 사는 〈매춘〉으로

86년 5월 인천에서는 헌법 개정을 요구하며 5,000명의 학생들이 모인 그해 최대의 시위가 있었고, 이를 저지하기 위해 1만여 명의 경찰 병력이 출동한 바 있다.[3] 3개월 후인 1986년 8월 5일자 『경향신문』의 사설은 아시안게임 직전의 상황을 잘 볼 수 있다.

(전략) 각각 9~17개 대학생들을 끌어 모은 연합시위가 방학 중에,

---

3) 김소영, 「1980년대 한국영화와 여성 : 섹스산업과 역사적 외상」, 『한국현대여성사』, 한울아카데미, 2004, 254면.

그것도 주말을 이용, 기습적으로 이루어질 수 있었다는 것은 각 대학 간에 연계된 운동권 학생들의 조직적인 시위임이 분명하다.(중략) 이들이 뿌린 유인물과 구호 내용에도 우리는 주목할 부분이 있다. '아시안게임 반대 한다', '민중기만 개헌논의, 헌법특위 분쇄하자', '장기집권 획책 보수대연합 결사반대' 따위는 눈앞에 박두한 아시아 경기대회의 국가적 대사를 그르치고 이 땅에 민주화를 정착시키기 위한 합의개헌 노력을 와해시키려는 불순한 책동으로 밖에 볼 수 없다.[4]

사설은 민주적 개헌 요구와 함께 아시안게임 반대를 외치는 시위를 '불순한 책동'이라 비판하고 있다. 86년에 활발히 진행되고 있던 민주화 운동도 '민주화'를 내세우고 있으며, 민주화 운동을 비판하고 있는 신문 사설도 '민주화를 정착시키기 위한 합의개헌 노력'에 대해 말하고 있다. 정반대의 두 입장 모두가 이른바 '민주화'를 주장하고 있는 것이다. 그리고 사설은 '민주화'를 방해하는 것을 '불순한 책동'이라 적시한다. 이렇게 호명된 '민주화'의 주체는 데모를 했던 학생들이기도 했고, 군부정권을 옹호했던 세력이기도 했다. '민주화'라는 것은 80년대를 살았던 말-항쟁의 언어, 군부 정권 옹호의 언어-을 가진 자들이 서로 먼저 쟁취하고자 했던 화두이기도 했다.

한편, 이러한 한국의 상황 하에서 1986년 8월 23일에 영화 <티켓>이 개봉된다. 영화에서 민 마담 역할을 맡은 김지미와 임권택 감독은 영화 <길소뜸>을 찍다가 '티켓 다방'이라는 것을 알게 되었다고 한다. '외국에서 손님도 많이 오는데, 이런 성매매가 일어난다는 것에 놀

---

4) 「사설: 염천하에 웬 과격시위인가」, 『경향신문』, 1986. 8. 6, 2면.

라' 이 영화를 찍었다고 한 바 있다. 아무도 '민주화'의 주체로, 그리고 아시안 축제의 주체라고는 생각하지 않았던 이 여성들을 주인공으로 한 영화였던 것이다. <티켓>이 개봉되기 전, 서울다방노동조합은 '다 방업주를 포주로, 다방여종업원들을 매춘부로 묘사하는 등 다방종사자 들의 명예를 훼손시키고 있다'고 주장하며 대응책을 세우겠다고 밝혔 다.5) 그러나 1985년 보건사회연감에 따르면 전국적으로 3만 822개의 다방이 있었고, 그 중 약 1만개의 다방이 소위 '아가씨'들을 불러낼 수 있는 티켓을 팔고 있었다.6)

티켓을 구입한 사람은 커피 두 잔을 근처 여관에서 주문한다. 시간 제로 티켓을 끊는 것이기 때문에 커피를 배달한 여성과 티켓을 끊은 만큼의 시간을 함께하게 된다. 일단 시간을 사고, 성매매로 이어지게 되는 형식이다. <티켓>에서는 포주인 민 마담이 종업원들과 함께 술 을 마실 때에도 "오늘은 내가 티켓을 끊는다"며 함께하는 시간을 사는 모습도 재현된다. 이렇게 먼저 시간을 사는 것에서 성매매로 이어지는 절차로 재현되던 성/노동은 88년의 <매춘>에서 자본으로 여성의 신 체를 직접 구매하는 것으로 전면화 된다.

실제로 올림픽 개최일이 다가오자 전두환 정권은 적자재정 때문에 고민에 빠지게 된다. 6억 달러를 예상했던 TV방영권료가 2억에 그쳤 기 때문이었다. 적자재정에 대한 위기감에 시달리던 전두환 정권이 꺼 내든 해결책은 박정희 시대의 기생 관광이었고, 정부는 물론이고 올림

---

5) 「다방 여종업원들 명예훼손 邦畵 <티켓> 개봉 즈음해 논란」, 『동아일보』, 1986. 8. 23,
   8면.
6) 김소영, 같은 글, 253면.

픽 조직위원회까지 기생 관광을 위한 홍보를 다차원적으로 진행하였다.[7] 기생관광으로 이미 명성이 자자하던 11개 대형 요정업체에 총 20억 원이나 되는 돈을 특별융자 형식으로 지원하는가 하면, 국제관광공사에서 발행하는 외래관광객용 지도에 기생관광 장소인 요정의 위치를 각국어로 친절하고 상세하게 밝혀놓기도 했다.[8] <매춘>에서 포주들은 다음과 같이 말한다.

요즘 관광객들이 많이 몰려오니까, 시간 너무 끌지마.

87년의 투쟁을 통해 쟁취한 이른바 '민주화'된 시스템이었던 87년체제에서 '민주화'된 시스템의 주체일 수 없었던 여성의 신체는 전면화된 자본의 요구 앞에 '착취당하는 몸'으로 거듭난다. 이른바 '민주화'가 이루어진 87년을 지나 88년이 되고, 직선제를 통해 새로운 대통령을 선출했다고 해도, 86년에 그토록 선취하고 싶어 했던 '민주화'가 현현되었다고 믿어진 장에서 성/노동자들은 '주체'로 호명되지 못했다. 이러한 젠더억압은 87년의 '민주화'라는 것이 어떤 것이었는지 얼마나 '형식적'이었나를 다시 한번 확인하게 한다. 86년의 <티켓>이 '아시안 게임'의 아시아적 시각 아래에서 지방/지역적 성착취의 모습을 보여준다면, 88년의 <매춘>은 올림픽과 함께 전지구화로 전면화된 성착취의 모습을 보여주는 것이다.

<티켓>은 아시아를 오가는 속초항의 노동자들과 시간의 거래를 통

---

7) 강준만, 『한국현대사산책 1980년대편 3권』, 인물과사상사, 2003, 81~82면 참조
8) 같은 책, 84면.

한 성착취의 모습을 재현했다면, 87년 이후 전 세계인이 한국으로 모여들고 시선을 집중하는 한편, 해외여행 자유화로 전 세계 어디든 이동이 가능해 진 88년에는 더욱 전면화되고 더욱 전 지구화된 성착취의 진행을 <매춘>이 재현하고 있는 것이다.

<매춘>의 마지막 장면은 일본인의 현지처인 나영이 꼼짝없이 일본인의 전화를 받아야 하는 것으로 끝난다. 이는 걸려오는 전화를 받을 수 밖에 없는 상황에서 그 전화를 받는 것은 선택인가 강제인가라는 논의만으로 단순화시킬 수 없다. 그러나 우리는 그 상황이 만들어진 것 자체에 대해서는 한번 생각해 봐야 하는 것이 아닐까.

여기서 다시 87년체제의 형식적 민주주의에 대해 묻지 않을 수 없다. 한국사회는 전면화된 이러한 성적 착취와 억압에 눈가린 채, '민주화'라는 타이틀을 달아 온 것은 아닌가하는 것이다.

대학생과 성/노동 여성의 재현

1980년대의 '대학생'이라는 신분은 민주화운동의 주역이자, '젊은 지성'의 이미지로 재현된다. <티켓>과 <매춘>에서도 '공부하는' 대학생이 등장한다. <티켓>에는 다방에서 일하는 미스 윤의 애인으로 '대학생'이 등장한다. 사범대학 2학년인 민수에게 학비를 준다거나, 다방의 손님으로 온 선장에게 민수의 일자리를 부탁하기도 하지만, 민수는 배에서 일하는 것은 너무 힘들다며 일자리를 거절한다. 미스 윤은 학교를 그만둘까 묻는 민수에게 "안 돼, 무슨 일이 있어도 학교만은 마쳐야해. 민수는 내 꿈이고 내 소망이야"라며 뒷바라지를 한다. 미스 윤은 시골의 아버지와 오빠를 부양하고 있고, 오빠의 결혼자금까지 책임져야하는 상황이다. 미스 윤의 돈을 받아쓰기만 했던 '대학생'인 민수는 미스 윤의 시골집에 다니러 갔다가 미스 윤과의 결혼이 미스 윤 집안을 경제적으로 책임지게 되는 것임을 깨닫는다. 곧이어 미스 윤이 임신을 하자 미스 윤의 어떤 것도 '가족'으로 만들지 않고 헤어지려고 한다.

한편, <매춘>의 주인공인 나영은 성/노동을 시작하기 전에 대학생이었다. 동료인 문희는 대학생 애인의 고시공부를 뒷바라지 하는데, 이 대학생은 언제나 자조적인 태도를 보인다. 친구들과 함께 업소를 찾았을 때, 문희와의 대화를 보자.

문희 : 처음이야? 댁도 친구들한테 끌려온 순진한 대학생?
영민 : 그런 건 아무데도 없어. 남은 건 오직 욕정마저도 구걸해야
　　　 해결할 수 있는 더러운 육체와 썩은 정신이 있을 뿐이지.

87년 6 · 29 선언 이후 승리감에 넘쳤던 민주화운동의 주체들이 12월 대통령 선거에서의 대패배 이후 느꼈을 자괴감은 88년의 <매춘>에 드러나고 있다. 86년 <티켓>에서 단지 독립적인 생활을 원하고 힘든 일은 못하지만 안정된 일자리를 찾던, 그리고 대학생이 아닌 사람들의 선망의 대상이었던 '대학생'이 아니다. 패배감으로 스스로를 자괴하면서 소위 노동 '현장'으로 나아가 운동을 계속하지 않는 죄책감

을 안은 채 '고등고시'를 준비하는 것이다. 물론 이 '고등고시'를 뒷바라지 하는 것은 성/노동을 하는 문희이고, 고등고시를 합격하고 나자 어느 부잣집 여대생과 결혼하여 해외유학을 계획한다.

87년체제는 스스로가 젠더억압을 내장하고 있는 체제였음을 인지하고 있었을 것이다. 문희는 고등고시에 합격한 영민의 배신을 알자 문희는 자살해 버린다. 영민은 이렇게 응답한다.

"하지만 어쩔 수가 없어. 이건 내 탓이 아니야."

이렇게 아무도 책임지지 않고 외면당한 삶들은 어떻게 기록되는 것일까. 70년대와 80년대 여성 노동자들의 수기는 지금도 그 중요성을 인정받으며 많이 읽히고, 또 쓰여지고 있는 중이다. 그러나 당시의 성/노동자들의 삶이 수기로 남아있는 경우는 극히 드물다. 성/노동자들을 취재하고 쓰여진 르포와 일명 '호스티스 소설' 그리고 '에로 영화' 정도가 남아있을 뿐이다.

기록, 비명, 말

영화 속에서 성/노동자들의 말과 삶은 어떻게 기록될까. <티켓>에는 성/노동 여성들의 삶과 말을 기록하려는 인물이 등장한다. 르포 작가는 다방에서 일하는 미스 조를 인터뷰한다. 미스 조는 작가에게 자신의 이야기가 아닌 민 마담의 이야기를 들려준다. 민 마담은 필화사건으로 투옥된 남편의 옥바라지를 위해 다방생활을 시작했고 남편과의 인연을 끊은 채 지금의 다방 주인이 되었다. 석방된 남편은 어느 사업가의 사위가 되어 다방 생활을 하는 전처인 민 마담이 자신을 찾지 않기를 바란다. 성공한 기업의 사위는 과거 자신을 뒷바라지 했던 전처가 부담스러운 것이다. 한국의 산업화가 여공들의 노동착취와 성/노동자들의 젠더억압을 기반으로하여 이룩된 것임은 말할 것도 없다. 또한 성/노동자들의 말이 여공들이 했듯 수기를 통해 남게 되는 것이 아니라, 다른 사람의 입(미스 조)을 통해 다른 사람의 글(르포작가)로 쓰여지는 모습은 기록될 수 없는 성/노동자들의 말을 역설적으로 보여준다. 그녀 자신의 말은 정신병원에 갇혀 맥락 없는 헛소리 혹은 광언으로 남게 된다. 그러나 아무도 그 말을 듣지도, 받아 적지도 기록하지도, 책임을 지지도 않는다.

87년 이후 그렇게 민주화라는 것이 시작되었다. 88년의 <매춘>에는 유난히 비명이 자주 나오는데 이 비명은 성/노동자들이 지르는 비명이 아니라 성/노동자를 본 사람들의 비명이다. 나영과 동료들이 야유회를 갔을 때는 성/노동자들의 야유회를 본 사람들의 비명, 나영의 동료인 문희를 배신한 영민의 결혼식장에 성/노동자들이 등장했을 때의 비명-이 비명은 성/노동자들을 배척하고 내몰기 위한 비명이다. 한편, 이 비명은 88년 올림픽의 함성과 오버랩 되어진다. 성/노동을 '사회악'으로 규정하고 '선도'의 대상으로 규정하는 한편, 올림픽에 즈음하여 실시되었던 성/노동자 소양교육은 외국관광객들에게 외화벌이를 장려

하기도 했다.[9] 저 비명의 정체는 성/노동자들을 지속적으로 존재하게 하는 한편, 성/노동자들의 존재와 목소리를 없애버리려는 소음에 가깝다고 할 수 있을 것이다.

한편, 이 비명에 대해 <매춘>의 성/노동자들은 전면적인 말하기를 보여준다. 야유회에 간 나영과 동료들은 부부동반으로 야유회에 온 팀과 마주친다. 부부동반 야유회 팀의 여성들은 나영과 동료들을 보고 "척보면 몰라요? 다 그런데 있는 것들인데!"라고 멸시의 말을 던진다. 가족과 일부일처제를 위협하는 존재로서의 성/노동자에 대한 이러한 멸시와 적대감은 여성들 사이에서 더욱 자주 드러난다. 나영은 말한다.

우리 직업이 뭔가 하면, 옷을 벗어 돈 버는거야, 아줌씨들. 우리 한 번 동서지간 되어 보겄어?···야! 우리가 매춘부면 너네 남편들은 뭐야! 사는 놈이 있어야 파는 년도 생기지! 욕을 하려거든 늬들 남편들보고나 해! 요조숙녀 몰라서 그렇지, 저할 짓 다하고!

이렇게 멸시와 적대감을 나타내던 여성들을 비판하던 나영은 문희가 애인의 배신 때문에 자살하자, 유골을 들고 문희의 애인이었던 영민의 결혼식장에 가서 영민을 비판한다.

난 분명히 알고 있어요. 당신들이 그토록 좋아하는 돈이 없어 몸을 팔아야 했고, 그 돈 때문에 사랑에 배반당해, 바로 그 돈 때문에 죽을 수 밖에 없었던 바로 그 매춘부, 그 여인이 죽어가면서까지 그렇게 애

---

9) 같은 책, 84면 참조

타게 기다리며 사랑했던 한 남자, 바로 **오늘의 신랑이, 결혼이라는 당
신들의 유희 속에서 자신을 상품처럼 팔고 있는 인간 시장, 또 하나의
매춘시장이 바로 이곳이죠.**

민주화 운동의 주역이었던 대학생들이 '사회'로 나아가 자본주의에
물들고, 운동을 할 때와는 다른 삶을 살기 시작했던, 그 혁명의 주역들
에 대한 비판을 긴 대사를 통해 하고 있다. 나영의 이런 긴 대사는 장
광설의 형태를 띠고 있다. 변절한 학생운동가들과 안이한 생활로 침몰
되어 가는 '관객'들에게 직접적으로 훈계하는 방식이다. 웅변적인 연설
조의 남성적 말하기 방식을 나영이 활용하고 있는 것이다. 그러나 이
'발화'의 형식을 통해 억압되는 여성의 말하기 혹은 여성들의 말은 어
디로 갔는지 알 수 없다. 성/노동자에서 선생님처럼 변하는 이 마지막
장면은 '민주화'라는 타이틀을 만들어 낸 주체의 발화 방식에 맞추어
말해야 하기 때문에 사라지는 여성의 발화이다.

똑똑히들 봐. 이것이 현실이야. 아버지 병원비를 위해서 그랬건, 정
상적인 일로는 도저히 살 수가 없어서 그랬건 그런 건 아무런 소용없
어. **세상 사람들이 다 자신의 양심을 팔고, 위선과 허울 속에서 진실을
팔아도, 욕은 우리가 먹어야 하는 거야.** 그 대가로 우리에게 던져질 몇
푼의 눈먼 돈을 위해서 우리는 철저하게 더럽혀져야 하는 거야. **과거를
생각해서도 안 되고 미래를 계획해서도 안 돼. 추억에 잠겨서도 안 되
고, 꿈을 지녀서도 안 돼. 그리고 이 세상 아무도 사랑해서는 안 돼.
우리에게 남겨진 건 오로지 매일 팔아야할 더러운 몸뚱아리뿐.**

야유회에서 비명을 지르는 여자들에게 "욕을 하려거든 늬들 남편들 보고나 해"라고 하던 나영은 스스로와 동료들에게 자신들의 사회적 상황을 웅변조로 드러내려고 한다. 시국선언과 거리의 데모 등의 구호와 남성적 말하기를 통해 말해지고 기록되었던 민주화는 억압된 성/노동 여성의 직접적 말하기와 고통을 기록으로 남기지 못했다. '민주화'가 내장한 '노동'의 위계 속에 여공의 눈물과 고통이 남은 반면, 성/노동자의 목소리는 남성적 발화 방식에 묻히거나, 남성 기록자의 시선에 묻혀버리게 된다. 80년대의 민주화와 성적 억압은, 비정상적으로 웅변조인 성/노동자의 목소리에 의해 역설적으로 이루어지고 있음을 볼 수 있게 한다.

S# 2. 장자연

2009년 3월 신인 탤런트 장자연이 자택에서 숨진 채 발견된다. 단순 자살로 마무리되는 듯했던 이 사건은 유력 인사들에게 성상납과 술접대를 하도록 강요당했다는 내용의 이른바 '장자연 문건'이 공개되면서 파문을 일으켰다. 당시 재판부는 소속사 대표와 매니저는 불구속 기소하였지만, '장자연 문건'에 있었던 드라마 PD, 금융회사 간부, 전직 언론인 등 나머지 피의자들은 모두 무혐의 처리한다.

이 사건을 바탕으로 만들어진 영화가 <노리개>(2013, 최승호 감독)이다. 여배우의 자살과 이와 관련된 진실을 밝히려는 기자와 검사, 재판에 관한 내용이다. 여배우에게 성상납을 강요했던 보수 언론사의 회장은 재판에 기소되고, 그것을 취재하고 진실을 밝히려는 인터넷 언론 기자와 사주의 비리를 밝히지 못하게 하려는 보수 언론사 기자는 법원 주위에서 자주 마주친다. 민주화 운동에 열렬히 참가한 세대로 보이는 이 기자들이 마주 앉은 자리에서 인터넷 언론 기자가 자신을 감시하고 취재를 방해하는 보수 언론사 기자에게 말한다.

많이 변했다. 운동권의 마지막 열혈투사가 많이 변했다.

소위 민주화 '운동권의 마지막 열혈투사'였던 보수 언론사 기자가 지금 있는 곳은 87년체제의 젠더 억압의 가장 최전선이다. '죽은' 여성 연예인의 목소리가 드러나지 않도록 막고 있는 것이다. 민주화를 위한 운동에서도 민주화라고 불리는 87년체제에서도 배제당한 자들의 목소리는 '죽음'으로서 밖에 드러나지 않는다. '죽음' 그 자체가 '언어'가 될 수밖에 없는 시스템이 87년체제, 혹은 민주화였다면, 이 체제에 대한 의심은 지금부터라도 제기되어야한다.

그까짓 여배우 하나가 뭐 그리 대단해?

보수 언론사 회장의 변호사가 말한다. 이미 젠더 억압이 전제되어 있는 체제 내에서 '여배우 하나'가 대단할 리 없는 것이다. 또한 그들의 말이 들리거나 힘을 발휘 한 적이 이 체제 내에서는 단 한번도 없었음을 대변하는 말이다. 영화 속 기자와 검사는 여배우가 친필로 남긴 다이어리를 찾는 데 최선을 다한다. 피해 당사자만이 피해의 사실을 증명해야하는 이 구조는 실제 장자연 재판에서도 반복되었다.

S# 3. 새로운 국면

지난 대선 직후 검찰총장 후보로 거론되기까지 했던 김학의 전 법무부 차관(사법연수원 14기)은 2013년 3월 '별장 성접대 동영상 파문'이라는 충격적인 내용의 성 스캔들에 휘말리며 결국 공직을 사퇴하기에 이른다. 김 전 차관은 건설업자 윤중천 씨로부터 성접대 등 향응을 받았다는 의혹을 샀고, 경찰이 내사 단계에서 김 전 차관이 등장하는 것으로 의심되는 '성접대 동영상'을 확보했다는 사실이 알려지면서 파문은 일파만파 번져나갔다.

성접대 의혹이 불거졌을 당시 숭실대 소리공학연구소장인 배명진 교수는 "동영상 속 남성의 목소리가 김 전 차관의 실제 목소리와 95% 유사하다"는 조사 결과를 발표해 동영상 속 남성이 김 전 차관일 가능성은 더욱 커졌다. 하지만 사건 수사를 맡은 서울중앙지검 강력부는 경찰이 확보한 **동영상에 나오는 여성의 신원을 파악할 수 없고** 건설업자 윤씨와 김 전 차관 사이의 대가성 관계 또한 발견되지 않는다는 이유로 2013년 11월 김 전 차관에 대해 무혐의 처분을 내렸다.[10]

---

10) 조현주, 「'음란 검사장'에 '성접대 차관'까지-박희태·김학의·김수창·이진한 등 검찰 출신 잇따른 성추문」, 『시사저널』, 2014. 11. 20(http://www.sisapress.com/news/article View.html?idxno=63553).

이 스캔들로 검찰총장 후보로 거론되기 까지 했던 김학의가 공직을 사퇴하게 된다. 재판부는 건설업자로부터의 대가성 향응 제공 의혹에 대해서 무혐의 판결을 내렸다. 문제가 되었던 '성접대 동영상'이라는 용어에서부터 성이 '접대'할 수 있는 것으로 아무렇지도 않게 쓰이고 있는 것을 알 수 있다. 또한 이 기사에서도 알 수 있다시피 건설업자와 법무부 차관의 이름은 밝혀지고 그들의 관계에 대해서 주목하고 있지만, '동영상에 나오는 여성'의 신원은 파악할 수 없을 뿐 아니라 이 사건의 '당사자'로서 이야기되지 않는다.

하지만 자신이 성접대 동영상에 등장했다고 주장하는 피해 여성이 2014년 7월 김 전 차관과 건설업자 윤씨를 「성폭력특별법」 위반과 「폭력행위 등 처벌에 관한 법률」 위반 등의 혐의로 검찰에 고소하면서 사건은 새로운 국면을 맞게 된다.[11] 고위 공무원의 향응수수 문제에서 성폭력 특별법에 저촉되는 문제로 국면이 바뀌게 된 것이다.

'동영상에 나오는 여성'은 '피해 여성'으로 자신의 '피해 사실'을 증명하려고 하나 이미 문제의 동영상은 국립과학수사연구소에서 판독불가 판정을 받았다. 그리고 김 전 차관과 건설업자 윤씨는 다시 '무혐의' 처분을 받는다. 이 사례는 성/노동 혹은 성과 관련된 스캔들에서 '피해자'라는 신분으로만 자신을 드러낼 수 있는 현재 한국 사회의 구조를 잘 보여주고 있다. '죽음'으로 드러난 장자연도, 88년 <매춘>에서의 문희의 죽음도 이 피해자의 서사를 가져야만 드러날 수 있었던 것이다. 여성젠더를 피해자화 시키는 사회-그것이 우리의 민주화는 아

11) 같은 기사.

니었을까.

S# 4. 노동자선언

정육점처럼 붉은 조명에 물기어린 유리, 그 건너편에 얼굴이 보이지 않는 여성의 실루엣이 우리를 정면으로 보고 있다. 그리고 화면에는 선언하듯 고딕체의 굵은 글자가 찍혀 있다.

"나는 성노동자다"

2012년 『한겨레21』 제917호는 특집기사로 '성/노동'과 관련된 기사를 싣는다. 1970년 "우리는 기계가 아니다"라는 부정문으로 인간 선언을 했던 '노동자' 전태일과는 달리, 이들은 다른 무엇도 아닌, "나는 성노동자다"라는 '노동자 선언'을 하고 있다. 이 긍정문 선언은 자기 긍정의 의미를 갖는다는 점에서 의미 있는 선언이라고 할 수 있다.

이제껏 들리지 않았던 성/노동자의 목소리가 직접적으로 들리기 시작한 것은 「성매매특별법」 시행과 함께였다. 성/노동 개념에 대한 고민과 연구가 시작되었고 성/노동자들의 삶의 기록도 책으로 출판되기 시작하고 있다. 『한겨레21』은 "'창녀'라는 낙인에서 구해준 것은 탈성매매가 아니라 노동자라는 자각이었다."라는 헤드라인을 뽑았다. 억압하고 목소리를 지우려하는 사회에서 성/노동자들이 '죽음'이 아닌 저항의 방법으로 자기구원의 방법을 활용하고 있다.

'민주화'와 '자기구원'은 다른 무엇인가를 억압하고 이루어내는 것이 아니다. 그리고 다른 누군가를 혹은 다른 무엇인가를 억압하고 이루어내어서는 안 된다.

"너희는 봄을 사지만 우리는 겨울을 판다"

80년대에 수많은 노동자들이 수기를 남겼다. 자신의 글을 남기고, 서로 공유하면서 스스로를 구원하고, 또 저항할 수 있었다. 그런 시대에도 억압된 말, 소음으로 지워지는 말을 가진 사람들이 있었다. 형식적 민주주의 아래에서 젠더 억압이 자행되는 사회 속에서 성/노동에 대한 자기비하는 내면화되어 왔다. 물론 이것은 뿌리 깊은 남성중심 사회, 가부장제 사회의 유산이기도 할 것이다.

지금에 와서야 성/노동 여성들의 수기가 생산되기 시작한 것은, 우리 사회의 구성원이기도 한 그들의 삶과 말을 기록함으로서 새로운 삶의 형태를 구상하는 것이 가능할 것이기 때문이다. 민주화 이후의 민주화란 어떤 모습이어야 하는 것일까. 그것은 지금까지 억압해왔던 말들과 삶들을 풀어놓는데서 시작할 수 있을 것이다.

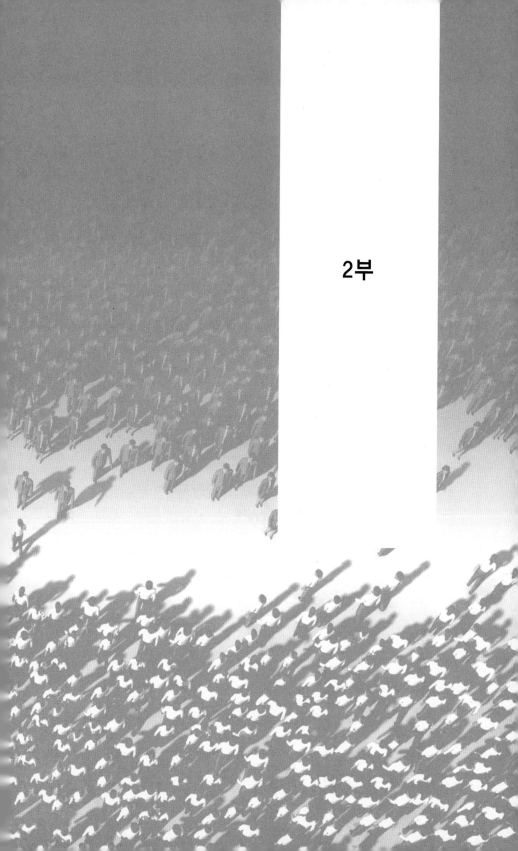

2부

응축된 침묵의 분출에 무관심한 그들

─노동문학은 누구의 것인가?

오
현
석

2014년 지금, 노동자는 죽었다. 죽는다. 죽어간다. 죽어갈…… 지금 사회는 노동 그 자체가 가지는 순정한 가치를 몰살시켜 버리고 노동자를 물욕에 집착하는 존재로 치부하여 세속화된 타자로 격하시켜 버렸다. 노동자는 거대한 자본주의의 구조적 틀 속에 갇혀서 노동의 정당성을 인정받지 못하고 자유인으로서 삶의 존엄을 보장받지도 못한 채, 기계화된 생산 시스템 속에서 하나의 종속된 부품으로 소모되고 있는 현실을 살아가고 있다. 많은 노동자들의 소중한 생명이 꺼지고 평화롭던 그들 가족의 삶이 파괴된 쌍용자동차 직장 폐쇄와 집단 해고 사태는 몇 년을 끌어오다가 얼마 전 대법원이 사측의 손을 들어 주면서 결국 허무하게 끝났다. 그간 목숨을 내놓은 노동자들의 희생과 남은 이들의 투쟁은 부질없는 향촉 연기로 흩어져 버렸다. 또 삼성서비스 센터 젊은 노동자는 40여 년 전 전태일과 같이 자신의 몸에 불을 놓고 강요된 침묵을 분노에 찬 눈동자로 비웃으면서 세상과 이별을 고했다.

하지만 세상은 그뿐이다.

현재 노동자들은 자신들의 목숨을 걸고 끈질긴 투쟁을 하였음에도 불구하고, 그들의 연대와 저항이 견고하게 다져진 권력과 자본들 간의 결합과 음모, 축적된 탄압 앞에 번번이 패하고 있음을 인지하고 있다. 이처럼 지금 노동자들의 내부에는 노동운동의 실패와 좌절로 인해 발생한 불안과 허무가 끊임없이 응축되고 있다. 침묵의 응축은 임계점을 지나면 결국 폭발하지만 폭발 이전 불안과 허무는 노동자들에게 깊이 모를 공포로 나타난다. 이 허점을 노린 현대 자본 세력은 이전보다 교묘한 전략을 갖추고 노동 환경을 그럴싸하게 포장함으로써 과거 80년대에 나타나던 노동자의 저항과 같은 투쟁을 더 이상 두려워 필요가 없게 되었다. 오히려 자본이라는 거대한 무기로 노동자들을 더 손쉽게 제어할 수 있게 되었다. 지금 이곳은 노동자들의 침묵이 끊임없이 응축되고 있는 그 자리이다.

이 글에서 30년을 거슬러 올라가 80년대의 노동문학을 불러들이는 이유는 간명하다. 80년대는 70년대 침묵으로 응축된 노동자들의 목소리가 폭발적으로 분출된 현장이며, 6월 항쟁을 통해 노동자들의 각성과 연대의 힘을 보여준 시기이며, 90년대 노동운동의 민주화로 나아가는 교두보가 되는 시대였다. 또 노동문학은 기존 자본가 세력에 대한 저항 의식 표출이라는 주체적 측면과 함께 노동자 작가의 등장으로 확고한 노동문학 영역이 확립됨으로써 기존문단 내 지형도까지 바꾸는 파괴력을 보였다.

노동자들이 발산하는 외침은 메아리가 되어 돌아와 옆에서 같이 일하던 다른 노동자들을 세상으로 불러내었다. 공허한 외침이 아니라 노동 현장에서 메아리는 공명이 되어 퍼져나갔다. 그 목소리는 노래가 되고 글이 되었다. 그들의 노래가 울림이 되고 그들의 글은 노동자들의 참여를 이끌어 내는 눈동자가 되었다. 80년대 촉발된 노동의 외침은 유동우『어느 돌멩이의 외침』에서처럼 현장의 목소리, 노동자 자신의 목소리를 진솔하게 담고 있다.

그러나 지금 현재를 살고 있는 우리에게 노동 현장의 목소리는 들려오고 있는가? 80년대는 끊임없이 노동자와 사회와의 연대 가능성을 모색하고 사회적 패러다임의 변화를 요구한 시대였다. 그 속에서 노동문학은 전위적 임무를 맡아 기존 문학장(場)을 확대하고 문학의 본질에 접근하는 가능성을 보여줬지만 지금을 살고 있는 우리에게 노동문학의 흔적은 찾아보기가 쉽지 않다.

강요된 침묵

노동자는 생산수단과 자본을 무기로 가진 어느 한 자본가에 예속되는 부속품이 아니라 스스로 자유의지를 가진 존재이다. 하지만 좀 더 현실적으로 이 구조를 파고들면 노동자는 어느 누구의 소유물도 아니지만, 자본 - 노동관계 속에서 자본가 계급에 예속될 가능성이 항상 내재해 있다.[1] 다시 말해서 노동력만을 소유하고 있는 노동자는 법률적,

---

1) 칼 막스, 이재민 역,『임노동과 자본』, 새날, 1991, 33면.

인격적으로는 독립적 존재라 할지라도 경제적, 정치적으로는 생산 수단을 가진 자본가에게 의존도가 높을 수밖에 없다. 자본가 계급은 이런 노동자들의 약점을 파고들어 그들이 소유하는 생산수단의 범주 속에 노동자를 예속화시키려는 시도를 과거부터 끊임없이 하고 있다. 즉, 사쥬(社主)는 그들의 자본 구조 속에 노동자들을 구속시킴으로써 순수한 노동의 가치를 단순히 생산 과정에 필요한 부속 중 하나로 폄하해 버린다. 노동자들은 민주적 노사관계를 가장한 회사 측의 회유와 폭압 속에서, 다른 한편으로는 현대의 자본과 권력에 의해 은폐된 사회 구조 속에서 근대 이전의 노예들처럼 노동의 극단에 내몰리고 있다. 노동자들은 이처럼 자본에 예속된 처지 때문에 자본과 노동구조에 대항하는 즉각적인 행동이나 발언을 하지 못한다. 이를 볼 때, 외부로 표출되지 않는 침묵은 선택이 아니라 강요된 침묵인 것이다.

임금으로 대변되는 노동의 가치는 지금껏 노동력의 주체인 노동자에 의해 정해지는 것이 아니라 타자인 구매자와 판매자 간의 경쟁에 의해서 조정되어 왔다. 즉, 노동력은 노동의 질과 투입되는 시간 등 노동과 직접적으로 관련 있는 요소에 의해 평가를 받아야 하지만 시장 논리에 의해서 적절한 가치를 인정받지 못한 채 소모되어 왔다. 사회가 복잡해지고 산업이 고도화됨에 따라 각 진영의 자기 내부적인 경쟁 역시 치열해졌다. 사회적 구조가 노동자들 사이에 경쟁을 종용하고 그들 스스로 자신의 노동력이 가치 절하되고 있음을 운명으로 받아들이게 했다. 이것은 결국 노동자가 노동가치 인식을 망각하게 하는 패러다임을 형성하는 데까지 나아가게 된다. 노동자는 노동에 점차 매몰되고 주위를 둘러볼 여유도 없이 자아 인식의 기회를 상실하고 삶에 대한 방향 감각마저 무뎌진다. 이런 일련의 과정은 노동자들이 그들의 목소리를 낼 수 있는 시도조차 망각하게 하고 만다.

하지만 이것이 노동자의 무지나 이기심 때문에 노동자 스스로 자초한 문제라고 생각하는 것은 잘못이다. 어느 시기이건 깨어있는 노동자는 존재했다. 80년대 역시 소시민적 속성에서 벗어나 무지를 탈피하고 자발적 교육 참여를 통해서 의식화된 노동자가 생겨났다. 의식화된 노동자는 자아인식과 함께 자신이 처해 있는 현실에 대한 고민을 하게 된다. 반대로 자본가들은 산업혁명이 시작된 때부터 지금 현재까지 자아를 인식하는 노동자를 경계하고 무력화시키기 위해서 노동과 노동자에 대한 가치 폄하를 은밀하게 때로는 과격하게 드러냈다. 이러한 흐름에 반발하여 각성한 노동자들은 상품생산에 투입한 노동력의 정당한 대가와 인격적 존중을 받기 위해서 투쟁을 전개했다. 이른바 노동 쟁투, 노동 운동이 그것이다. 노동 투쟁은 노동자 자신들이 살아가고 있는 시대의 변혁을 요구하며 자신들의 인권과 가치를 인정받고자 끊임없이 자본가와 대립의 날을 세운 노동자들의 사회를 향한 자발적 표출 행동이자 외침이다. 그와 함께 '말하지 않는 것'에 대한 '드러냄'은 행동화하는 노동자들을 침묵의 장벽 앞에 전원 집결시키는 힘을 보여주었다.

강요된 침묵의 응축(80년대 노동자문학이 확산되기 이전까지)

한국 사회는 60년대 이후 산업화와 경제 발전을 명분으로 국가 주도로 인건비와 노동 쟁의, 노동법 등을 통제하였다. 결과적으로 기업은 급속히 발전한데 반해서 많은 수의 노동자들은 궁핍함, 질병, 우울, 폭력 등에 시달려야 했다. 노동자들은 저임금에 긴 노동시간으로 고통받았지만 행동으로서 저항하고 목소리를 내어 자신들의 처지를 토로할 수 없었다. 그것은 반국가적인 행위이고 체제 비판적 태도로 간주되었기 때문이다. 그들 스스로 자신이 처한 상황이 비정상적이란 것을 자각했지만 불만의 표출이나 저항의 조짐을 드러내면 가차 없이 직장에서 퇴출되거나 공권력의 폭압이 즉시 들이닥쳤다. 그러기에 그들은 정부의 묵인 하에 강요된 침묵을 받아들이며 살 수 밖에 없었다.

성남, 인천 등지에서 전해오는 그것들은 신문이나 방송에서는 전혀 알려 주지 않는 소식들을 상세히 싣고 있었다. 다른 공장에서 노동운동을 했거나 조합을 만들려 했다는 이유로, 어용노조를 민주화하려 했다는 이유로 해고당한 노동자들이 출근을 하려다가 두들겨 맞거나 경찰에 끌려가 구류 사는 얘기며 여공들에게 폭력과 성적 모욕을 가한 얘기, 노동운동 조직을 파괴하려는 무자비한 고문과 투옥의 소식들이었다.[2]

70년대 박정희 정권은 특별조치법을 통해 노동쟁의를 전면 금지시

---

2) 안재성, 『파업』, 세계, 1989, 58면.

켰다. 국가의 집요한 통제와 어용노조의 방해로 인해서 유신체제 하에서 노동자 파업은 전국적으로 74년 54건에 불과했다. 이 시기 노동투쟁은 거의 불가능했음을 알 수 있다.[3] 독재 정권은 노동자의 연대와 투쟁, 파업을 이데올로기적 문제로 변질, 왜곡시켜 국가에 위협을 주는 불온한 사건으로 규정하고 전면적인 탄압에 나섰다. 기본 생존권조차 보호되지 못하는 불합리한 상황 속에서도 노동자들은 근로 조건 개선과 생존을 위한 임금 인상, 처우 개선 등 어떠한 불만도 표출하지 못한 채 침묵을 지켜야 했다. 결국 많은 노동자들이 침묵 속에서 자본의 착취, 독재 정권의 감시를 견뎌야 한 것이다.

하지만 참고 견디는 인내와 침묵은 그것으로 영원히 침잠하는 것이 아니라 조용히 응축된다. 응축된 침묵은 작은 균열만 생겨도 그 틈을 비집고 들어 균열이 만들어 놓은 틈을 놓치지 않고 공격하여 말과 행동으로써 뿜어져 나온다. 이 과정은 즉각적으로 표출되지는 않는다. 침묵이 응축될 시간이 필요하고 응축된 분노가 폭발할 수 있도록 노동자들의 분노와 자각이 발화선이 되어야 했다. 그 한 예가 1970년 전태일의 분신을 계기로 정부의 극심한 탄압에도 불구하고 각종 노동조합이 결성되었고 수많은 노동자들이 노동운동으로 뛰어든 것이다. 이후 노동자들은 연대의 필요성을 자각하고 은밀히 노동 의식을 다져갔다.

하지만 여전히 70년대 노동자의 투쟁은 개인적 상황에 초점이 맞추어진 한계를 가지고 있다. 노동자들은 연대의 불확실성과 두려움 때문에 침묵이 응축되어 힘을 발휘하기 전까지 인내하지 못하고 파편화되

---

3) 한국노동연구원, 『KLI노동통계』, 2011.

어있었다. 즉, 투쟁의식과 세계인식이 행동화를 촉발하고는 있지만 공동체적 차원의 대응이 아닌 개인별 조건에 따른 단순통합이었기 때문에 그 결합이 느슨할 수밖에 없었다.

　　직장은 나한테 기계부에서 일할 수 없으니 포장반에 가서 포장을 하라고 하였다. 어째서 갑자기 포장반에 가서 일을 하느냐고 물었더니 일요일 날 출근을 하지 않았기 때문에 기계부서에서 일을 할 수 없다는 것이었다. 다른 사람들도 출근을 하지 않았는데 왜 나만 쫓아내느냐고 하였더니 이유는 묻지 말고 빨리 다른 데로 가서 일을 하라고 한다. 정말 어이가 없는 일이었다. 휴일 날 쉬었다는 것뿐인데 나만 유독히 다른 데로 쫓아내는 데는 이해가 가지 않았다. 그래서 부당하다고 항의를 하며 그 자리에서 일을 하겠다고 버텼으나 일을 시키지를 않았다. 다른 사람들도 그 자리에서 그대로 쫓겨나면 안 된다고 하였지만 관리자들은 위에서 시키는 명령이니 따르라고 야단을 쳤다.
　　모두들 부당한 처사에 분노를 느꼈지만 회사의 강력한 대응에 반발을 하지 못하고 나는 황영애가 있는 반창고 포장반으로 가서 반창고 포장을 하게 되었다.[4)]

동료 노동자들 간의 조직적 행동이나 협력은 이미 일제 강점기부터 탄압의 대상이 되었기 때문에 노동자들은 자신들의 눈으로 지금까지 보아온 노동쟁의의 참혹함을 두려워하여 쉽게 몸그지 못했다. 해방기 10월 인민항쟁, 4·19혁명을 지나 군부 독재시대까지 오면서 노동자들 마음속에 내재한 불안과 생존의식은 섣불리 집단적 행동이나 사

---

4) 송효순, 『서울로 가는 길』, 형성사, 1982, 78~79면.

회표면으로 전환되지 못했다. 도화선이 필요했다. 침묵은 표면 아래 수많은 메아리를 만들고 끝없이 퍼져가게 한다. 침묵은 외침이다. 소리 없는 외침을 노동자들은 서로에게 전한다. 앞서 말한 바와 같이 침묵을 통한 응축의 시간은 소리 없이 전달되는 메아리가 모든 노동자들에게 전달되는 과정에서 소요되는 시간인 것이다.

송효순의 수기는 70년대 후반 저자 자신이 노동현장에서 체험한 사실을 기록한 현장수기이다. 당시의 노동현장 분위기를 그대로 보여주고 있는 이 수기에서 노동자들은 회사가 그들을 부당하게 대우하는 것에 분노를 느끼지만 아무도 회사와 사회에 반발을 하지 못하고 속으로 말을 주워 담으며 삭힌다. 중요한 것은 '모두'가 그 분노를 느끼고 속으로 응축하고 있다는 것이다. 응축된 집단 정서는 밖으로 표출되는 기회가 생기는 순간 더 강력한 힘을 발휘한다. 억눌려 있던 감정이 폭발하는 장면에서 그들은 '우리'라는 연대감을 느낀다. 또한 감정을 함께 공유하고 있다는 인식을 통해 노동자는 하나의 집단으로 변모한다. 송효순과 그의 공장 동료들은 위와 비슷한 상황을 반복해서 겪으면서 의식의 각성을 얻게 되었다. 침묵의 응축과 함께 자연히 뒤따르는 것이 자신들의 처지에 대한 성찰이고 의식의 각성이므로 침묵의 강요는 아이러니하게도 노동자들에게 내적 외침의 확대를 가져왔다.

이 당시라 해서 무조건적인 침묵에 순응만 존재했던 것은 아니다. 70년대 후반에도 노동자들의 외침은 존재하고 있었다. 그런데 이 외침이라는 것이 이후 시기처럼 노동자 집단 전체로 확대되는 움직임을 보여주지는 못했다. 앞서 언급한 바와 같이 70년대 독재 정권하에서 행동화 뒤에 따라오는 위험을 감수하기에는 노동자들의 자기 인식과 내적 분노의 응축이 충분한 수준에 도달하지 못했었던 것이다. 1978년 출간된 노동자 유동우의 체험수기에 70년대 노동자들의 의식이 어떠했는지 이해할 수 있는 부분이 있다.

> 급료를 받고 난 편직부 조합원들은 온통 야단법석이 되었다.
> "노동조합은 무엇 하는 것이냐?"
> "굶어죽기 전에 노조를 때려치우자!"
> 한 마디씩 내뱉는 조합원들의 원망소리가 내 귀에는 함성으로 변하여 고막을 때렸다. 조합원들은 분회장인 내게 항의해 왔고, 이에 편승해서 노조 반대파들은 때를 만난 듯이 극성을 부리기 시작했다. 얇은 급료봉투는 가난한 이들의 생계를 위협하기에 족했고, 이에 대한 불안은 그들의 마음을 더욱 초조하게 만들지 않을 수 없었다.
> "분회장, 어떻게 할 셈이오?"
> "내일 잘 산다고 오늘 굶을 수는 없지 않소?"5)

조합원들의 분노는 외침이 분명했지만 그 외침은 사적인 것에 기반한 소시민적 대응이었음을 알 수 있다. '내일'이 아닌 '오늘'을 위해 살 수 밖에 없는 환경에 놓인 노동자들을 굴복시키는 가장 좋은 방법은 '오늘'을 빼앗는 것이다. 오늘을 빼앗긴 노동자들은 '내일'이 아닌 오늘을 되찾는 것에만 몰두하기 때문에 '나' 아닌 '우리'를 둘러볼 여유가 없다. 노동자들은 사회적 폭압에 대응하기 위해 노동권을 보장받을

---

5) 유동우, 『어느 돌멩이의 외침』, 대화출판사, 1978, 112면.

논리 구축이 필요했지만 당시 그들은 노동문제에 대한 교육을 받거나 정보를 얻을 방법이 전무했다. 일부 산업선교회에서 노동 현장의 문제와 노동 조건에 대해서 노동자들을 각성시키기 위해 교육했지만, 산업 현장의 수요를 충족시키기에는 역부족이었으며 이마저도 정부와 자본가의 감시를 피해야 했다. 이런 탄압에도 노동자들은 산업선교회와 야학을 통해서 노동 권리와 인권에 대한 지식을 습득하고 자신의 상황을 자각하게 되었다.

자기인식 확대 과정 속에서 노동자들은 가치선택의 기로에 놓이게 된다. 노동에 대한 인식과 동료들과의 연대, 개인의 삶과 가족의 생존이 걸린 눈앞의 상황에 노동자들은 직면하게 되었고 선택을 해야 했다. 앞선 유동우의 글에서처럼 노동조합 활동에 대해 회사 측은 월급을 깎는 것으로 대응한다. 당시 우리사회의 노동자들은 당장 오늘 월급이 덜 들어오면 생계를 걱정해야 할 정도로 취약한 노동구조를 가지고 있기 때문에 본격적인 노동투쟁에 나서는 것을 꺼려할 수밖에 없었다. 내적 준비와 연대의식이 부족한 상태에서 노동쟁투는 자칫 노동자들이 그동안 응축해 온 투쟁의 역량을 분열시킬 수 있다. 노동자들은 반복적 경험을 통해 응축의 응축을 거듭했다.

노동 문학적 측면에서도 70년대는 노동자 작가들이 의식을 폭발적으로 표출할 기회를 노리며 힘을 기른 인고의 응축 시기였다. 본격문학에 들어가기에 앞서서 수기(手記)류가 등장한 것은 노동자들 스스로가 문학 입문에 대한 가능성과 타당성을 조율하는 과정이라 할 수 있다. 지금까지도 노동문학을 언급할 때 정전이나 모범처럼 여겨지는 유동우나 송효순, 석정남의 글은 이후 다양한 장르로 확대되는 노동자 문학의 안내자 역할을 하였음이 분명하다.

수기는 개인의 체험을 기록으로 남긴 개인적 문학 장르이다. 개인이라는 것은 침묵의 연장선상에서 타자와 구별되는 자아이다. '수기'라는 글자 그대로에 의미를 두면 개인적 차원에 머물게 된다. 하지만 이것이 외부와 관계맺음을 통해 한 개인이 자신을 알리고 외부와 연대를 희망하는 외침으로 인식되는 순간 개인적 개인은 사회적 개인으로 변모한다. 70년대 말 작가 자신의 중얼거림은 마침내 외부에 대한 외침으로 인식되기 시작했고 수기를 비롯한 장르의 다양성을 확보함으로써 노동자 문학은 본격문학으로 진입하게 되었다.

응축된 침묵의 폭발과 확산

70년대 말 독재 정권이 무너지면서 그동안 응축되어 온 침묵은 결국 임계치를 넘어 폭발하였다. 1979년 YH상사 파업투쟁, 1980년 사북탄광 노동쟁의 등으로 투쟁의 열기가 이어지면서 노동자들은 그동안의 침묵을 깨고 말하고, 외치고 행동으로 보여주었다. 노동자들은 밖으로의 표출을 통해 자신들 속에 내재해 있던 힘을 자기 눈으로 목격하게 되었다. 노동자들은 내부의 응축된 침묵이 이렇게 무섭게 폭발할 수 있다는 것을 그들 스스로 인지하게 되었다. 노동자들은 행동으로 드러내는 것뿐 아니라 입을 통해서, 글을 통해서 정보를 공유하기 시작했고 이러한 자발적 응집은 어떠한 교육보다도 더 강하게 노동자들을 각성시켰다.

하지만 곧바로 광주민주항쟁이 발생하고 계엄령이 발령되면서 다시금 노동자에게 침묵이 강요되는 시기가 돌아왔다. 독재 정권의 몰락과 함께 피어오르던 민주화의 열망, 노동자들의 희망은 80년대 초 사회 상황으로 인해 표면적으로는 과거로 회귀하는 양상을 보였고 노동문학과 노동운동은 암흑 속으로 침전하게 된다.

그런데 노동자들은 과거처럼 침묵의 늪에 오래 감금되지 않았다. 80년대 초 노동자에게 강요된 침묵은 이전 시기와는 전혀 다른 의미를 내포하고 있었다. 이미 노동 현장에서는 자신들의 침묵이 무엇을 의미하는지 알고 있었고 옆에서 일하는 동료들의 침묵도 무엇을 말하고 있는지 인지하였다. 군사정권의 억압 아래에서 행동으로 발산되는 노동운동은 불가능했지만 노동자들의 눈과 귀는 자신을 향해, 사회를 향해 열려 있었다. 노동자들은 또다시 침묵을 응축할 시간도 그것을 기다릴 필요도 없었다. 노동운동의 주체인 노동자들은 이미 준비된 그들이었다. 많은 노동자들이 교육을 통해서, 또는 노조결성을 통해서 노동 문제에 깊이 천착하였다.

70년대 후반부터 본격적으로 현장노동자들은 수기를 비롯한 문예작품들을 매체를 통해서 발표하면서 침묵을 벗어던지고 목소리를 냈다. 80년대 이후 노동자들은 무크지, 각종 문학회, 잡지, 노조신문 등 다양한 방식으로 자신들이 현장에서 겪은 체험을 현실감 있게 증언을 할 수 있었다. 이 시기 노동자들의 작품 투고가 기하급수적으로 증가한 원인은 사회적 언론 매체의 확보와 노동문학의 가치를 인정을 받은 결과이다. 노동문학은 동병상련의 개별적 감정 이입에서 출발하여 보다 많은 이들이 공유할 수 있는 여건을 갖추면서 이후 노동자 해방과 같은 사회적, 집단적, 보편적 문제 인식에 본질적으로 다가섰다. 비로소 기성문단이 모방하거나 흡수할 수 없는 독자적 영역을 구축하여 문학의 한 영역으로서 가치를 인정받게 된 것이다.

앞에서 언급한 바와 같이 70년대 말부터 노동자들은 자신의 처지에 대한 인식과 현실에 대한 자각을 바탕으로 자전적 수기 형식의 글을 통해 사회와 소통하기 시작했다. 그 이전부터 이미 개인적 차원의 노동자들 글쓰기는 이어왔지만 유동우, 석정남, 송효순 등 전국적 인지도와 문단의 관심을 받으면서 본격문학으로서의 노동 문학영역을 개척한 노동자 작가의 등장은 이 시기가 처음이다. 노동 수기, 현장 수기 등 노동자들이 직접 자신의 경험과 삶을 글로써 옮기는 작업이 주목을 받게 되면서 1978년 나온 유동우의 『어느 돌멩이의 외침』은 '본격생활체험수기'라는 이름을 달고 세상에 나왔고, 송효순의 『서울로 가는 길』은 '현장수기'로 80년대 초반 출판되었다. 또 석정남의 글은 1977년 『월간대화』에 연재되었다가 80년대 초반에 『공장의 불빛』이란 단행본으로 발간되었다. 노동자들의 수기와 문학작품이 사회적으로 관심을 받게 됨으로써 이들의 글은 개인적 차원을 넘어서 사회공동체적 존재로 인식되었다.

이 책들이 발간되어 나오기 이전 노동 문학에 대한 논의는 노동자 그들이 아니라 그들을 바라보고 있는 지식인과 기성문인들의 영역이었다. 이로 인해 노동 문학은 체험 주체가 배제된 채로 전문 문사들에 의해서 창작되고, 향유되고, 논의되는 주객이 전도된 약점을 가진 반쪽짜리 존재였다. 전문문사들은 이런 약점을 인지하고 있었지만 노동자들이 직접 등장하기보다는 '문학'이라는 전문영역에서 전문가로서 기성문단의 역할을 공고히 하기 위해 노동자들의 목소리가 자신들을 거쳐 전달되기를 원했다.

　　이들의 작품은 자기 자신의 구체적 삶에 기초한 것이기 때문에 적어
　도 지식인 문학인들의 민중지향적 문학에 내포된 창작 주체의 삶과 작
　품 주체의 삶 간의 괴리라는 모순은 없다. 명실공히 민중이 주체가 되
　는 문학이 참된 의미에서의 민중문학일진대 이들의 문학이야말로 그러
　한 민중문학이며, 바로 그렇기 때문에 이들의 문학적 성과의 양적, 질
　적 발전은 우리 문학사의 큰 획을 긋는 중요성을 띠는 것이다.[6]

노동문학에 있어서 기성문인들과 비평가들의 한계는 '실제'라는 한 단어로 요약할 수 있다. 노동은 체험에서 나오고 체험은 진실을 드러낸다. 기성문인들이 미사여구를 동원하여 생산한 간접 체험물은 미적으로 화려해보일지 모르나 내실은 허약하고 허무하다. 이를 작가들은 잘 알고 있다. 그래서 80년대 노동자문학이 폭발적으로 드러났을 때 기성문단에서는 노동문학의 가치평가에 미온적 태도를 보이기도 하였다. 노동문학의 본질이 삶과 글의 거리감과 괴리를 얼마나 줄일 수 있

---

6) 임헌영, 「노동문학의 새 방향」, 『노동의 문학 문학의 새벽』 제3집, 자유실천문인협의회
　　편, 이삭, 1985, 2면.

느냐에 달려있는데 전문문사들은 그들 스스로의 약점을 안고 노동자문학을 평가하는 것에 부담을 느낀 것이다. 이처럼 노동자 스스로가 작품 창작의 주체가 될 수 있다는 인식과 기성문단의 근본적 한계는 그동안 침묵 속에 숨어있던 진정한 작가들을 문단 전면으로 불러냈다. 그들은 근대 이후 주체로서 노동자문학을 담당하고 삶의 진정성을 표출할 수 있는 유일한 집단이 되었다.

> 시인, 작가의 '민중적 현실의 문학적 형상화'에 어느 정도 성공한다 하더라도 그는 필경 '문화 지식인'일 뿐이며, 민중 자신은 아니기 때문이라는 것이다. 여기에는 민중 지향의 시인, 작가의 성공적 작품이라 해도 진정한 '민중적 현실의 문학적 형상화'로는 미흡할 수밖에 없다는 생각이 깔려 있다. 그래서 '민중 자신이 생산 주체인 문학'으로서의 '생활문학'이 제창된다.[7]

80년대 노동문학이 활발하게 전개된 또 하나의 이유는 기존 작가들이 자신들의 한계를 인정하면서 그 한계를 극복할 대안으로 현실과 문학이 일치된 노동자 문학을 언급하기 시작했다는 것이다. 현실과 문학의 일치는 기성 작가들로서는 어쩔 수 없는 한계였다. 이것을 극복하기 위해 우회적으로 문학적 형상화를 다양하게 시도했지만 완벽하게 현실과 작품 간의 간극을 메우는 일은 불가능했다. 결국 전문문사들은 노동자 문학을 인정할 수밖에 없었으며 본격적으로 문단 내로 끌어 들여 논의의 대상으로 삼았다. '민중문학', '생활문학'으로서 노동자 문학

---

7) 성민엽, 「민중문학의 논리」, 『80년대 대표평론선2』, 지양사, 1985, 128면.

은 기성작가들의 작품처럼 삶에의 '지향'이 아니라 '삶이 현현(顯現)된 진실'이라는 점에서 태생적 우위를 점하고 있음을 확인할 수 있다. 하지만 노동자 문학이 문학장(場) 내로 진입하여 문학작품으로서의 가치를 평가받는 과정은 삶과 작품의 일치라는 측면과는 달리 '문학'이라는 기존의 질서를 생각하지 않을 수 없었다. 그래서 노동자들은 응축된 그들 삶의 정수를 온전히 발산하기 위한 방법을 모색해야 했다.

즉, 노동자의 글이 기존 문학사회에서 가치 있는 문학작품으로 인정받기 위해서는 작품 생산의 방법과 내용에서 기존 수기와 르포와는 또 다른 다양한 시도가 필요했다. 80년대 초·중반 노동자들의 글쓰기 참여가 확대된 중요한 요인 중의 하나는 독서회, 야학, 문학회 등의 소집단 문학활동을 들 수 있다. 이런 모임은 "집단창작이 무엇보다 글쓰기에 대한 두려움을 없애고 자신감을 갖게 해 준다는 큰 장점이 있고 참여자의 집단의식을 고양시키고 빠른 시간 내에 결과물을 도출"8)할 수 있기 때문에 집단 창작, 집단 학습의 방법이 유행하게 되었다. 집단 창작은 당시 하루 14~5시간 넘게 잔업까지 하면서 문학회, 독서회 활동을 하는 노동자들이 큰 부담 없이 글쓰기를 할 수 있는 좋은 방법 중 하나가 될 수 있었다. 당시 노동자들은 문학 작품 창작에 투자할 시간이 거의 없었으며 글쓰기 경험이 많지 않아서 곧바로 전문적인 장르인 시나 소설의 창작을 한다는 것은 매우 힘든 일이다. 대안으로 나온 집단창작은 공동으로 작품을 창작할 수도 있고 어떤 문제에 대해 각자의

---

8) 김형식, 기획좌담, 「지역노동자문학회의 현실과 극복과제」, 『노동자문예운동』, 개마고원, 1990, 19면.

의견을 개진하여 대표자가 집필할 수 있기 때문에 노동자들이 글쓰기에 대해 느끼는 부담을 최소화한다. 기억해야 할 것은 어떤 경우에든 간에 노동자들 자신의 실제 체험을 바탕으로 글 쓴다는 것은 변하지 않는 사실이다.

80년대 노동문예운동의 확대를 이끈 소집단 창작은 각 지역별 문학회의 문예 분과와 독서회 등을 통해서 발전해 갔다. 당시 정권은 이미 있는 매체도 없애거나 통제함으로써 언론의 자유를 완전히 억압했다. 이 같은 상황에서 공개적으로 자신들의 활동을 드러내 놓고 한다는 것은 불가능한 일이다. 영화 <변호인>에서와 같이 순수 야학 내 독서토론회 소모임도 통치자에 의해 얼마든지 사상범으로 몰릴 수 있는 시대였다. 많은 문예 소집단이 개인적 친분 관계 또는 같은 회사 노동자를 중심으로 문예활동을 전개해 나갔다. 그렇기 때문에 소집단 문학 활동은 기존 제도권 문학에서 수렴될 수 없는 사실들을 드러내기 좋고 집단 창작도 가능하며 기성 문인들이 가진 고정관념을 탈피하여 자유롭게 글을 쓸 수 있는 장점이 있다. 노동자들은 문단이나 사회적 제약을 벗어나서 자신의 삶을 드러내면서 노동현실의 문제를 글로써 표현했다.

노동자들의 문학작품은 개인적 삶부터 사회적 삶까지 모두 아우르고 있지만 많은 부분이 자신의 개인적인 삶의 내력에 대해 이야기하고 있다. 하지만 이 시대 개인적 삶의 내력은 개인에 그치지 않는다. 노동자들이 문학 창작의 주체로 인정받으면서 그들 개개인의 삶은 단순히 한 개인의 삶이 아니라 사회적으로 관심을 쏟아야 할 가치 있는 삶으로 변모했다. 또 하나 여기서 구분해야 할 점은 개인적 삶에 대한 사회적 인식이 80년대 초반까지 해도 집단적 연대로 확장해 나아가지 못했다는 점이다.

80년대는 노동자들이 노동조합, 노동단체를 통해서 사회적 변혁을 부르짖었던 시대이다. 이를 뒷받침하기 위해서 개인적 자각이 필요했고 연대로 나아갈 수 있는 연결고리가 필요했던 것이다. 노동자 개인의 삶에서 그 의미를 발견해 냈으며 가치있는 삶을 서로 공유하면서 사회적 요구로 발전시키는 파급력을 발휘했다.

> 느 에미 죽기 전에 죽기 전에
> 장가드는 꼬라지라도 봐야 하지 않겠느냐
> 하시며 원하는 공무원도 못되고 회사원도 못되고 장사치도 못되고
> 다리공사 콘크리트를 치고 들어온
> 스물여덟 저녁
> 어둠속에서도 푸른
> (……) 9)

「세탁」 김기홍

이 시는 어머니가, 당시 사회가 아들에 대해서 바라는 내용을 담고 있다. 장가, 공무원, 회사원, 장사치 조차 되지 못하고 공사장 인부로 살고 있는 스물여덟의 아들은 개인적 차원에서 자신의 삶에 대해 고민을 해야 하는 상황에 놓인 것이다. 이는 노동자로서의 자신의 상황을

---

9) 채광석 편, 『노동시선집』 실천문학사, 1985, 51면.

인식하기 전에 개인적 존재로서의 삶에 매몰되어 있음을 보여준다. 이런 노동자들의 개인 창작은 앞서 언급한 바와 같이 창작이 거듭됨에 따라 노동의 구조, 집단의식, 현실 인식으로 나아간다.

5.
(……)
이렇게 살아갈 수밖에 없는 걸까?
몇날 밤을 노란 가로등 불빛이 쏟아져 내리는
'수출'후문 취업공고판 앞을 서성였지만
난 쉽게 나의 일터를 떠나지 못했다.
몸뚱이는 시들어가지만 눈빛만큼은 사랑으로 빛나는
내 동료, 내 언니 곁을 난 떠날 수 없었다.
늦은 밤 퇴근길 저 멀리 공장을 넘어
밤거리의 현란한 네온싸인의 유혹을 떨치고
기숙사로 향했다.
잡초처럼 모질게도 살리라는 집념 하나로
밤낮없이 전기코일을 감으며
온갖 고통과 멸시를 묵묵히 참아왔다.

6.
그래 여름은 무척이나 뜨거웠습니다.
울산에서, 부산에서, 창원에서, 거제에서……
숨죽여 온 바람들이 뜨거운 불길이 되어
거대한 불길이 되어 솟구쳤습니다.
마침내 이곳 '수출'에서도

"노동자도 인간이다 인간답게 살아보자"
"흩어지면 노예되고 뭉치면 인간된다"
침묵을 딛고 분노의 함성으로 일어섰습니다.
자신의 운명을 스스로 개척해 나가는
'진짜 노동자'로 우리는 비로소
다시 태어나기 시작한 것입니다.
(……)10)

「현해탄 푸른 물결을 건너」, 마창노동자 참글동아리

위의 시는 마창노동자 문학회 중 하나인 참글동아리에서 '집단 낭송을 위한 시'로 창작한 작품이다. 수많은 공장 노동자들은 잡초 같은 삶을 고통과 멸시 속에서 인내하면 살아왔다. 하지만 이런 삶은 나 혼자만의 삶이 아니란 것을 깨달았고 그러기에 나 혼자만 포기해서 될 문제가 아님을 인식했다. "흩어지면 노예되고 뭉치면 인간"이라는 힘의 근원이 자기 자신에게 있다는 것을 알게 됨으로써 노동자는 "진짜 노동자"가 된다. 이처럼 소모임에서의 집단 창작은 방법뿐만 아니라 목적에 있어서도 집단 향유를 통한 노동자의 의식화를 염두에 두고 있음을 알 수 있다.

"나도 저 사람들처럼 한바탕 놀고 싶었는데…… 복잡한 세상 다 때려치우고 멋대로 살고 싶어져서…… 개 같은 노동운동……"
경애는 미친 듯이 머리를 흔들었다.
"욕심 많은 놈들은 우리의 모든 것을…… 모든 시간을…… 내 생활

10) 마창노동자 참글동아리, 『노동자문예운동』, 개마고원, 1990, 198~199면.

과 사춘기를 다 빼앗고도 모자라서 내 마음까지 도둑질 해 갔나봐……. 난 요즘 내가 무서워 졌어.11)

"그럼 거기서 해고당한 사람은 지금 다 어떻게 지내고 있지?"
"나만 해도 당시 나이어린 양성공이었어. 워낙 나이 많은 고참들이 었으니까. 대개 결혼해서 벌써 아이엄마가 된 어니들도 있고 대부분 결혼했어. 네가 알다시피 취직하기도 어렵고, 해도 마음 놓고 다닐 수가 없으니까 서둘러 결혼한 사람도 있고 그래."
"어떤 사람들과 결혼했는데?"
"처지들이 그러니까 다 비슷한 환경의 남자들이지 뭐. 더러는 뜻이 통하는 좋은 상대를 만난 애들도 있어."
"거참 잘된 일이구나. 그런 사람들은 앞으로도 계속 노동현장의 촛불이 될 수 있을까?"12)

위 소설에서 노동자들은 개인적 삶에 대한 아쉬움과 노동운동의 고단함을 여과 없이 드러내고 있다. 현재 노동운동에 뛰어든 자신의 모습에서 노동자로서의 모습이 아닌 한 여자, 개인으로서의 모습을 찾아보지만 쉽지 않다. 자신도 모르는 사이 "욕심 많은 놈"들이 그녀의 모든 것을 빼앗아 갔다. 개인적 삶과 투쟁의 삶이 교차해 있는 노동자들에게 노동운동은 선택사항이 아닌 당위적 문제였다. 그들에게는 옆에서 함께 투쟁을 하는 동료가 있기 때문이다. 하지만 해고 노동자에게는 개인의 삶과 투쟁의 삶을 선택할 기회가 있다. 도덕적, 사회적 짐을

---

11) 이택주, 『늙은 노동자의 노래』, 실천문학사, 1986, 65면.
12) 석정남, 「장벽」, 『노동의 문학 문학의 새벽』 제3집, 자유실천문인협의회 편, 이삭, 1985, 131면.

내려놓고 개인으로 살아갈 것인지 노동자로 살아갈 것인지 선택의 문제에 당면한다. 이처럼 노동운동의 전개과정은 자기 인식을 거쳐서 타인과의 접점을 찾고 연대의 방향을 모색하고 집단화로 나아가게 된다. 80년대 본격적으로 각 작업장, 지역별로 노조 결성 운동이 가속화되면서 회사의 회유와 정부의 탄압에 맞서 노동자는 개별적인 판단에 의해 노동운동 참여를 결정해야 했다. 그에 대한 책임 역시 노동자 연대로 나타나는 것이 아니라 개인적으로 나타났다. 개인적 삶의 안녕과 풍족하지는 않은 결핍에 만족하며 살 것인가, 아니면 노동운동에 투신하여 사회적 삶을 살 것인가를 놓고 많은 노동자들이 위와 같은 내적 갈등을 겪었다. "노동현장의 촛불"이 된다는 것은 개인적 '나'를 버려야 하는 결정이었다. 즉, 개인에서 집단으로 나아가게 됨은 개인의 삶을 집단의 삶으로 전환시켜 공유함을 의미한다.

'노동'문학과 노동'문학'(또 다른 침묵의 양산)

1980년대 전문문사들이 담당해왔던 문학작품 창작의 영역에 큰 반향을 불러일으키며 등장한 현장 노동자들의 문학작품은 그 이전 문학의 패러다임을 완전히 바꾸어 놓았다. 하지만 기성문단은 온전히 노동자문학을 그 가치 그대로 받아들이지 않았다. 그동안 노동문학에 있어서 끊임없이 기성문인들의 약점으로 지적되고 그들 스스로도 인정한 노동 현장과의 거리감을 메워줄 수 있는 해답을 눈앞에 두고도 노동자

문학을 본격 문학으로 수용하는 것에 주저했다. 앞서 언급한 유동우, 송효순, 석정남 등 몇몇 노동자 작가들을 제외한 대부분의 노동자 필자들은 기성작가와 비평가들에게 관심 밖의 대상이었다. 하지만 문단 내에서 노동자 문학 작품의 수용은 노동문학의 본질을 찾아간다는 점에서 꼭 필요한 요소였다.

여기서 기성 문단은 고민에 빠진다. 노동자 문학을 수용함에 따라 기존 문인들은 문학장(場)에서 자신들의 위상이 어떻게 변할 것인지 우려했다. 권력의 횡포를 비판하고 80년대 민중문학을 주창하던 이들이 자신들의 기득권 유지를 위해서 노동자 문학을 몸 전체로 받아들이기를 주저한 것이다.

하지만 80년대 중반 이후 문단에서는 노동자문학의 시류를 거부 못할 흐름으로 인정할 수밖에 없게 되었을 때, 기성문인들은 다른 방식으로 문단 내 존재감을 확인하려 한다. 그 방법은 몇몇 노동자 작가들에게만 집중하여 그들의 작품을 현장과 문학이 결합하여 생산될 수 있는 규범 또는 정전(正傳)으로서 언급하고 평가한 것이다. 나머지 노동자 문학에 대해서는 문예 미학적 기준을 들어 현장의 체험은 반영되어 있으나 문학적 형상화가 부족하다는 평가를 내림으로써 기성문단은 '노동'문학을 노동'문학'의 장(場)에 편입시켜 그들이 관여할 수 있는 영역을 구축했다.

이처럼 몇몇 노동자 작가들에게만 주목하는 비평가들의 호의는 노동자문학의 확대가 가져올 노동해방에 순수한 목적에 있는 것이 아니었다. 기존 문인들과 노동자 작가들이 바라보는 노동문학의 종착점은 같을지라도 노동문학을 대하는 순수함의 밀도가 달랐다. 기성문인들에게 노동자문학은 문학의 외연을 넓히고 70년대부터 이어져 온 민족문학, 민중문학의 연장선상에서 자신들의 입지를 공고히 할 수 있는 발판이 될 수 있다고 생각했기 때문이다. 즉, 기존 문인들과 문단권력은 노동자 작가들의 문학장 내 유입을 환영하고 있지만 그 이면에는 문화권력의 유지와 권위의 영유를 위해서 경우에 따라 관심 또는 무관심으로 선택적 대응하는 태도를 취했다. 유동우, 송효순, 석정남, 박노해 등 몇몇의 노동자 작가들을 제외하고는 당시 수많은 노동자들의 말과 글을 문단사(史)나 비평사에서 거론 조차하지 않았다.

70년대부터 그 맹아적 조짐이 서서히 드러나기 시작한 기층민중계급의 주체적 장르형태라고 볼 수 있는 수기와 르포가 80년대 들어와 장르확산이라는 명제에 부응하여 일정한 문학작품으로 인정받게 되고 따라서 기존문학의 창작주체가 직접 생산자층으로 확대 재편성되면서, 자폐적인 문학범주에 일대 경종을 울리고 있다.

(⋯⋯)

이러한 객관적 상황 속에서 탄생한 수기와 르포의 특수성은 노동운동에 대한 이론적 실천적 강령과는 그 차원이 다른 구체적인 현장을 살아가면서 자신의 삶과, 다른 노동자들의 삶을 눈물과 피 그리고 땀냄새를 섞어 이야기를 풀어 나감으로써, 그 절절한 현장적 울림을 통해 읽는 이로 하여금 관념적 현실인식으로부터 구체적인 현실인식으로 자리옮김을 하게 한다.

(⋯⋯)

기층민중이 스스로 창작주체가 되어 한편의 글을 발표한다고 해서,

그 적극적인 의의를 모두 인정한다 할지라도, 아무 과학적이고도 비판적인 성찰 없이 맹목적으로 추종해서는 안 된다는 의미이다. 이것은 전도된 민중추종주의의 한 입장이며

(……)13)

전문 작가들은 노동자 작가 등장에 대해서 지식인의 인도주의적 입장에서 시혜적 평가를 내리는 경우가 많았다. 이러한 평가는 노동자 작가의 문학적 역량을 과소평가하여 수기와 르포를 포함한 전 장르의 작품들을 노동 현장의 체험적 의미로만 이해하려고 한 것에 기인한다. 80년대 들어서면서 노동자 작가들의 작품을 양적으로나 질적으로 성장을 거듭했다. 하지만 이를 대하는 기존 문인들의 태도는 '민중추종주의'를 배격하자는 것이다. 전문문인으로서의 권위와 문학의 질적 특수성을 고수하기 위해 일부 문학가와 비평가들은 노동자의 문학 작품에 대해서 사회적 의의를 부여하면서도 문학의 질적 측면에 대해서는 언급을 자제하는 태도를 보인다. 하지만 이미 이 시기 노동자 문학은 전문 작가들이 생각하는 수준을 뛰어 넘어 있음을 그들은 인지했고 이에 대해 전문 작가의 역할을 재설정하는 논의가 수없이 진행되었다.

일반화되어가는 노동자들의 글쓰기, 시 쓰기는 무슨 의미를 지니는가. 이에 대한 대답 역시 한두 사람의 개인 시집이 아니라 노동자들의 공동 시집이며 그래서 이 단계 노동문학의 실상을 대표한다고 할 수

---

13) 백진기, 「수기와 르포의 운동역량을 위한 문제 제기」, 『민족의 문학 민중의 문학』 제1집, 자유실천문인협의회 편, 이삭, 1985, 116~118면.

있는 이 시집으로부터 찾아질 수 있을 것이다.

노동자들의 시, 나아가 문학은 우리가 이제껏 받아온 문학 교육의 입장에서 바라보아서는 안 된다. 노동자들이 쓰는 시나 글은 철저히 자신의 노동자로서의 삶과 세계관에 기반을 두는 것이며, 그 문학의 내용이나 양식은 바로 이로부터-현단계 노동자의 삶과 세계관, 노동문제 및 그 극복을 위한 노동운동으로부터-구성되어진다. 따라서 기존의 문학 관념으로부터는 현단계 노동문학이 갖는 문화사적인 의미 및 그 발전 방향성이 도저히 파악될 수 없는 것이다.[14]

노동자 문학은 크게 보아 억압받고 빼앗기고 소외당하는 그들의 삶-더 좁게는 노동 생활이며, 더 나아가 그것을 억압하는 모순 구조로 집약된다.-이를 바탕으로 하고 있다. 따라서 노동자들이 시를 쓰는 과정은 그 생활을 억압하는 모순 구조에의 인식 과정에 다름 아니다.

어떤 사람들은 이와 같은 생활 과정의 직접적인 표출을 시로 인정하지 않으려고 든다. 그렇다면 노동자들에게 있어서 시란 무엇인가. 유한 층들에게 있어서는 생활과 유리된 물신적인 아름다움이 문학적, 시적 대상이 되겠으나, 노동자들에게 있어서는 전혀 그렇지가 않다.[15]

노동자 문학은 "생활을 억압하는 모순 구조에의 인식 과정"이다. 이것이 진정 노동문학의 본류를 찾는 것임에도 불구하고 80년대 당시 비평에서는 물신적 아름다움을 추구하는 부류뿐만 아니라 민족, 민중 문학을 주창하던 문학인들도 '현장성, 체험'이라는 약점을 지닌 자신들의 문학적 소산을 감추기 위해 '문학적'이라는 잣대를 가져왔다.

---

14) 신승엽, 「노래와 현실의 하나됨」, 『우리가 우리에게』, 돌베개, 1985, 286면.
15) 신승엽, 「노래와 현실의 하나됨」, 『우리가 우리에게』, 돌베개, 1985, 290면.

문단 권력을 언급하면서 정전화의 문제를 많이 제기한다. 정전화는 작품에 국한된 것이 아니라 어떤 작가의 작품이냐도 중요한 요소이다. 노동문학의 비평적 논의에서도 비평가들이 의도하였든, 의도하지 않았든 그들 스스로가 노동문학 작품을 평가하고 정의하고 재단하고 있다. 노동문학의 가치를 인정하면서도 지식인으로서의 지위를 영유하기 위한 이러한 발언들은 노동'문학'을 양산했다. 단순히 작품의 가치에 대한 평가가 아니라 문단 내의 기득권의 유지와 문단 권력에의 포섭을 전제로 한 비평적 담론은 노동문학의 미래를 흔들게 된다.

> 노동자들이 무얼 써봤자 별거겠냐고 깔보는 태도는 물론 불식되어야지만, 기성문인들이 모든 비판이나 자기 나름의 독자적인 창작의 기능을 포기한 채 민중 자신의 발언을 그냥 전파하고 칭찬하는 일 밖에는 이제 따로 할 일이 없어진 듯이 나오는 태도도 문제가 있겠지요 물론 민중 자신의 발언을 전파하고 지원하면 또 거기에 전문 문인들로서는 도저히 따라갈 수 없는 미덕이 있는 것은 솔직하게 인정하는 한편, 지식인으로서 비판을 하고 독자적인 창작을 할 의무는 그대로 남아있다는 점을 저는 강조하고 싶습니다.16)

노동자의 문학 창작 활동은 문학 영역에 있어서의 기존 문학 작품들의 지위를 침해하는 것이 아니라 새로운 영역으로의 확대이다. 이것을 기존 틀로서 비판하고 평가하는 것은 노동자 문학의 자율성을 침해하고 기존 평가 틀을 유지하겠다는 내적 욕망이 발로된 결과이다. 지식

---

16) 백낙청, 「민족문학과 민중문학」, 『80년대 대표평론선2』, 지양사, 1985, 40면.

인으로서의 비판과 창작은 의무인가? 시각의 전환이 있지 않은 다음에야 노동문학을 온전하게 받아들일 수 없다. 문학 작품에 대한 지식인으로서의 역할은 지식인들 스스로가 만든 자기 긍정의 산물일 뿐이다.

지금까지 노동문학을 대하는 태도에 대한 당대 비평적 사고에 대한 문제들을 짚어보았다. 중요한 것은 노동자 문학을 대하는 시각의 문제이다. 80년대 중반 이미 노동자 문학은 수기를 넘어서 시, 소설, 희곡, 비평 등 다양한 문학 양식을 활용하여 발전했다. 이를 대하는 소위 전문 문사들의 태도는 문학성, 예술성을 잣대로 문학으로서의 가치가 없다고 폄하하거나, 새로운 창작 집단의 탄생을 무비판적으로 수용하는 두 가지로 나누어 볼 수 있다. 이런 태도에 대해서 기성작가들은 문학에 대한 기득권자로서의 고정관념을 버리고 "솔직하게 전문문인들로서는 도저히 따라갈 수 없는 미덕이 있는 것을 솔직히 인정하는 한편, 지식인으로서 비판을 하고 독자적인 창작을 할 의무는 그대로 남아 있"[17]다는 객관적 시각을 가질 필요가 있다. 즉, 노동자문학이 기존 문인들에 의해서 폄하되거나 시혜적 평가가 내려지는 것은 경계해야하며 고정된 문학적 틀만으로 분석하는 것도 문제인 것이다.

광주항쟁 이후 정부의 무자비한 탄압에도 불구하고 노동자들의 투쟁과 글을 통한 각성, 소통, 표현은 현저하게 증가했다. 송효순은 자신의 수기집 말미에 "사회 저변에서 오늘도 우리들처럼 고통을 당하고 있는 노동자들의 실상을 이 사회에 알려야 하겠다는 생각을 하"[18]고 있다고

---

17) 백낙청, 「민족문학과 민중문학」, 『자유의 문학 실천의 문학』 제2집, 자유실천문인협의회편, 이삭, 1985, 14면.
18) 송효순, 『서울로 가는 길』, 형성사, 1982, 208면.

밝히고 있다. 노동'문학'은 노동자 작가들에게 또 다른 침묵을 강요하는 검열이기 때문에 노동의 실상을 왜곡할 수밖에 없는 상황에 계속 직면한다. '노동'문학이 노동'문학'화 되어가는 한, 노동문학은 진정한 가치평가를 받을 수 없다.

노동자들의 인식 전환과 노동문학의 변화

80년대 전반부는 신군부의 정권 장악과 정권의 계승에 따라 노동 운동 전반적인 부분이 이전 시기와 같이 탄압을 받았다. 하지만 여러 노동 쟁의와 노동자들의 행동화를 목격한 국가는 이전과 같은 방법으로는 국민을 제어할 수 없음을 직시하고 유화정책으로 나아간다. 표현의 자유를 보장하고 노조 결성을 일부 인정하는 등 노동자들의 요구가 일부 수용되기 시작했다. 하지만 표면적인 유화정책은 진정으로 노동자를 위한 거시적 관점의 대책이 아니라 미봉책일 뿐이었다. 이미 뿜어져 나오기 시작한 노동자들의 목소리는 6월 항쟁을 계기로 전국적 연대를 형성하게 된다. 이 시기 이후 노동자 단체는 전면으로 나오게 되고 사회 제도의 틀에 맞서 대규모 노동 투쟁을 할 수 있게 된다.

노동문학적 측면에서도 이전과는 전혀 달리 소모임 중심을 넘어서서 전체 노동자의 행동화, 집단화를 염두에 둔 작품이 노동 잡지와 신문을 통해서 사회로 분출되었다. 노동해방과 자유에의 의지는 침묵의 응축을 폭발시키고 '노동문학이 누구의 것인가?'라는 질문에까지 다다랐다. 그리고 노동자 작가들은 전문화, 예술화에까지 점차 신경을 쓰기 시작했다. 드디어 노동문학이 성격적, 내용적, 표현적으로 노동자의 품으로 온전히 돌아올 가능성이 보였다. 그동안 노동자작가 중에는 자신 스스로가 기존 문단의 잣대에 비추어 기존 문단으로 포섭되기를 바랐던 이들도 있었을 것이다. 하지만 노동문학의 본류는 '문학'에 있는 것이 아니라 '노동'에 있다는 인식은 노동자 작가들이 노동문학을 함에 있어서 기본적 요소이다. 이것을 실천적으로 포괄할 수 있는 노력의 산물이 80년대 노동자문학이 지니는 노동문학으로서의 위치이다.

> 70년대에서 80년대 초반에 걸친 민족민주운동의 계급적 성격의 변화는 백낙청의 민족문학론의 변화에 그대로 반영되어 있다. 80년대에 들어 민족문학론은 그 민중적 성격을 강화하면서 그 명칭까지 민중, 민족문학론이라고 고치기에 이르렀다. 그러나 87년 대파업을 거치면서 새로운 상황이 전개되고 있다. 민중을 이루는 각 계급의 대중적 진출이 두드러지는 가운데 특히 노동자계급의 진출은 놀라우리만큼 급속하게 전개되고 있다.19)

80년대 민중문학론은 노동문학과 같은 맥락에서 주체인 민중의 역할이 표면으로 드러나면서 그 중요성이 배가되었다. 그 전 시기 민족문학론이 민중문학론으로 수렴되면서 노동문학에 대한 언급도 그와 같은 방식으로 흡수되었다. 노동문학은 민중문학의 일부로서 인식됨을

---

19) 조정환, 「민족문학 주체논쟁의 종식과 노동해방 문학운동의 출발점」, 『월간 노동해방문학』 3호, 1989, 40면.

위에서 볼 수 있다. 노동자들은 80년대 중반 '6월 노동자 대투쟁'을 계기로 사회적 분위기와 스스로의 존재에 대한 인식을 폭발적으로 변화시켜갔다. 그래서 투쟁의 싹을 간직한 80년대 전반기와 투쟁을 통한 주체로서의 노동자를 인식하게 된 후반기는 다른 어떤 시기보다도 노동자의 삶에 중요한 출발점이자 기준점이 되어 왔다.

노동자들에게 문학은 그들의 삶이다. 노동자로서, 노동문학의 주체로서 사회인식은 노동현장에서뿐만 아니라 노동문학에도 힘을 실어 주었다. 그들의 투쟁은 노래가 되고, 이야기가 되고, 문학으로서 탄생했다. 치열했던 80년대 노동문학에 대한 우리의 관심은 지금 우리에게 80년대 노동문학에서 흘러나오던 그들의 노래, 이야기, 문학을 듣고 보지 못함에 있다. 노동문학은 누구의 것인가.

노동의 육화, 산 노동이 말하다

— 백무산 시집, 『만국의 노동자여』

김
남
영

1.

노동이라는 단어 속에는 무력함의 현실이라는 그을림이 있다. 노동이라는 기표는 그것 자체로 이데올로기적이다. 그래서 어쩌면 노동과 관련된 담론이나 실천을 위험한 것으로 간주하려는 움직임이 있었던 것은 우연이 아니다. 노동이라는 단어에는 "인간적 존재의 가상"이 결여된 것처럼 보인다. 우리는 그런 노동의 현실을 통해 흔적처럼 남아 있는 인간 존재의 비극을 적시하고 그 비극을 뛰어넘는 조건을 생산해 낼 수 있다고 믿었다. 마르크스는 『신성가족 혹은 비판적 비판에 대한 비판』에서 "유산계급과 프롤레타리아계급은 동일한 인간적 자기 소외를 표현한다. 그러나 유산계급은 이러한 자기소외에서 행복을 느끼고 보장받으며, 소외를 자신의 고유한 권력으로 보고, 그 속에서 인간적 존재의 가상(Schein)을 가진다. 반면 프롤레타리아계급은 소외 속에서 아무것도 느낄 수 없으며, 비인간적 존재의 무력함과 현실을 본다."[1] 라고 말한다. 따라서 자본가가 자신을 이해하는 방식은 복잡하지가 않다. 그들은 세계에 대한 자신의 태도가 어떻게 부합하는 지를 이해하기만 하면 된다. 쉽게 말해 눈에 보이는 상황만을 이해하면 된다. 반면 노동자들은 사정이 다르다. 그들에게는 생산 수단, 즉 자본이 없다. 오직 자신의 노동력만을 자본가들에게 제공한다. 어느 철학자의 말을 빌면, 자본가들에게는 애초에 '응시'(gaze)가 존재하지 않았을 것이다. 그들은 세계를 그저 있는 그대로 바라다보는 질 좋은 눈만 필요하다. 반면 노동자들이 세계를 바라볼 때는 일차적으로 자본가의 시선과 겹쳐진 채로 세계를 바라본다. 왜 그런가. 노동자들에게는 생산수단, 즉 자본이 없다는 사실이다. 그래서 노동자는 노동에 지출하는 양을 통해서만 서로를 구별한다. 노동자들에게 노동(력)을 뺄셈하고 나면 그들은 언제나 불투명한 주체로 남는다. 처음부터 그들은 힘의 균형추에서 기울어진 존재로 남겨진다. 말하자면 노동하는 자의 눈에 비친 세계는 자신을 지배하는 자의 어떤 눈을 통해 자신을 식별한다. 경제적 이해, 그리고 경제는 노동자들의 몫이 아니다. 노동자들의 굵은 힘줄에서 나오는 것이 아니라, 생산수단을 쥔 자들의 손에서 나올 뿐이다. 이러한 악순환에서 노동자는 어떻게 할 것인가를 생각하는 것, 이는 다른 말로 노동(력)을 어떻게 할 것인가의 물음으로 이어진다. 마침내 노동자의 노동에서 질적인 차이가 있다면, 기껏해야 다음과 같은 물음을 야

---

1) 로베르트 쿠르츠 엮음, 강신준·김정로 옮김, 『맑스를 읽다』, 창비, 2014, 193면 재인용.

기한다. 생산수단을 자본가들로부터 가져올 것인가. 아니면 그들의 세계로 동화될 것인가.

　한국의 역사적 상황도 자본가의 응시와 무관하지 않다. 70년대 산업화의 이면에는 수많은 폭력과 그을음이 숨겨져 있다. 새마을 운동의 숙주격인 근면, 자조, 협동이라는 슬로건에 대한 집요한 비판 뒤에도 자본에 대한 성찰이 담겨져 있다. 자본은 살아가는 방식에만 관심을 둔다. 노동자의 죽음, 노동의 죽음에는 자본은 관심이 없다. 딱 살게만 만드는 것. 예속이란 바로 그런 의미일 것이다. 이 땅의 지배 권력들에게 노동(자)의 죽음 따위에는 애초에 관심이 없다. 따라서 이 운동은 협동하여 가난을 없애자는 운동이었지만 이면에는 노동관계에 대한 억압과 배제가 암묵적으로 존재한다. 지금보다 잘 살게 되는 것. 살림살이가 더 나아지는 것. 추상적으로는 그렇게 보인다. 좋아 보인다. 그러나 추상화의 본질에는 정치권력의 탐욕이 도사리고 있다. 권력, 다시 말해 "국가권력＝박정희"라는 초월적 인물(폭력으로 일구어진) 네이션을 뛰어넘는 이 권력은 상부구조에 경제개발이라는 방점을 찍었다. 쉽게 말해 경제개발의 주체는 상부구조가 주도해 나간다는 말이다. 권력은 자본가 계층을 양성하려는 목적이 컸다. 자본가 계층은 잉여가치를 계속 얻기를 희망한다. 모든 것을 근대화하려는 국가권력은 농촌에서 토지를 축적함으로써(농지 정리, 기계화) 노동력을 사실상 토지로부터 이탈시켜 도시 공단으로 몰려들게 만든다. 결국 저 근면이라는 추상적 기호는 하부구조가 상부구조를 결정하는 방식을 이탈시켜 청교도적인 윤리적 감각을 고취시키는 데 있다. 이는 부르주아 계층이 우리 사회에서 중요한 기득권 세력으로 자리 잡게 되는 과정을 동반하는 달콤한 수사다. 이 기묘하고도 낯선 현실은 노동에 대한 무의식을 강제했다.

노동력을 고용한 자본가는 말한다. 사물을 바라보듯, 자본가의 낯선 눈들이 노동자의 눈을 비켜나갈 때마다 그는 침을 튀기며, "우리는 가족이다."를 외친다. 고용계약이 가족논리로 변질되는 순간이자, 육체적 각인의 순간을 알리는 가혹한 언어들이 낯익다. 사용자가 내뱉는 언어는 '가족'이라는 내적 친밀성의 언어이자, 교란되는 언어이기도 하다. 그들의 목표는 단 하나. 노동자의 사적 시간마저도 가족의 울타리, 공장의 생산성으로 옭아매려 든다. 피 한 방울 나누지 않은 그들의 외침은 모순적이기보다는 목숨을 담보로 한 보이지 않는 족쇄이다. 가족을 외치기도 전에 그가 나타나는 순간 반사적으로 노동자가 기립한다. 노동의 일과가 끝나고 동료들과 술을 마시는 사적인 순간마저도 신체는 가역반응을 한다. 규율된 신체, 사적 시공간의 자유마저도 박탈된, 아니 정확히 내면화된 저 육체의 반응은 노동에 대한 지배가 결국 인격에 대한 지배로 이어진다는 사실을 고지한다. 그들의 노동력을 사용하려는 사용자 앞에서 손가락을 치켜들만한 제스처가 없는가. 왜 그런가.

불안이다. 노동이라는 단어에는 불안이 존재한다. 언제 짤릴 지도 모른다는 불안은 노동자의 눈을 흐릿하게 만든다. 그런데 우리는 나의 불안의 원인을 자본가 계급 탓으로 쉽게 처리한다. 그렇다고 마음이 편해질 리가 없다. 불안의 정초는 바로 자본가 계급에게 이 사회의 시스템의 많은 부분을 할애하는 데 있다. 노동은 그리 불편한 것이 아니다. 계약 관계에서 자본가와 노동자를 매개하는 것은 분명 노동이다.

노동이라는 단어는 매우 오래된 역사와 구체적인 상황 속에서 나타난다. 예컨대 노동에 대한 오래된 사유는 최초로 상품 생산 및 교환이 시작된 시기라는 사실이다. 말하자면 노동은 인간의 기본적인 삶의 조건을 형성한다. 만약 부르주아 주체가 노동자를 상품으로 인식한다면, 노동자의 육체적 노동은 고스란히 그의 것이 된다. 육체만이 그의 것이 된다면 사태는 개선될 여지가 분명 있다. 그러나 문제는 육체적인 것으로 끝나지 않는다. 따라서 마르크스의 말이 다시 한 번 상기된다. 노동을 상품으로 파악한다면 그 상품은 가치로서의 상품이자 사회적 관계로서의 상품이 된다. 사회적 관계를 파악하는 것이 중요하다. 노동이라는 단어는 이렇게 사회적 관계가 겹쳐진다. 그러한 관계 속에서 부르주아 주체의 욕망은 실은 노동자의 내면마저도 길들이고 상품으로 구매하고자 하는 의지에 있다. 놀랍게도 '내면'은 육체 속에 숨겨져 있어 눈에 보이지 않는다. 보이지 않기에 알고 싶어 하는 것이자, 욕망의 대상이다. 이것을 부르주아 주체가 진정으로 욕망하는 가지고 싶고 강탈하고픈 실재가 아닌가. 기왕에 우리 회사의 가족이 되었으니, 당신의 모든 것(내면)을 바치라는 암묵적인 지시가 노동자의 어깨를 누른다. 노동의 배후에는 질서에 이탈되는 그렇다고 멀리 갈 수 없는 경계의 접촉면이 있다.

그래서일까. 노동이라는 단어를 대할 때마다 '나는 결코 힘든 노동 따위는 하지 않을 것이야' 따위의 말들이 슬그머니 자리를 차지한다. 만약 힘든 노동이 있다면, 쉬운 노동도 존재해야만 한다. 그런데 왜 대다수의 사람들은 노동이라는 단어 속에서 힘들고 고달픔이라는 형용사를 추출해 내는 것일까. 노동이라는 단어 속에는 정체를 알 수 없는 어떤 장치가 노동과 노동자, 노동력 사이를 가로지르고 있는 것은 아닐까. 오늘날 사람들은 목소리를 높여 말한다. 노동은 힘들고, 고통스럽고, 비참하다고, 쉬지 않고, 말하고 또 말한다. 노동에 관한 비참함을 방증하는 목소리는 이렇게 커져만 간다. 마르크스는 "그는 노동의 결합을 비록 자신에게 속하고 동시에 자신의 삶의 표현임에도 불구하고 낯선 활동, 강요된 활동으로 관계한다."[2]라고 말한다. 비참한 노동자의 생활이 소개될 때마다, 그리고 그의 삶이 비참할수록 우리의 무의식에는 두려움이 일어나면서도 나는 비참한 노동자가 결코 되지 않겠다는 믿음이 싹튼다. 화를 내면서도 안심하는 '우리'는 과연 누구일까. 노동에 있어 누가 노동을 힘들게 더 많이 생산하였는가가 어느 순간 질적인 개인차로 전화(轉化)한다. 노동자의 육체 상태나 나이, 그리고 성별과 같은 '물질적 조건'들은 참을성, 냉정함, 근면 등을 요구하는 자들에 의해 개인적 차원으로 바뀐다. '우리 모두는 노동자다'라는 말은 현대 사회에서 더 이상 유효하지 않은 것 같다. 우리는 '일을 한다'고 말을 하지만 '나는 노동자다'고 말하는 것에는 주저함이 묻어 있다. 나는 노동이라는 단어가 주는 우리의 정치적 무의식에 노동이라는 단어에 잠재되어 있는 부정적 속성이 있다고 믿는다. 다만 노동이라는 개념은 노동을 둘러싸고 다양한 해석이 가능하고 따라서 다양한 노동관계가 존재한다는 것을 미리 밝혀 두고 싶다.

　노동이라는 개념 안에는 이미 '자기 소외'의 역사가 응축되어 있다.

---

2) 로베르트 쿠르츠 엮음, 강신준·김정로 옮김, 『맑스를 읽다』, 창비, 2014, 197면.

'노동'이라는 말이 '가여운 고아(arbaips)'에서 비롯된 말이라는 점은 의미심장하다.[3] 기댈 언덕이 없는 고아이기에 홀로 방치된다는 것은 두려움의 다른 표현이다. 노동을 '힘든 육체적 고생'으로 '저급한 천한 활동'으로 인식하게 된 계기는 이처럼 노동의 어원에서 비롯된다. 물론 노동이 부정적 의미에서 긍정적 의미로 변화하게 된 데에는 초월적인 자연의 힘에서 인간(부르주아들)의 힘으로의 노동으로 인식상의 변화에 기인한다는 점을 놓쳐서는 안 될 것이다. 육체는 정신보다 앞서 노동이라는 말과 친근하다. 자신의 노동력을 자본가에게 팔아서 생활하는 임금 노동자라는 뜻인 프롤레타리아(proletarier), 그리고 노동자 계급 전체를 가리키는 용어인 '프롤레타리아트'(proletariat)라는 말의 어원도 노동이라는 어원과 비슷하다. 어원인 '프롤레타리우스'는 고대 로마에서 자손을 낳은 것 말고는 국가에 아무 기여도 못하는 자들을 가리킬 때 사용한 말이다. 그것은 한마디로 비천하고 버려진 자들, 단지 번식할 뿐인 자들을 지칭했다.[4] 그러나 마르크스는 이 용어를 노동한다는 사실보다는 그들이 '보편적 제약'의 화신이라는 점에 주목했다. 맑스는 보편적 제약이 있으니, 그들에게서 보편적 해방의 힘, 또한 놓치지 않았다. 그러니 맑스는 『공산당 선언』에 나오는 '프롤레타리아'는 부정적인 조건, 구체적으로 그들의 발목에 족쇄를 채우는 경직된 질서를 끊어 낼 수 있는 노동자들이라는 적극적인 의미를 구현해 낸다. 미셸 푸코의 작업, 지오르지오 아감벤의 호모사케르, 각기 차이점도 있지만 그

---

3) 강수돌·홀거 하이데 공저, 『자본을 넘어, 노동을 넘어』, 이후, 2009, 158면.
4) 고병권 외, 『맑스를 읽자』, 그린비, 2010, 46면.

들의 작업은 특정한 사회 구조 속으로 육체적이든 정신적이든 질서화를 이룰 때 발생하는 배제와 소외에 관심을 둔다. 노동으로 바꾸어 말을 한다면 노동을 한다는 주체, 즉 노동자임을 스스로 인식하는 계기와 자본에 마주치면서 또는 저항하면서 사회의 모순을 변화시키려는 투쟁들은 한 몸이다.

이러한 사실은 강한 역사성을 내포한다. 어느 시기이든, 사회적 관계가 형성될 때마다 그 배후에는 권력이 도사리고 있었다는 사실을 알 수 있다. 마르크스가 말했듯 '모든 역사는 계급투쟁의 역사'라는 말에 공감하면서, 자연과 인간 간의 활동에서 나아가 소수의 인간 대 다수의 인간들의 관계를 이룬다. 이것은 중요한 사실을 암시한다. 70년대의 노동과 80년대의 노동, 그리고 오늘날의 노동은 역사와 주체를 달리한다. 쉽게 말해 80년대의 노동과 2000년의 노동은 목적과 대상에 따라 큰 차이가 있다. 그럼에도 불구하고 1960년대 개발이라는 미명하에 자행된 성장이 삶을 윤택하게 하리라는 양이 질을 압도하는 신화는 여전히 노동자의 인권을 유린하고 있는 한국 사회의 모습을 반영한다. 2000년대의 노동 현실과 80년대의 노동 현실에는 구조적인 소외의 현상이 지속되고 있다. 아직도 고층 사다리와 망루에 오르는 이들은 노동자라는 사실이 이를 방증한다. 그들이 저 높은 곳에 오르는 이유는 단지 개인의 이익을 위해 오르는 것이 아닐 것이되 자신의 목숨을 담보로 경직된 질서에 항거하는 일이라는 점에서 그 행위는 정치, 경제 두 체제에 대한 비판을 담고 있다. 마찬가지로 노동이라는 단어 속에는 경제적인 의미망과 정치적인 의미망이 혼재한다. 거부와 모순을 뚫고 나가는 힘은 안정된 위치에서 진행될 리는 없다.

2.

목숨이 달려 있는 것, 그래서 자신의 목숨을 걸고, 부조리한 세계를 변혁한다는 말은 매력적이다. 생각해 보면 사물이 인간을 통치한다는 현실을 이제는 직시해야만 하지 않을까. 권력의 배후에 이성적 인간이 찾아낸 것은 바로 사물이 인간을 지배하고 있다는 사실과의 조우이다. 이 글의 목적은 단순하다. 인간의 통치가 아니라, 사물들의 통치로 바뀐 현대 사회에서 노동을 다시 생각하는 것은 역설적이게도 사물들의 통치를 비판하고 인간의 통치로 나아가기 위한 교두보를 확보하고자 한다. 그것이 노동을 생각하는 마음이다. 인간이 인간을 지배하거나 목적하는 일은 원래 노동의 개념에 부합하지 못한다. 그러나 앞서 말했듯 강력한 권력의 자장(磁場) 속에 자신의 창조적 노동을 동일시할 것인가 말 것인가는 매우 중요한 문제이다. 이러한 사정의 배후에 작동하는 가장 강력한 힘은 분명, 자본이다. 인간의 노동을 상품화, 단순한 인력으로 만드는 것이 자본이라는 사실은 누구나 잘 알고 있다. 노동 생산력을 올리려는 자본의 요구와 교육을 통해 신분을 상승하려는 대중의 욕구가 만나는 자리에서 이미 노동자라는 말에 거부감이 들지도 모른다. 자본에 맞서는 힘이 역사적으로 없었다고는 볼 수가 없다. 다만 노동을 매개로 한 저항이 강할수록 자본은 섬세하게 생활을 파고든

다. 자본이 만든 권력 질서와 동일시를 이루지 못한다면, 혹은 그 나르
시시즘적 이미지와 결합되지 못한 다면 우리는 항시적인 예외 상태에
노출되고 만다는 그 두려움을 잘 알고 있다. 그것이 문제다. 지그문트
바우만의 지적은 80년대의 노동과 다른 국면을 오늘날 시사해 준다.
그는 일시적인 '실업'에서 항구적인 '잉여'로의 전환이 빠르게 진행될
것으로 내다보고 있다. 부연하자면, 실업은 고용의 상태를 예고한다.
다시 말해 실업은 비정상적이고 일시적인 상태이다. 접두사 -un을 괄
호 안에 두면, 그들은 언제든지 고용될 수 있는 상태이다. 그들을 바우
만은 산업예비군이라 부른다. 노동자의 질적 특성이 산업예비군, 즉 준
비되어 있다는 말. 그러니 노동자의 거부하는 신체를 자본가는 손쉽게
처리한다. '일하기 싫으면 이 회사에서 나가라. 너 말고 그 자리를 채
워줄 사람은 언제든 있다.' 고통은 그 순간을 개시한다. 노동자는 항구
적인 실업의 상태를 간직한다. 간혹 운이 좋게도 자본의 질서 안으로
편입될 수도 있겠지만, 이어서 그들은 질서에서 배제되고 만다는 사실
을 의식 무의식이 이미 알고 있다. 한마디로 노동(자)은 "벌거벗은 생
명"이다.

80년대의 뜨거움은 이 벌거벗은 생명들의 탄생에 있다. 그들은 계급
투쟁, 즉 두 계급 사이에서 일어나는 적대적 투쟁에서 벗어나 이러한
구조적 모순을 야기하는 계급 사회에 대한 투쟁으로 전회(轉回)한다. 80
년대 노동의 현주소는 자본이 만드는 질서에서 생겨나는 영원한 소외
의 구조 속에 인간이 갇혀서는 안 된다는 말일 터. 사물이 지배하는 구
조를 자각하는 것, 이것은 매우 중요한 일이다. 그런 의미에서 80년대

의 역사성을 많은 논자들이 말하였다. 한마디로 참된 계급에 대한 인식은 구조를 자각하는 자들의 손에 달려 있다. 그 속에 노동자의 역할은 실로 유의미하다. 하지만 노동자의 힘 못지않게 그 힘과 맞서는 힘도 존재한다. 80년대의 예외적인 사건들이 항시적인 사건들로 변질되는 순간을 우리는 기억한다. 80년대의 민주화 운동, 그 사건은 여전히 진행 중이다. 그럼에도 불구하고 최악은 80년대를 과거 완료의 사건으로 만드는 선전 혹은 망각의 기획이 여전히 작동하고 있다는 점이다. 이럴 경우 노동과 노동조건을 사유한다는 것은 늘 완료된 기억 속에서만 의존하게 된다. 살아있는 노동은 이것을 정지시키고 지연한다. 산노동은 그 폭력의 흔적을 흡수해 기어이 자신을 드러내고야 만다. 그것이 노동의 현주소이다. 현재시점에서 왜 굳이 80년대 노동을 다루려고 하는가. 쉬운 대답은 아니겠지만, 전제 하나를 달고 생각해 본다. 노동은 조건상 비극적이다. 노동은 정확히 고통을 현재화한다. 이는 매우 상투적일 수 있는데, 상투적인 것이 꼭 시대에 뒤떨어진 것은 아니다. 뒤에서도 언급하겠지만 고통을 있는 그대로 날 것으로 응시할 때, 강박처럼 이어지는 것이 고통의 승화, 바로 고통 뒤에 따르는 숭고함으로 노동을 위치 상승시키는데 있다. 노동이 상투적이면 어떤가. 사후적으로 우리는 노동을 찬밥처럼 취급하면서도 지나간 추억 속에서는 숭고한 어떤 것으로 승인 처리한다. 바로 이 점이 노동을 둘러싼 법질서의 문제이다. 노동 악법이라 불리는 것은 지금 없어졌다. 하지만 무너진 그 자리에 여운처럼 번지는 법질서의 효과는 강력하게 지속되고 있다. 바로 이것이 노동을 비극적이게 만든다.

노동을 통해 새로운 삶을 창조할 수 있다는 사실과 노동은 자신의 삶의 조건을 완전히 만족시킬 수 없다는 점에서 이미 비극적이다. 따라서 우리가 노동이라는 단어를 곱씹을수록 비극적인 사건과 연루되어 "벌거벗은 생명들"이 상시적으로 출몰한다. 사회 질서에 포함되어 있지만 극적으로 배제당하는 생명들. 그들의 파편화된 신체를 관통하는 것도 노동이라는 단어이다. 노동으로 활성화되지 않은 저 신체들은 이렇게 지난한 역사적 상황과 매우 밀접한 연관을 지닌다. 자신의 생산물조차 자신의 것이 아닌 소외. 노동이라는 배후에는 이렇듯 지독한 소외가 자리 잡고 있다. 소외를 어떻게 극복할 것인가. 노동은 극복해야만 하는 대상인가. 처음에는 노동이 참혹한 것은 결코 아니었을 것이다. 자본의 교활하고 간교한 어떤 솜씨들로 비진실과 비진리가 진실되고 진리인 것처럼 변화한다는 점이 문제이다. 자본의 질서, 혹은 그 논리에는 필연적으로 배제가 뒤따른다. 현대사회의 본질적인 문제는 이 배제당하는 자들의 목소리를 복원해 내는 일, 그 자체에 바쳐져야 한다. 물론 부르주아에게도 노동이 있다. 소위 관리 노동이 그것인데, 관리 노동은 노동자의 활동을 분리하고 착취하기 위한 목적에서 파생된다. 이것을 잊어서는 안 된다. 자본가는 마술과 같은 솜씨로 진리를 거짓된 것으로, 아름다운 것을 추한 것으로, 선한 것을 악한 것으로 만들어 놓는다. 그래서 자본가는 노동자의 노동이 무엇을 생산하든 아무런 관심이 없다. 자본가는 그의 노동자의 노동이 주어진 시간 단위에서 얼마나 많은 가치를 생산할 수 있는가에만 관심을 둔다. 이것이 자본주의적 추상 과정의 시작이다. 자본의 힘은 솜씨 좋은 질서화의 일환이며, 다른 식으로 말해 추상화이다. 처음의 자본주의도 인간에 대한 편리를 바탕으로 출현했다는 점은 높이 평가할 만하지만, 시간이 흐를수록 자본주의는 추상화되었다. 추상화된다는 말은 수많은 특이성들을 일반화시키는 힘을 지닌다. 편리를 뛰어넘어 이제는 추상화가 상식으로 통용되기에 어쩌면 현대사회에서 노동과 관련한 새로운 용어들의 범람, 이를 테면 비정규직, 프레카리아트, 잉여 등도 추상화에 맞서는 용어로 간주해 볼 수 있다.

다음과 같은 물음은 유효한가. 두려움을 육체로 각인한 자들이 어떻게 세상을 살아갈까. 죽음으로 자신의 노동을 다한 이들보다 무의식적으로 스스로 고단한 삶을 살아가는 그들의 삶은 어떠할까. 그리고 나는 지금 어떤 노동을 하고 있는 것인가. 무의식 속에 번득이는 두려움을 그들은 무엇으로 견디고 있는 것인가. 물음은 진지하되 대답은 오히려 간명하다. 고되게 그저 몸을 움직여 살아간다. 그것이 정신이든, 육체든. 자본주의가 우리 삶을 규정하는 오늘날 우리는 경제가 호황이든 불황이든 고되게 살아간다. 좋아도, 싫어도 노동을 한다. 여전히 노동이 사회를 하나로 통합하는 데 필수적인 매개라는 말을 나는 믿는다. 그러나 자본이 내리치는 일자리 상실의 위협이라는 상황에서 통합이라는 말은 왠지 무색하다. 무엇이 잘못된 것인가. 노동이라는 기표와 일자리 상실이라는 기표가 어느 순간 동의어가 되어 버린다. 점점 두 단어의 내용이 흐릿하다. 노동(자)에는 사회 질서에서 배제당하지 않으려는 어떤 동일시, 두려움의 내면화를 통해 산 노동을 죽은 노동으로 대체한다.

생산 수단을 지니는 자본은 원래 추상적이다. 그래서 자본은 사물을 보편적으로 추상화시킨다. 반면 노동은 구체적이다. 자본을 생산하는 것은 모두 생산적이라면 노동은 그 생산의 동력이다. 문제는 자본은 우리의 삶 전체를 자기 것으로 만들어 버림으로써 먹고 산다. 추상화는 일종의 질서화다. 공통적인 것을 남기고는 그 외의 것은 지우려 든다. 그래서 자본은 문제가 된다. 자본은 추상적인 것이다. 적어도 추상화하려는 속성이 있다. 인간의 기본적인 것만을 남기고는 다른 어떤 특이성들을 인정하지 않으려 든다. 노동이 주가 되는 사회가 자본주의 사회라면 그 자체로 자본주의 사회는 완벽한 사회는 아니다. 그곳에는 잠재적인 구멍이 도사린다. 구멍은 다른 그 무엇으로 채워 넣을 수 있는 공간을 확보한다. 그것을 밀고 나가면 경직된 사회, 그것을 유지하는 질서에 생기를 불어 넣을 수 있다. 구멍의 존재는 비정상적인 것을 질서화하려는 권력에 대한 사보타지다. 그러나 그 구멍이 시간의 흐름에 따라 무척 넓어졌음에도 불구하고, 여전히 자본주의 시스템은 강건하다.

결국 노동이라는 단어 속에는 비극적인 측면, 노동을 짊어진 몸짓들이 존재한다. 앞서 이는 매우 중요한 점을 암시한다. 정리해 보면 부(富)가 사적 소유의 정립적 측면이라면 정립이라는 단어 속에는 이미 체제의 균열을 내포하고 있다는 말인 셈이고, 노동자는 그것을 내면화할 수도 있는 대상이자, 그것의 해체를 도모할 수 있는 계기가 된다는 말이다. 노동을 하는 자는 노동자이다. 이것은 객관적 사실이다. 그러나 노동자에 대한 부정적 의식은 어떤 사회에서의 노동은 혹은 그 사회적 조건 하에서의 노동자는 노예가 될 수도 있다는 말이다. 노동을 통해 자신의 생산력을 얻는 것은 분명하다. 그러나 노동자가 처한 어떤 사회적 구조가 그를 노예로 만든다. 노동자(노예)는 자신의 족쇄를 끊어야만 할 사회 해방의 필연성을 표현한다.

우리의 삶을 더욱 비극적이게 만드는 것은 이미 채워진 족쇄를 두고 어느 족쇄가 더 아름다운가를 논의하는 우매함에 있다. 족쇄를 끊어내야 자유가 보장이 된다. 상식적으로 족쇄를 분석하고 이 족쇄를 자르는 방법들을 고안하고 실천해야 한다. 문제는 자신의 족쇄에 너무 익숙하다는 것. 족쇄를 보지 못하는 눈, 족쇄의 무게를 육체의 부분으로 인정한 생각들이 무섭다. 부조리한 현실이 있다면 부조리한 질서를 지탱하는 힘에 맞서야 한다는 것을 알면서도 우리는 맞서지 못한다. 오히려 '자각하라' '반성하라'라는 입법들의 가시가 노동(육체)의 살을 파고든다. 그런 말들의 범람, 그런 말들은 현실을 환기시켜 줄 수는 있지만 현실을 벗어나게 만드는 힘으로 작용하지는 못한다. 이러한 관념을 벗어나기 위해서는 행위가 뒤따라야만 한다. 우리는 자본의 족쇄를 끊기 위해서 노력해야 한다. 아니 목숨을 걸어야 한다. 예컨대 누군가가 자신을 희생하면서 노동에 대한 차별을 없애려는 법제정을 하였다고 치자. 일단은 법제정을 하였다는 사실은 중요하다. 그렇지만 법제정이 되었다고 해서 노동에 대한 차별이 없어진 것은 결코 아니라는 사실을 우리는 너무나도 잘 안다. 그럴 때마다, 혹자는 인식의 전환을 외쳤고, 누군가는 그런 정치적 무의식을 힐난한다. 그럴수록 자본가는 합법적인 방식으로 노동자를 수탈하기 위한 방식을 궁리할 것이고 소위 새로운 지배방식을 고안해 낸다. 노동자들이 자본가에게 대항할수록 자본가 계급은 "나도 억울하다." "나도 자본의 노예이다."라고 항변한다. 그러나 나는 그러한 항변이 오히려 자본의 새로운 주인임을 예고한다고 생각한다. 나는 목숨을 걸고 제도화된 신체, 유순한(?) 신체를 부정하면서 그 신체로부터의 도약을 감행했던 역사적 시기를 말하고자 한다.

3.

1980년대를 주목하고자 하는 이유는 여기에 있다. 1980년대 담론장의 분위기를 잘 전해 주는 단어는 '노동', '해방', '소외', '착취', '억압'일 것이다.[5] 직접적으로 혹은 간접적으로 무엇인가를 의식한다는 것은 언어화한다는 것이다. 의식은 표현의 바탕이고 그런 존재의 형상화가 언어이다. 80년대를 횡단하는 저 단어들을 통해 80년대는 다양하고 복잡한 문제들이 구성되고 그것을 해결하기 위한 운동들이 촉구되던 시대였음을 짐작할 수 있다. 그 위에 덧붙여지는 문제들은 노동, 사회, 민족, 민중, 노동자 등 새로운 주체성을 갈망하는 어휘들이 절합하고, 해방, 민주주의와 같은 이상적 언어들이 인간관계와 사회제도의 변화를 촉구했다. 80년대는 현실을 각성하게 된 주체들의 목소리가 울려 퍼졌던 시기이다. 이 목소리들은 소위 '피의 입법'을 타격하고 피지배

---

5) 80년대의 담론 지형을 확인하기 위해 『노동해방문학』을 참조하였다.

층의 의식을 확고히 대변한다. 그리고 노동이라는 감각과 노동자라는 의식을 통하여 노동자는 특정한 사회 경제적 이해관계를 공유한 집단으로 인식되었다. 노동으로 펼쳐지는 80년대의 광경은 근본적인 사회 구조의 변화에 대한 은유이다. 더욱 놀라운 것은 노동(자)라는 계급적 정체성을 통하여 부정적 사회시스템을 지연시키고 정지하려는 목소리들이 곳곳에서 귀환하고 출몰하고 있었다. 그래서 노동자 계급이란 경제적 구성체 일 뿐만 아니라 사회적 문화적 구성체, 그 힘을 표현한다.

법질서의 효과를 정지시키려는 노동, 방부제 처리된 노동의 신체에 피가 돌기 시작한다. 노동의 목소리들이 드디어 규율화 된 신체를 배반한다. 배반의 목소리들이 시적인 것으로 혹은 시로 의미화 되고 형상화되기 시작했다. 어쩌면 우리가 80년대 울렸던 저 시의 서사를 듣고 있기 힘든 이유는 80년대의 서사들이 끝났음에도 불구하고 소진되지 못한 목소리를 마주하고 있기 때문이다. 80년대, 그들의 목소리를 맨눈으로 본다는 것은 소중한 경험이다. 노동자들의 언어들과 마주하고 그들의 시간과 공간을 이해하는 것은 이미 익숙해진 법질서의 효과들을 파악하고, 내면화된 자본에 대한 인식들을 판단 정지시키는 힘을 가리킨다. 문학의 정치가 가능하다면 혹은 그것을 예상해 본다면 80년대에 발생한 이른바 '노동문학'이 문학의 정치를 말해주고 있을 것이다. 그리고 시(詩)는 이러한 문학의 정치에 대한 근본적인 사회 구조에 대한 변화에 대한 시적 알레고리를 표현하고 있지 않을까. 응시의 시선을 거두고 맨눈으로, 맨몸으로 부딪쳐오는 언어들, 시대에 맞지 않는 고통스러운 형상들이 비로소 입을 열기 시작한 바로 그 시간. 그래서 그런 감각을 표현한 80년대의 시는 그 자체로 커다란 성과를 지닌다. 노동에 대한 자유를 잃어버린, 폭력적인 지배구조에 예속된 신체에 대한 알레고리화가 시작된다. 80년대를 관통하는 하나의 정서, 그것은 분명 노동이다. 나는 80년대의 문학을 통해 벌거벗은 생명들이 노동을 통해 부조리한 사회시스템을 정지, 지연 시키려는 그 힘을 말하는 이를 직접 대면하고 싶었다. 그래서였을까?

나는 80년대를 온 몸으로 형상화한 백무산이라는 고유명을 기억한다. 그 고유명은 지금 우리에게 매우 익숙한 용법이 되었다. 그런 지금. 백무산의 시집 『만국의 노동자여』[6]가 새로이 발간되었다. 2014년에. 약 30년이 지난 시집이 다시 나온 이 시집은 그 자체로 의미심장한 면이 있다. 『만국의 노동자여』가 다시 출판된 의도. 이 시집을 발행한 의도가 그 무엇이라 잘라 말하기는 어렵지만, 2014년에 연쇄적으로 발생한 사회적 위기의 배후에는 80년대에 일어난 위기들을 예외적인 사건으로 볼 수가 없다는 입장이 분명히 존재한다. 방부제 처리된 80년대의 노동문학은 법, 제도가 정지된 위기의 순간에서 섬광처럼 나타난다. 그것은 신성한 것에 대한 믿음은 결코 아니다. 과거로의 향수도 아니다. 과거로의 퇴행은 더더욱 아닐 것이다. 오히려 노동에 대한 사유를 강제하기 위한 대단한 모험이며, 노동이라는 단어를 둘러싼 기표들을 다시 생각해 보는 계기로 『만국의 노동자여』를 다시 불러 세운다. 노동이라는 단어는 소진의 대상이 아니다. 결코 소진될 수 없기에 노동에 대한 사유는 중간에 멈추기를 거부한다. 노동밖에 가진 것이 없기

---

6) 백무산, 『만국의 노동자여』, 실천문학사, 2014. 이후 작품 인용은 이 시집에 의거함.

에 노동자들은 스스로 단결한다. 그런 삶을 2014년의 저 시집의 의미는 아닐까. 가진 자와 못 가진 자의 분할의 선을 분명히 하여 자본주의에 대한 결정의 단초를 만들려는 야심찬 기획, 그것일지도 모른다.

백무산에게 노동과 그 조건은 그의 혈액을 구성하는 체액이다. 이 글을 읽는 당신이 노동자가 쓴 노동자의 이야기를 그 괴로움을 부담 없이 받아들인다면, 당신은 노동을 통해 소진된 육체를 털고 희미한 희망의 반짝임을 향해 나아가려는 당신의 몸을 기억하고 있음을 믿어야 한다. 따라서 노동을 시로 표현한다는 것은 분명 현재화된 사건의 알레고리적 표현이다. 그래서 우리는 노동이라는 단어와 자연스럽게 연루되는데, 백무산의 시는 2014년에 재독을 요청하는 이유가 된다. 문학은 역사적 특수성을 반영한다하더라도 80년대의 문학과 오늘날의 문학에 어떤 연결고리가 이어져 있을 것이다. 물론 80년대의 현실과 오늘날의 사정은 무척 다르다. 노동을 대상으로 하는 목적과 방법도 다르다는 점도 간과할 수 없다. 문학이 지배적 질서로부터 문학만의 자율성을 획득하려는 것이 문학의 정치라고 생각해 보면, 자본에 대립하는 노동, 구체적으로 사적 소유에 대해 거부하는 행위를 백무산의 시에서 발견을 해야 한다. 나아가 80년대의 문학이 정치와 경제 중에 경제에 방점을 둔 정치와의 관련을 다루었다면, 오늘날 이른바 문학의 자율성은 경제 논리를 내면화한 채, 경제에 대한 비판을 하지 못하는 현실에 대한 역사적 환기를 바라는 기획자의 의도가 저 시집을 발간하게 된 계기가 되지 않을까.

이를 반영하듯 2000년대 들어와서 문학의 정치에 관한 글들이 쏟아지는 것을 보면서, 문학이 기존의 지배적 질서에 대항하여 수행하는 새로운 주체의 발명이자 감각의 재분배라는 랑시에르의 말을 상기해 볼 필요가 있다. 문학의 정치는 문학의 규제적 이념을 따르는 것이 아닐 것이다. 규범적인 역할과 질서화 된 내면을 흔들어 대는 누구나 자유롭게 쓰고 느끼고 표현할 수 있는 할 수 없는 것에 대한 가역반응을 시작하는 일이다. 할 수 없는 일을 하는 것, 말하지 못하는 자들의 말할 수 있음. 노동의 역능을 통해 노동조건의 불안정을 극복하려 했고, 일상적 삶과 사회적 소통의 파편화에 맞서야만 했다. 주변부에 있던 것들이 그 무엇이든지 간에 제목소리를 말한다는 행위는 비로소 정치적일 수밖에 없다. 80년대의 노동은 하나의 예외 상태를 고지한다. 법질서의 일시적인 중단, 하지만 이후에 법질서의 효과가 여전히 진행 중이라는 사실을 80년대는 말해 준다. 우리는 안전한 위치에 있지 않다. 그럼에도 불구하고 지나간 과거 속에서 불거진 최악의 사태들을 대할 때마다 분노한다. 하지만 그 분노는 안전한 분노이다. 80년대를 이해한다, 이해했다라고 말하는 일을 그만 두자. 노동을 착취한 가해자에 대한 우리의 안전한 분노가 이해가 되어서는 안 된다. 80년대와 오늘날의 현실은 사정이 다르다. 그럼에도 불구하고 80년대를 다시 생각하는 이유는 80년대의 노동 현실이 자기 환멸이라는 노동의 굴레를 비추는 거울이자 암담한 미래를 구원하는 전미래시제와 조우하고 싶기 때문이다. 그래서 80년대의 백무산을 2014년에 읽는다. 분명 80년대의 백무산은 성가신 존재이다. 백무산이 노동을 통하여 우리에게 전달하는 메시지는 간단하다. 그리고 그가 내뱉는 목소리는 분명하면서도 또

렷하다. 착취되는 노동의 현실을 육체적으로 보여 주고 있다. 이는 시가 지니는 일상어를 낯설게 만드는 방법의 역순이다. 우리는 백무산의 시를 편안하고도 안전한 상황에서 읽기를 주저해야 한다. 그는 『만국의 노동자여』 후기에 "서서 쓴 것들"[7]이라는 표현을 하고 있다. 물론 시인이 서서 시를 썼다고 독자까지 서서 읽어 달라는 요구는 아닐 것이다. 하지만 그의 시는 정말로 서서 읽어야 한다. 서서 읽으면, 살아가는 방식들이 문제가 아니라 삶 자체가 문제인 상황 속에서 안전한, 이 시집을 덮고 나서 거의 기억에서 사라질 고통스런 노동에 대한 이해를 사후 승인하는 행위와 결별할 수도 있다. 이처럼 백무산의 시에는 명확한 계급의식과 산 노동에 대한 인식이 선명하게 제시된다. 노동을 둘러싼 소외의 역사와 점철된 모순의 역사를 공격하는 수사야말로 백무산을 노동시를 통한 노동해방의 전위에 극적으로 가담하게 한다. 그래서 그이의 시를 두고 조정환은 말한다. "노동자 계급의 문학은 체험에 그치지 않고 계급 사상과 굳게 결부되어"[8] 있다고. 이 점은 부인될 수 없는 사실이다. 하지만 이 사실 속에는 노동이라는 단어를 듣기만 해도 울컥해지는 우리의 자기기만의 함정이 있다. 우리가 백무산의 시를 읽는 것은 어쩌면 백무산이라는 고유명을 재귀적으로 승인하는 구조에 따른 것이 아닐까. 이는 현실에 처한 고용에 대한 불안과 그 두려움을 불러일으키는 실재와는 거의 무관하며, 오히려 그 불안과 두려움을 달래주는 80년대 노동시에 대한 대리만족이라 그을림이 작용

---

7) 백무산, 『만국의 노동자여』, 실천문학사, 2014, 215면.
8) 조정환, 「백무산 시의 두 '가지'와 하나의 '뿌리'」, 『노동해방문학10』, 노동문학사, 1989, 83면.

하고 있는 것이다. 우리는 그의 시에서 80년대 폭력적인 정권에 대항하기 위해 촉발되었던 노동이라는 언어 속에는 죽음에 대한 공포를 내포하고 있다는 사실을 놓쳐서는 안 된다. 폭력에 맞서는 힘으로 정의를 부르짖는 그 모습은 실은 죽음의 공포에 대한 두려움의 낯짝이다. 그러니 백무산의 시는 누군가에게 읽힌다는 점이 중요하다. 안락한 의자에서 백무산과 노동시, 그리고 80년대를 동일시하는 것은 나르시시즘적 동일시에 뿌리를 두고 있다.

그럼에도 불구하고 불안과 격동의 사고 위에서 백무산의 시집은 태어났다. 조정환이 밝혔듯이 그의 시의 뿌리이자 버팀목은 노동에 대한 강렬한 체험과 노동해방, 나아가 계급해방에 있다. 그리고 불안과 격동의 시대에서 그는 분명 한 몸으로 두 삶을 살았다. 노동자의 삶과 시인으로서의 삶. 시라는 형식이 지닌 정치성을 누구보다 예민하게 자각한 그였다. 나는 백무산의 시를 동어 반복하려는 것이 아니다. 흥미로운 것은 그의 노동시들 중에 다음 시에서 나는 그런 그이의 시가 자기 환멸의 수사와 조우하고 있다는 사실을 발견하고는 당황스러웠다. 그리고 저 "추레한 남자(「그해 크리스마스」)"와 "「지옥선」"과 그가 꿈꾸는 노동 해방사이의 거리에 대해 궁금증이 밀려 왔다.

4.

「그해 크리스마스」에서 불현듯 "추레한 남자"가 나타난다. 백무산의 시 전체를 관류하는 노동에 대한 강렬한 이미지에 비해 저 추레한 남자는 매우 기묘하고 낯선 존재이다.

> 까만 양들은 칼칼한 목젖을/씻어 내리는 소주잔처럼/노역의 쌍소리를 씹었다/골목길 어둠 속에서 추레한 사나이가/우리에게 눈길을 주었다//(중략) 밝은 회당의 뽀얀 양들에게도/아무 말이 없었다/십자가도 없던 그해 크리스마스/추레한 남자는 쓰러진 양들 곁에서 울고 있었다
> (「그해 크리스마스」 부분9))

이 시는 어둠의 이미지와 밝은 빛의 이미지가 묘한 대조를 이룬다. 이 대조는 나아가 "까만 양"과 "뽀얀 양"사이의 거리를 표시한다. 그리고는 그 사이에 "추레한 남자"가 보인다. 애초에 이 도시는 인간들의 편리를 위해 구성되었다. 그런 도시 속에서 여러 계층들이 분화된다. 노동이 끝난 후에 "노역의 쌍소리"를 뱉는 저 "까만 양"들은 노동자들이다. "추레한 사나이"는 우리에게 눈길을 주는 어떤 존재인데, 이 존재는 자기 환멸의 슬픈 이유를 가지고 있다. 그리고 그 사나이는 끊임없이 노동자 주변과 교회당 주변을 부유한다. 노동의 부당함을 말하는 자리, 그것을 감싸 안고 위안을 주는 곳이 "교회당"이다. 그런데 그해 크리스마스에는 이상한 일이 벌어졌다. 위의 인용에는 나타나 있지 않지만, 그 해 크리스마스의 풍경은 "아기 예수를 위해 금화와 보석을 요구했고 북녘땅을 당신의 채찍으로 심판하기를 기도했"고 속옷 바람의 여인이 남자의 가랑이를 잡고 나뒹굴며 악다구니를 썼고 "까만 양"들

---

9) 백무산, 위의 책, 33~35면.

은 회당 담벼락에 먹은 것을 죄다 토해내었다. 바닥까지 떨어진 살풍경이다. 십자가로 상징되는 교회의 권력은 수직적 이미지를 표상한다면 위의 시의 모든 시어들은 하강한다. 이 하강이 의미하는 바는 실은 가장 안전한 거처마저도 고통스러운 순간이 되었으며 불안의 임시거소마저도 추락하고 만다는 절망을 표현한다. 이것은 분명 시대의 그을린 그림자에 대한 자기 환멸이다. 더 생각해 보면 노동력의 부당함을 호소하는 방식, 그것은 이미 임계점에 도달하였다는 뼈아픈 각성이 담겨 있을 수도 있다. 아니면 노동의 부당함을 말하려는 어떤 의지들마저도 권력에 결탁되어 있다는 사실을 저 추레한 남자를 통해 말하려는 것은 아닐까. 위험스럽게도 성스러운 것은, 결국 성스럽다는 것은 억압받는 자들의 관계를 유지시키는 하나의 거멀못이 된 현실을 백무산은 자기 환멸의 언어로 표현한다. 벌거벗은 생명으로 상징되는 저 "추레한 남자"는 인간이 인간적이기 위해 주어진 현실 조건, 구체적으로 폭압적인 권력이라는 80년대의 환경을 부정하기 위한 장치이다.

다시 먹는 입에서 '말하는 입'으로. 그의 시에서 어떤 노동자는 다시 말하기 시작한다. 강렬한 선전 선동의 언어가 아니라 재현된 시어를 통해 말한다. 알다시피 백무산의 시는 명확한 이분법적 인식을 바탕으로 한다. 허나 「그해 크리스마스」에서 보듯이 시적 주체가 표현한 80년대의 현실은 환멸에 가깝다. 그런 환멸은 지속적으로 시적 주체를 괴롭힌다. 이 환멸을 벗어나기 위해 혹은 저항하기 위해 그는 노동을 통한 인간적인 사랑을 구현해 내고자 한다. 사랑은 충동적인 속성이 강하기에 지속시간이 짧다. 짧지만 그 어떤 것보다도 강렬한 것이 사실이다. 백무산에게 노동은 사랑과 동의어이다. 그러니까 80년대 그는 노동을 사랑했다. 반면 오늘날의 인간은 그동안 자신의 노동의 의미와 그와 연관된 생활환경에 너무나 익숙해져 있기에 만약에 인간에게서 노동이 사라진다면, 그것은 인간이 이해하고 있는 유일한 활동이 사라진다는 것을 두려워한다.[10] 결국 백무산은 노동을 통한 노동으로부터의 궁극적인 인간 해방이라는 오래된 이상을 그의 시로 육화해 낸다. 노동에 대한 분석, 그리고 적대에 대한 선명한 분할. 그의 시에서 말하는 입에 대한 사유가 필요한 이유다. 자본주의 사회는 시간과 공간, 주체와 대상에 따른 규칙들로 가득 차 있다. 따라서 자본주의 사회에서의 입은 그저 먹는 일에만 충실해야 한다. 먹는 입이 정치를 말하거나 생활을 말해서는 곤란하다. 비극적이지 않은가. 이 비극성을 벗어나는 일, 즉 입의 기능을 달리 생각해 보는 것, 그것은 탈코드화의 은유이다. 백무산의 시에서 먹는 자들이 입을 열고, 말하기 시작한다. 노동자가 자신의 노동을 비로소 말하기 시작한다.

> 아무것도 팔려가지 않는 노동/성숙한 인간을 만들어가는 노동/죽어가는 것을 살리는 노동/죽은 노동을 쓸어내는 노동/꽃을 피우는 노동/이제 우리의 목소리를 들으리라/이제 우리의 몸에서 꽃이 피는 소리를 들으리라 　　　　　　　　　　　　　　　　(「노동의 추억」 부분[11])

알다시피 백무산은 노동자 출신이다. 그의 시 대부분은 앞서 말했듯

---

10) 만프레트 륄사크, 윤도현 옮김, 『노동』, 이론과실천, 2014, 132면.
11) 백무산, 앞의 책, 18면.

"서서 쓴 것들"이다. 노동자 백무산은 말한다. 노동은 팔리지 않는 노동이 되어야 한다고. 이 노동은 노동의 일반적인 교리를 흔들어 놓는다. 그가 말하는 노동은 교환가치가 일상이 되어 있는 현실을 극복해 내는 노동을 말함이요, 사용가치에 충실한 노동을 지향한다. 그 노동은 "죽어가는 것을 살리는" 노동이고, 자본의 모순으로 탄생하는 "죽은 노동"을 쓸어내는 산 노동들이다. 아마도 최초의 노동은 대상=자연과 인간의 관계, 즉 생산 양식의 원시적 단계에서 시작했을 것이다. 자연과 인간의 투쟁. 그 투쟁의 역사 속에서 인간은 발전하고 진화했다. 언어와 도구의 발달은 사회적으로 잉여 생산물이 축적될 만큼 생산력이 발달하자 그 생산물을 서로 소유하거나 교환하게 되고, 또 그 생산물의 소유, 교환을 매개로 집단적인 인간관계가 성립한다. 문제는 자연 대 인간의 관계에서 비로소 인간 대 인간의 관계로 변환된다. 욕구를 충족시키는 대상을 향한 대상적 행위로서의 노동이 인간과 인간 사이의 대립적 관계로 바뀜에 따라, 인간의 자아실현, 세계 창조적 성격으로의 노동은 소외라는 현상을 파생하게 되었다. 노동을 통한 자기 환멸의 순간은 소외를 피해 갈 수는 없다.

소외. 소외는 본래 내 것이었던 것, 또는 내 것이 되어야 할 것이 내게서 떨어져 나가버림으로써 결국 나와는 관계없는 낯설고 이질적인 것이 되고 만다. 노동의 소외는 노동 생산물이 생산자로부터 떨어져 나가서 멀고도 낯설지만 끊임없이 현실에 등장하는 것이 되어 버리는 것, 노동자가 주체가 되지 못 한 채 노동의 대상을 상실하고 그 대상에 예속되는 것을 의미한다. 그런 노동의 코드화를 탈코드화로 전환시키는 저 입은 노동, 그 자체이다.

이를 통해 문학의 영역에 틈입하는 길을 만들고, 사회 시스템 내부의 균열을 도모하는 가장 반동적인 시간을 연출한다. 노동자의 입이 단순히 '밥'을 먹는 입이 아니라 제도화된 감각과 표현을 어깃장내고 자본에 팔아버렸던 어떤 몸을 기억하는 말하는 입으로의 전환을 이룬다.

> 피가 도는 밥을 먹으리라
> 펄펄 살아 튀는 밥을 먹으리라
> 먹은 대로 깨끗이 목숨 위해 쓰이고
> 먹은 대로 깨끗이 힘이 되는 밥
> 쓰일 대로 쓰인 힘은 다시 밥이 되리라
> 살아 있는 노동의 밥이
>
> 목숨보다 앞선 밥은 먹지 않으리
> 펄펄 살아오지 않는 밥도 먹지 않으리
> 생명이 없는 밥은 개나 주어라
> 밥을 분명히 보지 못하면
> 목숨도 분명히 보지 못한다
>
> 살아있는 밥을 먹으리라
> 목숨이 분명하면 밥도 분명하리라
> 밥이 분명하면 목숨도 분명하리라
> 피가 도는 밥을 먹으리라

살아 있는 노동의 밥을

(「노동의 밥」 전문12))

　백무산의 시에서 '밥'은 중요한 상징이다. 밥은 인간의 가장 기본적인 동력이다. 밥을 얻기 위해 노동을 한다는 것은 소중한 가치다. 시인은 "피가 도는 밥", "먹은 대로" 그대로 사용이 되는 순수한 밥을 반복을 통해 강조한다. 목숨을 연명하기에 급급한 밥은 죽은 밥이다. 부조리한 현실을 뚫고 나오는 저 입을 채우는 밥이야말로 "살아 있는 노동의 밥"임을 증명한다. 벌거벗은 생명이 부정을 거절하고 스스로의 의지에 찬 목소리가 스스로를 명령한다. "않으리", "주어라", "못한다"는 자명한 거절의 순간이다. 거절의 행위는 대단히 정치적인 의미를 이끌고 있다. 밥과 목숨의 일차적인 의미를 벗어나 이제 밥은 노동의 무기가 되고 노동자의 육체가 자본의 압력을 온 몸으로 받아내는 의미를 획득하기에 이른다. 그러니 밥은 소외를 유발하는 동시에 자신이 인간임을 확인할 수 있는 계기가 된다는 점에서 소외와 혁명의 분노가 발화되는 발화점이다.

　또 한 가지. 노동자에게 삶의 모든 곳을 의탁하는 장소는 바로 작업장이다. 이 작업장은 노동과 가치 간의 관계의 약분가능성에 근거하여 구성되는 장소이다. 노동시간을 약탈하려는 자본의 횡포가 진행되는 시발점이며, 노동자의 노동과 생활이 교직하는 구체적인 장소이다. 80년대 노동시에 나타난 작업장들은 비극적인 소외를 형상화하는 것이

---

12) 앞의 책, 13~14면.

대부분이다. 한마디로 갈등이 진행되는 공간이자 모순이 응축된 공간으로 표현되는데, 백무산의 시에서는 "지옥선"이 등장한다. "지옥선"은 연작시이다. "지옥선"은 가혹한 노동의 현실을 주관적인 정서를 분리시키면서 열악한 노동 조건을 폭로하고 있다. 말 그대로 지옥이다.

앰뷸런스 달려가고/뒤따라 걸레 조각에 감은/펄쩍펄쩍 뛰는 팔 한 짝 주워 들고/사이렌 소리 따라 뛰어가고 그래도/아직은 파도는 시멘트 바닥 아래서 숨죽여 울고   (「지옥선2」13) 부분)

흩어진 쇳덩이의 밥에 우리는 매달려/발버둥을 쳐도 여전히 타기만 하던 날/마지막 하늘이 또 한 노동자의 머리 위에 쏟아지고/더러운 공장 바닥에 쇳가루 뒤집어쓴 채/   (「지옥선3」14) 부분)

시든 몇 포기 잡초만 공장 담벼락에 웅크리고/뒷산 들국화는 산마을에서 불어오는 바람에/마른 씨앗 실려 쇳덩이 위에 앉고/

(「지옥선5」15) 부분)

거수경례나 부동자세를 강요당하는 시든 육신들/미끄러지는 마차의 바퀴 아래 깔린다/폐를 걸레처럼 만드는 도장 공장을 돌아서/보상조차 되지 않는 핏자국 위를 달린다/   (「지옥선9」16) 부분)

13) 백무산, 앞의 책, 38면.
14) 위의 책, 40면.
15) 위의 책, 43면.
16) 위의 책, 51면.

노동자의 목숨도 교환이 되고 마는 자본주의적 현실, 그 현실이 압축되어 있는 공간이 바로 작업장이다. 작업장에서는 작업장의 언어로 말해야 한다. 시의 언어는 함축적이고 비유적이어야만 된다는 통념을 부수어 버린다. 백무산은 조선소의 작업장을 인간의 지독한 소외로 그려낸다. 잘린 "팔 한 짝"이 뒹굴고, 노동자의 머리 위로는 죽음의 그림자가 스친다. 노동자가 바라보는 작업장 주위의 풍경은 모든 것이 시들고 말았다. 불행하게도 노동자의 육체는 자본가의 눈을 기억하고 경직된 자세로 반응한다. 지옥 그 자체이다. 자본가들이 묘사하는 작업장과 노동자가 묘사하는 작업장에는 현격한 차이가 있을 수밖에 없다. 이미 구름위에서 내려다보는 자본가들에겐 작업장의 쇳가루가 보일 리 없다. 적대의 일상화가 무기력으로 나타나는 순간이다. 자본주의는 그런 노동을 하는 자들에게 딱 그 정도로만 생존하는 데 관심이 있다. 정작 노동자들의 죽음에는 관심이 없다. 그런 점에서 자본의 현실은 지옥이다. 지옥에서는 고통만이 있다. 죽을 수도 없는 곳. 영원한 고통만을 선사하는 장소이다. 이러한 장소에 백무산은 죽음이라는 예외적인 상황이 상례화되어 있는 작업장을 세속적인 어휘로 묘사한다. 노동이 실현되는 작업장은 자본가와 노동자를 가르는 문턱을 혼란에 빠뜨리고 식별 불가능한 것으로 만들어 낸다. 노동자에겐 두 가지만 남았다. 죽지 않을 만큼만 일할 것인가, 아니면 죽을 것인가. 따라서 백무산 시에서 80년대의 노동은 분노의 클리셰(cliché)로 표현된다. 클리셰의 문법에 따라 사회적으로 비루한 존재들은 현실의 조건들에 대해 각성하면서 앞으로 나아간다. 그런 노동자의 운동은 상투성이라는 혐의를 지닐 수도 있다. 그러나 이것이 문제가 될 리는 없다.

> 지구를 내려다오 나는 내리고 싶다는 화장실 낙서나/ 대충 훑어보아
> 도 근로시간 10시간,/
> 40세까지, 월 15만 원이 평균치인/ 이 정보지는 노동부의 낯짝이다/
> (중략)/시급 450원에 일할 사람을 구한다는 것은 차라리/ 형이상학적이
> 다//화장실 벽은 똥 싸는 자와 간통 장면을 교환한다/아침에 먹은 라면
> 이 설사가 되어 나온다/ 정보지를 구겨 밑을 닦고 보니/똥 묻은 그 종
> 이에 저들의 간통 장면이 그려져 있다 (「취업 정보지를 보며」 부분17))

상투성은 끝까지 상투적이어야 한다. 그도 그럴 것이 백무산의 시에
서 시종 일관 생활에 밀착된 언어들이 등장하는 것은 예의 그런 점을
방증한다. 80년대를 통해 말하는 입들의 등장은 이렇듯 착취당하는 노
동의 현실 속에서 나타난다. 착취의 수량을 수량화함으로써 노동 시간
의 악조건과 그러한 현실을 폭로한다. 이 점은 오늘날 우리에게 매우
익숙하다. 익숙하다고 해서 노동에 대한 사유가 절멸의 언어가 된 것
은 결코 아니다. 80년대의 노동에 대한 사유와 그것을 표현한 이른바
노동시를 통해 현재적인 의식/무의식을 갱신해 나갈 필요가 있다. 백무
산 시가 우리의 피부에 와 닿는 이유도 바로 그러한 전제에 있다. 사실
에 근거한 수의 논리는 독자의 의심을 정지시키고 지연시키는 효과를
부추긴다. 나아가 분노의 감정을 유발한다. 숫자를 사용해 노동의 열악
한 조건들을 제시하면서 노동을 위해 노동자를 위한 단체인 "노동부"

---

17) 백무산, 앞의 책, 57면.

를 견주어 보게 만든다. 그리고 이러한 정보들은 억압받는 자들의 고통이 상례화 되고 말았다는 것을 부연하고, 이것과 싸워야할 대상을 분명히 한다. 그리고 작품 후반부에 "똥"과 같은 현실을 비유해 낸다. 이것은 느닷없는 장면이다. 노동에 해악을 주는 열악한 현실, 혐오의 대상이 바로 똥과 같은 현실이다. 똥끼리 간통을 해대는 장면은 위악적인 질서들이 실은 매우 속된 것임을 폭로하고 그들끼리의 교환가치가 얼마나 허구적인가를 적시해 낸다. 노동 앞에서 성스러운 현실은 없다. 그런데 백무산은 다음의 시편들에서 노동의 숭고함에 자기 스스로를 고착시킨다. 다음 시들의 맨 끝 부분들을 주목해 보자.

> 네 눈물의 기도는 꺼진 톱밥 난로에/불씨처럼 다시 타올랐다
> ('저녁 기도」[18] 부분)

> 파리보다 못하게 여겨지던 우리 목숨이/일어서야 할 시간을 재고 있었다
> ('지옥선3」[19] 부분)

> 돌아오지 않는 배를 끊임없이 만들지만/우리가 이제 찾아 나서리라/밤새 흘린 눈물을 태우고/떨리는 분노는 이제 길을 찾아 나서리라
> ('지옥선5」[20] 부분)

문제는 자기 환멸을 응시한 후, 그리고 노동 현실에 대한 폭로 이후

---

18) 위의 책, 32면.
19) 위의 책, 40면.
20) 위의 책, 43면.

에 오는 감정들이다. "다시 타오"르고 아무리 "시간을 재"어도 "파리 보다 못"한 "목숨" 백무산의 시 많은 부분에서, 특히 끝부분에서 의지적인 목소리들이 대거 출현한다. 저 목소리들의 출현은 분명 80년대 노동이라는 단어의 클리셰들이다. 80년대 노동이라는 문제에 의지가 너무 밀착되어 있다. 그 순간 백무산의 시가 중심을 잃어버리고 추상화되기 시작한다. 상투성으로 호소하려는 건지, 아니면 저 상투성의 성격을 좀 더 강화하려는 건지 애매하다. 물론 노동자들의 목소리를 대변하는 백무산의 작업은 늘 유효한 측면이 많다. 그렇다고 해서 80년대의 노동자들의 목소리가 저 "떨리는 분노"에 고스란히 담겨있을 리는 만무하다. "떨리는 분노"를 느낀다면 즉시 "길을 찾아 나서리라"라는 저 예언적인 목소리에 나는 늘 주눅이 든다. 비참한 노동 조건들만으로는 백무산의 시적 의지를 가늠하기란 여간 쉽지 않다. 만약 분노가 혁명의 동력이 되어야 한다면 혁명의 비약을 감당해야 하는 노동자는 그 현실에서 오히려 멀어지고 추상화되기 시작하는 것은 아닐까. 나아가 노동시를 읽는 다수의 노동자는 그 현실적 조건들이 각기 다르다는 사실이 저 비약을 감당할 수 있을지는 의문이다. 현실을 그저 부정하려는 이유가 노동시라는 형식에 저당 잡히면, 대립 그 자체를 즐기고 애호하는 기이한 현상, 정작 읽어야만 하는 노동시만이 남고 읽히는 노동시는 사라진다. 이는 80년대의 노동시편들이 90년대에 들어서면서 독자와 멀어지는 요인, 즉 노동시 그 자체가 신성화되고 목적의식적으로 전화(轉化)하는 기현상을 낳았다는 사실과 거리가 멀지 않다. 노동의 악조건은 벗어나야 하는 것이 맞다. 그러나 노동시에 드러난 노동현실이 어떤 회로의 형태로 굳어져서는 곤란하다. 의례적으로 울컥하는 파토스적인 감정들의 격정이 죽어가는 노동 앞에 그의 시체를 아무리 쌓아도 그것이 혁명의 동력이 되지 않는 까닭이다.

이른바 노동시의 성패는 노동의 현실을 핍진하게 묘파할 때 그 기능을 발휘한다고 생각한다. 소외된 인간이 노동의 소외를 극복하고 대상적 세계와 다른 소외된 인간과의 관계를 올바르고 참답게 맺기 위해서는, 소외된 노동을 폐지하려는 또 다른 노동에 대한 구체성이 보장되어야 한다. 대상적 행위로서의 노동, 대상의 상실과 대상에의 예속이 지속되는 한, 그 노동은 소외의 울타리를 벗어날 수가 없다. 노동자에게 "길을 찾아 나서리라"라는 말의 의미를 곱씹을 필요가 있다. 분명히 백무산의 시는 노동을 통하여 자본을 벗어나고자 하는 하나의 실천이라는 면에서 한국 시사에 커다란 성과를 보여 준다. 그의 시 배후에 자리 잡고 있는 선명한 이분법적 인식은 단순 명쾌하지만 철저히 계급에 예속되는 결과를 초래할 수도 있다. 오히려 노동자 계급은 사회에서 배제 당함과 동시에 그 사회에 포함되어야 하는 벌거벗은 생명들이기에, 노동자 계급이 자본가 계급 간의 투쟁만을 강요할 때, 자본가 계급은 자신들도 노예임을 말하는 새로운 주인으로 등장할 우려가 있다. "일어서야 할 시간"은 매우 소중한 시간이다. 그러나 그 시간의 열도만큼이나 어떻게 할 것인가에 대한 자발적인 성찰이 뒤따라야 된다고 나는 믿는다. 어쩌면 백무산 시의 핵심을 감추고 있는 사람은 「그해 크리스마스」에 불현듯 나타나 사라지는 "추레한 남자"의 정체에 있는지도 모른다. 교"회당 담벼락에 토"해내는 남자, 토사물 위에 "오줌을

갈"기는 남자, "쓰러진 양들 곁"에서 울고 있는 남자. 이제 이 남자는 어떻게 울고 쓰러질 것인가가 궁금하다. 이유는 노동은 분명 사랑, 그 것도 자기애에서 촉발하고 사회와의 갈등 속에서 환멸을 경험하며 나 아가는 실천하는 존재를 예감하기 때문이다.

5.

따라서 다음과 같은 상황은 계급을 사이에 두고 웃지 못할 촌극으로 비화된다. 일종의 패러디다. 유착된 계급성이 역전되고 비틀어지는 순 간. 상상하면 꽤나 유쾌하다. 치안의 관계가 역전되어 피해자가 가해자 가 된다. 물론 이 역설적 상황은 오히려 더 슬픈 현실이다. 물론 그렇 다. 80년대 노동자들이 정말로 염원했던 노동 해방은 계급 자체를 지 워버리는 삶의 평등에 기반을 두고 있었다는 점에서 또 하나의 가능성 을 만날 수 있지 않을까. 노동자와 자본가의 구분을 식별 불가능한 상 태로 만들려는 의도, 그것에 방점을 두고 읽으면,

경찰은 데모를 하였다/그들은 졸개들을 투입했다/그들은 방독면을 들고 살상 무기를 들고/주인 앞에 몰려와서 데모를 하였다/최루탄을 쏘 고 군홧발로 짓이기며/과격 시위를 하였다/쇠몽둥이를 들고 곤봉을 휘 두르며/극렬 시위를 하였다/공장 앞에 몰려와/극렬하게 데모를 하였다
(「경찰은 공장 앞에서 데모를 하였다」[21] 부분)

---

21) 백무산, 앞의 책, 69면.

객관적 사실이 전복된다. 경찰이 데모를 하고 노동자가 진압한다. 객관적 사실을 뒤집는 순간, 시야에 들어오지 않는 정치적 상황이 포착된다. 갈등이 일상화되는 순간을 비정상이 정상으로 가장한 그 순간에 '나는 노동자다', '너도 노동자다'라는 강한 의식을 얻는다. 랑시에르가 지적하듯 치안의 질서를 파기하는 정치적인 것들의 도래를 노래하는 자를 예고하는 것이 아닐까. 스스로 노동자임을 자각하고 그것을 에너지원으로 삼아 활동하는 의지는 값진 것이다. 80년대는 새로운 저항운동들이 표현되던 시기다. 새롭다는 것은 특유의 두려움을 솔직히 드러낸다. 경직된 질서, 경직된 질서가 내뿜는 힘의 완고함을 돌파하기란 여간 어려운 일이 아니다. 이유는 경직된 질서가 하나의 체제라면 그 체제도 운동하는 힘을 동시에 갖고 있기 때문이다. 따라서 두려움에 대한 두려움을 직시한다는 것, 이 자각은 추상적인 이해관계를 넘어서는 참된 욕구의 동력을 구성한다. 운동의 기초는 자각이다. 이 자각은 이미 관계의 산물이다. 자각은 무엇인가로부터 예속을 알리고, 예속의 '족쇄'를 자르고 족쇄의 자명성을 파기하는 순간을 고지한다. 따라서 자각은 스스로 깨닫는 것, 즉 보편성으로 가장한 어떤 시대의 질서로부터 저항, 혹은 이탈하려는 운동성을 내포한다. 백무산의 시에서 80년대의 역사성과 노동이라는 특수성을 사유하고자 하였다. 때론 말이 섬세하지 못해, 아니면 그 시대를 온 몸으로 살아보지 않았기에 비판적인 면이 있다는 것도 사실이다. 하지만 나는 믿는다. 1980년대에 외쳤던 외침들이 비단 통속적이거나 숭고함으로 위장된 사실은 아니라는 점도 변명해 두고 싶다. '말하지 못하는 자들'의 목소리가 곳곳에서 울려 퍼진다. 그것은 혼란이 아니다. 법질서의 효과를 깨닫는 자의 목소리는 자기 환멸에서 그치지 않았다. 그것은 노동에 대한 새로운 인식, 다시 말해 죽어 있는 노동(자본)과 산 노동 사이의 모순을 어떻게 견지할 것인가에 대한 물음에 대한 응답으로 발견된다.

어느 시기든지 소위 위기(crisis)는 존재했었고, 지금도 존재한다. 우리는 두 가지의 움직임에 주목할 필요가 있다. 아마도 백무산의 시가 오늘날에도 유효한 지점은 바로 위기를 어떻게 사유할 것인가에 대한 미련한 연마가 숨어 있기 때문이다. 자본주의 스스로의 움직임과 그에 대항하는 새로운 국면. 자본주의는 오늘날에도 그 특유의 방식으로 위기를 관리해 왔다. 생산적이었던 노동을 통해 자기 성취의 욕망을 채워나갔던 자본주의는 여전히 위세가 대단하다. 어쩌면 백무산의 시에서 "추레한 남자"의 정체도 끊임없이 노동자의 정체성을 의심하는 혹은 변화를 모색하는 노동의 개인화에 대한 비참한 결과를 암시하고 있는 것은 아닐까. 그것에 대비하여 내내 숨겨두고 하지 못한 말, 지금은 어색하기만 한 "단결하라"라는 어휘를 외치고 싶은 그 목마름의 입들이 노동시의 경직성을 두드린다.

'동시대인'으로 단련되기까지

— "구로아리랑"의 두 가지 인식

고은미

나의 세기, 나의 야수여
누가 너의 동공을 바라보고
두 세기의 척추와 피를
함께 붙일 수 있을까?[1]

1

구로공단이라는 명칭이 가진 짙은 역사적 흔적과 상징성의 무게 때문일까. 지금 웅얼거려보는 그 이름은 역사의 공기 속에 깊이 파묻혀 있어, 수풀이 제멋대로 자란 오래된 무덤 앞에 선양 아득하게 느껴진다. 산업화, 노동운동, 군부독재로 둘러싸인 그곳의 풍경은 빛바랜 흑

---

1) 오시프 만델슈탐, 조주관 옮김, 「시대」, 『오늘은 불쾌한 날이다』, 열린책들, 1996(조르조 아감벤, 양창렬 옮김, 『장치란 무엇인가?』, 난장, 2010, 73면에서 재인용).

백 사진처럼 이미 퇴색해 버린 이야기인 것 같기도 했다. 하지만 오랜만에 열어본 문학과 영화 속 그곳은 해묵은 것이라 청산해 왔던 과거가 아닌 버젓한 현재의 거울상으로 생생했다. 두터운 봉분 아래 파묻힌 수많은 노동자들의 시들, 보고문학들, 구호들, 토론들. 군부독재정권에 의해 언로가 막힌 상황에서 고발하고 공감하고 절규하고 분노한 노동자들의 그 뜨거운 숨결을 품어낸 월간지 『노동해방문학』은 물론이거니와, 공지영의 데뷔 단편소설 「동트는 새벽」(1988), 신경숙의 자전적 장편소설 『외딴 방』(1995), 황석영의 중편 소설 「돼지꿈」(1973), 이창동의 두 번째 영화 <박하사탕>(1999) 등도 모두 구로공단을 둘러싼 이야기들로 회오리친다. 멀리 돌아간 이들도 많았지만, 징검다리를 설렁설렁 걸어가든, 흔들다리를 힘겹게 건너가든, 이 시대, 이 곳과 마주친 자라면 제각기 나름의 방식으로 거쳐 가지 않고는 발길을 돌릴 수 없는 곳, 80년대, 구로공단.

1980년 5월의 광주항쟁으로 시작된 80년대는 '한국노동조합협의회(전노협) 건설을 향한 투쟁의 해'라고까지 불려지는 89년의 열기로 마감할 때까지 투쟁과 파업시위로 뜨거웠던 거대한 변혁의 시대였다. 바로 그 한가운데에 노동운동사 최초의 동맹파업인 '구로동맹파업'이 있었다. 1985년 6월 24일, 노동조합 탄압에 분노한 구로공단 노동자 2천 명의 파업으로 시작되어 당시까지 최대 규모의 노동자가 참여하고, 최대 규모의 탄압을 낳은 투쟁이었다. 80년 광주를 피바다로 만들었던 전두환 정권은 역시 공권력을 동원하여 폭력 진압에 나섰고, '구속 43명, 불구속 38명, 구류 47명, 해고 및 강제사직 7백여 명'[2]이라는 무차별 복수가 진행되었다. 하지만 이 유래 없던 동맹파업은 노동조합운동의 흐름을 바꾸어놓는 사건이 된다. 노동조건 개선을 주된 목표로 하던 당시의 노동운동이 정치적, 변혁적 투쟁으로 전환될 수밖에 없음을 인식하는 계기가 된 것이다. 이후 '서울노동운동연합(서노련)'이 출범하였고, 민주적인 노동조합들의 전국적 협의회인 전노협의 결성으로 이어진다. '승리의 90년대'를 향한 희망과 결의가 80년대 말을 뜨겁게 불태웠다.

서로가 서로의 기시감이 되는 과거와 현재. 지금의 시대는 80년대의 모순에 치열하게 대응한 사람들이 죽음 앞에서 그렸을 청사진과는 너무도 다른 것이다. 이러한 모순을 러시아의 시인 만델슈탐은 '골절된 두 세기'라고 불렀다. 과거와 현재의 꿈의 골절이자, "개별자의 삶의 시간과 집단적 역사의 시간"이라는 두 세기의 골절. 이 골절을 식별하고, 때로는 만들어 내고, 자신의 피로 이를 봉합하는 자로서의 시인을, 아감벤은 니체의 용어를 빌어 "동시대인"[3]이라고 불렀다. 이른 바, 오늘날에도 여전히 유효한 '동시대인'들이 80년대의 구로공단을 둘러싸고 떠돈다.

1980년대 말에는 두 편의 "구로아리랑"이 있었다. 이문열의 단편 소설 「九老아리랑」(1987, 『현대문학』 7월호 발표)과 이를 원작으로 한 영화

<hr>

2) 『노동해방문학』 1989년 12월호, 212면. 수기 『마침내 전선에 서다』의 저자이자 노동자인 김미영은 "7천여 명의 노동자가 참여했던 노동운동사에 길이 남을 구로동맹 파업의 결과 2천여 명의 노동자가 해고되거나 강제 사직, 구속"되었다고 적고 있다. 『노동해방문학』 1989년 9월호, 424면.

3) 조르조 아감벤, 양창렬 옮김, 「동시대인이란 무엇인가?」, 『장치란 무엇인가?』, 난장, 2010, 73면.

<구로아리랑>(감독 박종원, 각본 이하영, 1989년 7월 1일 개봉)이 그것이다. 엄밀히 말해, 이 두 작품은 진정한 80년대 동시대인으로서의 시인들의 작품은 아니다. 당시 정권의 용인을 받아 발표 가능한 정도 하에서, 정치적으로 적절히 합의되고 예술적으로 적절히 은폐한 결과물이다. 그럼에도 불구하고 우리는 이 두 작품이 보여주는 시대를 이해하는 방향의 차이를 통해 어떤 역설적인 시사점을 찾을 수 있을 것이다. 한쪽이 냉소적인 비웃음을 짓고 있다면, 다른 한쪽은 소극적인 억울함을 호소하고 있다. 방향도 해답도 미처 찾지 못하고 억지로 닫혀 버린 시대와 그 작품들. 두 작품이 담지 못한 동시대인들의 목소리를 듣기 위해, 여기 쓰는 이 글은 월간『노동해방문학』4)의 일부를 함께 검토하고자 한다. 1980년대의 노동과 그것의 재현을 오늘 다시 비평하려는, 어떤 예고된 실패 속에서 "구로아리랑"과 『노동해방문학』의 끝나지 않

---

4) 노동자 대중생활문예지와는 다른, 당파적 노동문학지가 필요하다는 입장에서 1988년 당시 시인이며 도서출판 노동문학사 대표였던 김사인,『실천문학』편집위원이었던 평론가 조정환, '남한사회주의노동자동맹'(사노맹) 사건으로 수배 중이던 시인 박노해가 중심이 되어 기획 발간한 월간지. 김사인을 발간인으로 하고, 백무산, 정인화, 정남영, 임규찬, 임홍배, 조정환 등으로 이루어진 편집위원회를 주축으로 1989년 4월 창간호를 발행했다. 5월호(통권 2호)의 광주특집기사를 빌미로 시작된 압수수색과 국가보안법위반(이적표현물제작 등) 혐의로 발행인을 비롯한 거의 모든 사원이 수배 혹은 구속되었음에도 불구하고 12월까지 총권 8호(6・7월호는 합본호)를 발간하다, 문공부로부터 3개월 정간처분을 받았다. 이후 1990년 6월 복간호(통권 9호)와 1991년 1월 신년호(통권 10호)를 발간하였으나, 1991년 5월 법원으로부터 정기간행물등록취소가 결정되어 총권 10호로 폐간되었다. 한편, 월간『노동해방문학』의 탄생에 대해 언급한 글에서 조정환은 "우리는 내용에서 뿐만 아니라 디자인까지 노동해방사상을 관철시켜야 한다는 생각에 따라 선진 노동자의 '전형'을 표지에 담으려 노력했다", "'문학'이라는 글자는 '노동해방'이라는 글자보다 작게 그려졌는데 이것이 당시 우리의 강한 이념 지향성을 말해준다"(강조는 인용자)고 밝히고 있다. 조정환, 「진보적 사회를 향한 금지된 열정-월간『노동해방문학』의 탄생」, 웹진『대산문화』, 2002년 하반기호(총권7호), http://www.daesan.or.kr/webzine(최종검색일:2014년 11월 1일)

은 역사는 우리를 분절된 두 세기의 고리를 잡고 헤매게 하는 것 같다.

2

영화 <구로아리랑>은 이문열의 동명 단편 소설 「구로아리랑」을 원작으로 한 것이니 기본적인 시대적 공간적 배경은 동일하다. 산업화, 근대화, 선진화라는 스펙터클한 용어에 박차를 가하던 80년대 전후, 조출, 철야, 잔업과 특근에 시달리면서도 소시민적인 미래를 꿈꾸던 공장 노동자들이 노동 운동의 대열에 합류하게 되기까지의 이야기를 다루고 있다. 노동 지옥이라고까지 불리던 구로공단은 당대의 열악한 생활환경과 핍박 받는 노동환경을 극명하게 보여주는 확대경 같은 곳이었다.

마당 한가운데 떡 하니 놓인 하나밖에 없는 화장실 앞으로 아침마다 길게 줄이 서는 닭장 같은 공동주택에 다닥다닥 모여 사는 노동자들은 대개가 농촌에서 올라온 산업예비군이었다. "도회지는 구멍가게를 하면서도 힘 안 들이고 시키는 고등학교, 거기서는 둘만 시켜도 집안 기둥뿌리가 휘청하는 기 농촌"[5]이라, "넓고 푸르른 들판에 우리 땅이라곤 단 한마지기도 없는" 가난한 농사꾼의 초등학교를 막 졸업한 딸들은 "우등상을 놓치지 않던 큰언니를 논밭을 팔아서라도 꼭 가르치라는 선생님 말씀에 팔 논밭조차 없었던 부모님이 눈이 퉁퉁 붓도록 우시는

---

5) 이문열, 「구로아리랑」, 『구로아리랑—이문열소설집』, 문학과지성사, 1987, 13면. 이후 이 작품의 인용면수는 본문에 숫자로만 기입한다.

곳"을 떠나, "나도 서울 가서 돈 벌껴" 하며 서울 공장 노동자가 된다. 백 원짜리 보름달빵 하나와 하드 하나로 저녁 10시까지 버티고, 일이 바쁠 때는 철야를 하며 겨우 받아든 노란 봉투는 "1977년 열세 살짜리 미싱시다가 생전 처음 보는 종이돈 2만원이었다"[6]는 비슷비슷한 사정들. "기숙사생활 벗어나서 월셋방 한 칸 얻는 꿈, 5년 동안 뼈빠지게 모아서 월세에서 3백짜리 전세로 영전하는 꿈, 시키는 대로 죽어라 기어서 경쟁 뚫고 반장이 되고, 동료들에게 따돌림당할 정도로 짜게 짜게 저축하여 결혼하고, 맞벌이로 피가 마르게 벌어서 20년 후에는 작은 마쩡꼬바나 구멍가게나 손바닥 만한 내집 장만이라도 하는 꿈, 요번 추석 보너스 타면 애인과 분위기 좋은 경양식집이나 한번 갔으면, 동생 학비 주고 부모님 병원 한번……. 요런 궁상스럽고 앞길이 캄캄한 개꿈"[7]을 꾸는 젊은 노동자들의 엇비슷한 꿈자리. 재봉틀 앞에서 꾸벅꾸벅 졸다가 반장의 고함소리에 앞으로 나가, 잠 안 오게 해준다는 주사를 나란히 맞고는 연이은 철야를 해내던 곳, 소음과 먼지로 뒤덮인 숨 막히는 작업장 원단더미 속에 파묻혀 일하다 결국 결핵에 걸린 어린 시다가 피묻은 손을 씻을 곳도 없어 계단에 앉아 우는 곳(영화 <아름다운 청년 전태일>)의 연장, 이런 풍경이 구로공단으로 대표되는 7, 80년대 한국의 눈부신 성장의 진실이었다.

---

6) 김미영, 「마침내 전선에 서다(1회)」, 『노동해방문학』 1989년 4월호, 336~341면에서 부분 인용.
7) 박노해, 「김우중 회장의 "자본철학"에 대한 전면비판」, 『노동해방문학』 1989년 9월호, 262~3면.

영화 <구로아리랑>이 개봉한 것은 구로동맹투쟁 3년 뒤인 1989년
이다. 당시까지 진행된 노동운동의 상황과 자본주의 계급사회에 대한
의식 수준과 비교하면, 이 영화는 계급적대에 대한 맹아적인 의식 수
준에 머물러 있고, 억울한 감정의 토로 이상을 표현하지 못한 채 근로
환경 개선과 인격적 대접이라는 초보적인 요구를 하는데 그치고 있는
작품임은 분명하다. 그러나 이마저도 22곳의 쇼트들이 검열로 단축·삭
제되었던 점을 떠올리면,8) 보수층의 냉소적인 시각을 바탕으로 한 이

---

8) 현재 한국영상자료원 홈페이지에서 볼 수 있는 영화는 검열·삭제되지 않은 판본이다.
검열·삭제된 부분은 모두 이문열의 소설에는 없는 표현으로, 원작과의 결정적인 차이
를 보여주는 대사와 장면이다. 검열·삭제라는 상황은, 비록 당시 관객들에게는 공개
되지 못했지만, 영화 제작진들이 밝히길 원했던 의도이면서, 공안당국이 밝히길 두려
위한 의도를 선명하게 강조해주었다는 역설적인 시사점이 있다. 당시의 기사와 평론은
어떤 장면이 검열-삭제되었는지를 알리며 다음과 같이 설명하고 있다. "(22군데 장면
이 검열 삭제된 것은) 거의가 한 가지 이유일 것이다. 그것은 '건방지게 민주주의를 요
구하고 있다는 것' 아니겠는가. 이렇게 파시즘 영화검열은 '독점자본가와 국가권력이
민주주의를 요구하는 민중들의 현실을 묘사한 영화는 언제라도 파괴할 수 있는' 가장
손쉬운 무기인 것이다." 신현조, 「문화시평/영화 <구로아리랑> 검열을 통해본 지배영
화정책의 문제점」(중 2-2 「구로 아리랑」의 삭제장면들 중에서), 『노동해방문학』 1989
년 10월호, 371면. "1일 개봉하는 <구로아리랑>의 검열을 상영 40시간 앞두고서야
끝낸 공륜은 관계당국에 검열사항을 세세히 '보고'했다. 박종원 감독은 "자율심의기구
로 탈바꿈했다고 주장해 온 공륜의 실체를 이번 검열 과정에서 명백히 보았다"고 말했
다. (중략) <구로아리랑>에 대한 공륜과 관계당국의 과민방응은 '노동문제 언급=좌
경'이라는 시각에서 비롯된 것으로 관심 있는 이들은 풀이하고 있다. 곽종원 위원장이
지난 27일 소집한 확대심의회에서도 관계자들이 그러한 언급을 했던 것으로 알려졌
다." 「공륜, '구로아리랑' 22장면 삭제ー '노동문제' 과잉검열 물의... 관계당국에 보고
하기도」, 『한겨레신문』 1989년 7월 1일(토요일) 7면 기사. 검열 삭제로 여기저기 잘려
나가 영사기 아래에 뒹굴었을 영화의 필름 조각들을 상상해보라. 그 너덜너덜한 풍경
이야말로 '자신의 시대에서 오는 암흑의 빛줄기를 온 얼굴로 받는 자'의 형상 그 자체
가 아닌가.

문열의 소설을 원작으로 내세운 점이나, 장례식이라는 전통적이고 기본적인 애도 형식을 앞세워 노동 시위를 비유적으로 묘사한 결말부분은, 대중 앞에 공개적으로 상영되어야만 하는 숙명을 가진 영화라는 매체가 당대의 사상 탄압에 맞서 할 수 있는 일종의 합의선이 아니었을까 하는 수긍도 하게 된다.

하지만, 중심적인 대사와 장면들이 모두 잘려나간 영화 <구로아리랑>이 당대의 관객들에게는 어떻게 보였을까. 못 배우고 불쌍한 여성 노동자들의 신세한탄을 그린 영화로 비춰지진 않았을까. 현실도 팍팍한데 현실에서 보고 듣는 것과 다르지 않은 영화를 보는 것은 맥 빠지는 일이었을 것이다. 자본가와 공권력에 의한 착취 구조의 불합리를 인식하지 못하는 한, 영화 속 울분의 열기는 출구가 없다. 오히려 그 울분은, 당대의 많은 노동자들이 당연시했던 것처럼, 조국의 근대화를 위해, 먹고 살 걱정 없는 내일을 위해, "산업역군으로 일만 하는 것이 옳다고 생각했고, 노동자의 권리가 희생되는 것은 어쩔 수 없다"고 포기하고, "당연히 없는 사람이 당하는 것이라"[9]는 자조어린 통념으로 스스로를 위안하는 것으로 용도 변경되기 쉽다.

실제로 많은 노동자들이 이런 포기와 자학과 실낱같은 희망으로 참고 견딜 수밖에 없다고 생각하며 묵묵히 일할 때, 대규모 구로공단의 동맹파업을 주도한 것이 84년 파업투쟁을 이끈 대우자동차와 85년 대우어패럴이라는 대우 계열사의 공단이다.[10] 대우그룹의 비인간적인 노

---

9) 「울산 현대중공업 노동자와의 대화(3월 6일)」 중 "87년 7, 8월 투쟁 이전, 어떻게 생각하고 어떻게 살아왔습니까?"라는 질문에 대한 답. 「87년 대파업 이후 노동자대중 계급의식의 현재」, 『노동해방문학』 1989년 6·7월 합본호, 323~324면.

동환경을 짐작하게 하는 증거가 아닐 수 없다. 그들이 피와 땀과 죽음으로 깨달은 바를 두고 투쟁한 것이 엊그제인데, 불과 3년 뒤, 영화와 같은 해에 출판 공개된 대우그룹 회장 김우중의 자서전, 『세계는 넓고 할 일은 많다』(1989)의 뻔뻔함과 자기합리화는 혀를 내두를 지경이다.[11] '시간의 소중함', '인간답게 사는 길'이라는 말이 그토록 쉽게 왜곡되고, 특정 계급의 이익에 맞춰 포장될 수 있는 표현이라는 것을 실감하게 된다. 근면성실함과 꿈으로 무장하여 새 시대의 주인이 되자는 허울좋은 회장의 열변이 세계적으로도 가장 혹심한 장시간 중노동과 살인적인 저임금에 시달렸을 공단 노동자들을 세뇌시키며 얼마나 효력 있게 희망고문을 해나갔는지 모르지만, 출간되자마자 베스트셀러에 오른 것은 물론 수십 년 후인 지금도 보수 언론사의 토론장을 떠도는 누

---

10) "······ 우리는 이제 분명히 안다. 회사는 노동자의 피와 고름을 빼먹고 살쪄어 가려는, 결코 우리와 타협할 수 없는 존재임을. ······ 국민의 지팡이여야 할 경찰과 노동자의 보호자여야 할 노동부가 오히려 국민의 대다수인 노동자를 협박하고 폭력을 휘두르는 감시꾼임을. 또한 우리는 뼈저리게 안다. 정부가 과연 누구의 편인가를. ······" 구로동맹파업의 시발점이 된, 1985년 6월, 대우어패럴 명의의 「우리의 결의」 중에서 (「80년대 10대 노동조합운동사건」, 신영조(노동운동가)『노동해방문학』 1989년 12월호, 212면에서 재인용)

11) "우리 회사에서는 근무 시간에는 회의를 하지 않는다. 회의는 근무시간 이전이나 이후에 하는 것이 대우의 오랜 전통이다. 그렇기 때문에 우리 회사의 간부들은 아침 일곱 시쯤이면 회사에서 어렵지 않게 만날 수 있다. 직원들 중에는 더러 그와 같이 이른 아침에 열리는 회의를 가리켜 '새벽 기도회'라고 부르기도 하는 모양이다. 이처럼 나와 우리 대우의 가족들은 한결같이 시간이 얼마나 소중하고 값진 재산인가를 다들 잘 알고 있다", "우리는 다른 회사의 곱 이상 일했다. 헌신적인 대우의 근로자들과 함께 하나가 되어 남들처럼 '아침 아홉 시에서 저녁 다섯 시까지(9 to 5)'가 아니라 '새벽 다섯 시에서부터 밤 아홉 시까지(5 to 9)' 일해 왔다." 김우중, 『세계는 넓고 할 일은 많다』, 56, 57면 (박노해, 「김우중 회장의 "자본철학"에 대한 전면비판」, 『노동해방문학』 1989년 9월호, 273, 274면에서 재인용), 대우는 '무노동 무임금', '적자기업 임금동결'을 못박은 최초의 사업장이기도 하다.

군가에게는 존경스러운 기업가 정신으로, 본받아야 할 명언의 향연으로 되새겨지는 것을 보면, 역사의 변화와 의식의 변화라는 것이 얼마나 요원한 일인지를 새삼 깨닫게 된다.

그때나 지금이나 근로기준법 위반에 걸리고도 남을 무시무시한 장시간 노동 환경을 자랑스럽게 말하던 오너 아래서 숨죽여 일했을 노동자들, 자본과 착취의 논리를 근대화의 길이라고 여기며 내 노력이 부족해 김우중처럼 잘난 사람이 되지 못한 것인가 자조하며 자서전을 읽었을 어두운 민중들의 시대를 근대화 초기의 특수성으로 인식하는 것은 비겁하고 안온한 착각일 것이다. '사상 초유의 급성장 대우그룹', '가장 부지런한 기업인', '백발의 청년', '경영의 귀재', '제28차 ICC정기총회의 '국제기업인상' 김우중'을 두고, 시인 박노해는 "대우 노동자를 '곱절로' 혹사시키면서 오늘처럼 성장한 당신"12)이라고 호명했다.

4

두 "구로아리랑"은 대규모 파업을 부른 구로공단의 살인적인 노동환경의 현실적인 묘사에 이야기의 많은 부분을 할애한다는 점에서는 우선 공통적인 의의를 가진다. 특히, 엄연히 똑같은 산업역군이건만, 임금은 일반 남성 노동자의 절반에도 미치지 못했고, 성적 희롱과 관리

---

12) 박노해, 「김우중 회장의 "자본철학"에 대한 전면비판」, 『노동해방문학』 1989년 9월호, 275면.

자의 폭력 앞에 대책 없이 노출되었던 여성노동자들이 시위행렬의 선두에 서게 되는 과정은 잔인하기에 뭉클한 느낌마저 있다.13) 그들이야말로 "자신의 시대에서 오는 암흑의 빛줄기를 온 얼굴로 받는 자"14)들이기 때문이다.

"노동자 주제에 뭘 알고 까불어"15)라는 말은 데모에 참가한 노동자(특히 여성)들이 가장 많이 들었던 말이다. 노동자들이 '안다'는 것 자체가 인정되지 않던 시대였음을 영화의 검열이 역설적으로 보여준다면, 원작이 된 이문열의 소설에서는 이야기의 주제 자체가 여성노동자에 대한 '인정되지 않음'에 바탕을 두고 있다.

소설 「구로아리랑」이 취하는 문학 형상화의 방법과 노동 운동을 바

---

13) 여성노동자들은 결혼이나 임신을 하면 퇴직을 강요받았고, 임금차별과 성적희롱을 감내해야 했다. 전반적으로 노동운동의 전선에서 남성노동자들에 비해 부각되지 못한 면이 크지만, 『노동해방문학』의 곳곳에는 여성노동자들의 목소리가 선명하다. "태어나선 딸이라 천대받고/ 자랄 땐 여자라 무시당하고/ 일터에선 반값이고/ 가정에선 공짜다/ 하지만 이젠 차별의 사슬을 뚫고/ 역사의 주인 되어 앞으로 나간다." 정해민 구성, 「일하는 여성, 우리 불끈 쥔 주먹위로 새날이 열린다」(사진글), 『노동해방문학』 1989년 10월호, 201면. 한편, 영화 <구로아리랑>의 마지막 시위 행렬 장면은 당시 실제로 파업 중이던 신애전자 등의 여성노동자들이 출현했다는 점에서도 하나의 의의를 찾을 수 있다. 신현조, 「'구로 아리랑' 검열을 통해본 지배영화정책의 문제점」, 『노동해방문학』 1989년 10월호, 369면.

14) 아감벤, 앞의 책, 78면.

15) ""이건 또 뭐야?" "노동자입니다." 옆에서 따르던 교도관이 짤막하게 대답했다. "노동자 주제에 뭘 안다고 까불어." 주임은 비웃듯이 한마디를 흘리고 자리를 떴다. 나는 그 한마디에 그만 허물어졌다. "영원한 민중의 해방을 위해 나가— 나가—" 대목에서 힘없이 주저앉아 주임의 말만 되뇌이고 있었다. 한참을 주저앉아 마음을 정리하려 해도 도저히 다른 것은 생각할 수 없었다. 그날 나는 투쟁을 포기하고 다른 어떤 것도 제대로 하지 못할 만큼 힘이 빠졌다. 잠자리에 들기 전까지 곰곰이 생각을 추스르려 애썼다. 나는 이를 악물었다. 인간 같지도 못한 놈의 말 한마디에 동요를 일으키는 자신이 한없이 부끄러웠다." 김미영, 「마침내 전선에 서다(4회)」, 『노동해방문학』 1989년 8월호, 329면. 이 인용부분은 소설 「구로아리랑」에 기조저음으로 깔린 편견이며 화자를 뒤흔드는 자격지심의 정서이기도 하다.

라보는 시각은 이중적이다. 소설은 처음부터 끝까지 취조를 당하고 있
는 여성화자의 독화로만 구성된 독특한 서술방식으로 되어 있다. 데모
를 주동한 여성노동자인 화자는 왜 노동운동에 나설 수밖에 없었는지
에 대해, 농촌뿐 아니라 도시의 노동자들이 얼마나 불평등하고 빈곤한
삶을 살고 있는지를 역설해나간다. 그런데 (물론 화자의 입을 빌려 나
온 말로 추측하는 것이지만) 형사는 갑자기 '김현식'이라는 인물에 대
해 물어보며 화제를 돌린다. '조사를 해서 다 안다'고 하면서도 처음
만난 경위부터 연인 사이로 발전하게 되고 적금까지 해약해 가며 돈을
건네주게 된 과정을 속속들이 캐묻는다. 화자는 '현식 오빠'가 그전의
운동권학생들과는 달리 자연스럽게 노동의 존엄과 착취의 현실을 일깨
워 준 사람이라고 주장하는데, 형사는 비웃음을 날리며 혀를 찬다. "그
건 관심 없다고예? 그 사람은 애초에 그만한 자격도 없는 사람이라꼬
예?"(16) 형사가 전달하는 자료에 따라 점점 밝혀지는 내용에 따르면,
김현식은 실제로는 재수생이고, 대학생출신 위장취업자인 척하며 여공
들을 농락한 사기꾼이라는 것이다. 결국 이 취조(를 바탕으로 한 진술인
소설)는 노동운동의 전반을 캐고 데모의 주동자를 잡기 위한 것이 아니
라 '혼인빙자간음 및 사기와 폭행'이라는 죄목의 사기 사건을 조사하
는 과정이었음이 드러난다.[16]

---

16) "우리 그카지 말고 인자 솔직이 얘기하입시더. 애매한 현식이 오빠 이만큼 잡아났으
   면 됐심더. 인자 우리 공장 얘기나 하입시더. 저쪽에서 뭐라 캅니꺼? 쪼매도 양보 몬
   하고 우리만 조져달라꼬 약 쓸디꺼? 아이고, 또 꽘 지르네. 그건 우리끼리 알아 할
   일이고 아저씨가 궁금한 거는 이 사기 사건뿐이라꼬예?" 이문열, 앞의 책, 25면(강
   조는 인용자). 바로 이 부분에서 소설 「구로아리랑」이(적어도 소설 안 공권력은) 노
   동운동(노동조건)의 진실에 관해서는 외면하고 사기 사건으로 한정해 그리고자 한
   냉소적 의도가 분명해진다.

소설에서 독자가 들을 수 있는 것은 화자의 목소리뿐임에도 불구하고, 취조가 진행될수록 화자의 목소리 뒤에 숨은 형사의 의도에 따라 화자의 경험과 판단이 오히려 타자화되고, 새로운 '의식화'의 과정을 거친다는 것이 이 소설의 반전이며, 아이러니다. 소설에서는 간간히 형사의 질문이나 동정어린 회유, 성화어린 구타와 언어폭력이 내비칠 뿐, 다른 인물과의 대질심문도 없고, 데모에 대한 공장 측 입장의 묘사도 전무하다. 형사의 취조는 김현식의 행적과 행방을 묻는 듯 보이지만, 자세히 살펴보면 화자의 언급에 의해 형사측이 더 얻는 정보는 없어 보인다. 오히려 김현식이라는 인물을 사기죄로 고소하기 위한 명단을 늘리는 데 목적이 있는 듯, 다른 여공들에게 내용을 확인했다는 말과 고소장 등으로 회유에만 적극적이다. 형사의 주장처럼 김현식이 실제로는 재수생이고 여공들을 희롱하고 돈을 얻을 목적으로 위장취업자 흉내를 낸 것인지는 물론 확인할 길이 없다. 다만 소설의 흐름을 따라가는 독자 역시 화자와 더불어 한번쯤은 의식화의 과정, 즉 방금까지 읽고 들은 소설 속 화자의 발언이라는 독서의 경험과 믿음을 불신하는 과정에 놓이게 된다. 그것은 화자가 구치소에 수감된 이유와 목적이 화자의 처음 예상(데모 선동과 노사 갈등)과는 다른 쪽으로 흘러간다는 점에서, 또한 수감자의 행동이나 죄목과는 직접적인 관련이 없는 내용을 조사받고 있다는 점에서, '진실 규명'의 화살의 방향도 바뀌어 버린다는 함정이 숨어 있다.

"이념의 동지간에 있는 작은 로맨스"(19)라고 말하는 여성 화자에게 사기꾼에게 농락당했다는 것을 깨달으라며 성적 수치심을 자극하려드는 형사의 태도가 소설 속에서도 잠시 언급되는 "권양 우옛다는 말"
(22)의 사건과 묘하게 결합한다는 점도 특기할 부분이다. '성적 수치심
을 이용한 심문 조사'라고 한다면, 80년대 후반을 뒤흔들며 부패한 권
력과 그의 시녀노릇을 한 공권력과 언론의 부도덕성을 만천하에 드러
낸 '부천서 성고문 사건'을 떠올리게 된다. 1986년 당시 서울대 의류학
과 4학년이었던 권인숙이 노동 조건의 열악함과 그 부당함에 분노하며
대학을 휴학하고 공장에 위장취업, 이후 주민등록증 위조 혐의로 부천
경찰서로 연행되어 성고문을 당했던 사건이다. 그러나 노동운동과는
무관하게 그녀가 당한 고문의 요지는 '5 · 3 인천사태' 관련자의 행방
을 대라는 것이었다.[17] 뒷수갑이 채워져 있는 알몸 상태의 갓 22살 난

---

17) 신한민주당은 1986년 2월부터 대통령 직선제 개헌을 위한 1000만 명 서명 운동을
  개시했다. 초기에는 제도권 야당인 신한민주당과 김영삼, 김대중이 주도하는 민주화
  추진협의회가 중심이 되어 전국에서 집회 및 대회를 열었다. 그러나 민중의 요구는
  직선제로 끝나지 않았고, '광주학살 책임자처벌'(광주 대회) 같은 신민당 주최와는
  별도의 군중대회가 진행되었다. 4월 29일, 김대중 민추협 공동 의장이 소수 학생의
  과격한 주장을 지지할 수 없다는 의견을 표명하고, 다음날 청와대 영수회담에서 이
  민우 신한민주당 총재가 좌익 학생들을 단호하게 다스려야 한다는 발언을 통해 급
  진적인 세력과 단절하겠다는 의사를 밝혔다. 이러한 입장 표명에 분개한 재야와 운
  동권 세력은 5월 3일 신한민주당 개헌추진위원회 인천 및 경기지부 결성대회가 열
  릴 예정이던 인천시민회관에서 대회 시작 전부터 격렬한 시위를 벌였고, 경찰 투입
  으로 인해 대회는 당지도부가 대회장으로 입장하지도 못한 채 무산되었다. 1만여 명
  의 시위대와 경찰이 충돌하면서, 시위대는 신한민주당의 각성을 요구하고 이원집정
  (二元執政) 개헌 반대를 외치며 국민헌법제정과 헌법제정민중회의를 소집할 것을 주
  장하였다. 319명이 연행되었고 129명이 구속되었다. 전두환 정권은 인천집회를 국가
  전복을 꾀한 폭동이라 규정하면서, 민통련을 배후 중의 배후, "반국가단체"로 몰았
  다. '5·3 인천집회'에서 학생운동, 노동운동, 민통련이 서로 다른 주장을 했는데도 총
  배후를 민통련에 뒤집어씌우는 데 아무런 지장을 주지 못했다. '인천집회' 당시 학생
  운동의 한 그룹, '전국 반미 반파쇼 민족민주투쟁 학생연합'(민민학련)은 "제헌의회
  소집"을 외쳤고, 또 다른 학생운동 그룹인 '반미 자주화 투쟁 민족민주투쟁 학생연
  합'에서는 "미제 축출", "반전 반핵"을 외쳤다. '서노련'과 '인노련' 등 노동단체들은
  "노동자가 주인되는 세상"을 요구했다. 가맹단체인 민청련조차 민통련을 "야당과 타

여성에게 문귀동을 비롯한 고문경찰들은 끔찍한 성고문과 가혹행위를 자행했으나, 언론은 오히려 '혁명을 위해 성까지 도구화하는 급진세력의 상습적 진술'이라며 권양을 매도했다. 이 사건이 87년 6월 항쟁의 기폭제가 되고, 5공화국의 몰락을 앞당기는 결과를 가져왔다고는 하나, 피의자 문귀동에게 실형이 언도된 것은 사건발생 3년만인 1989년의 일이었고, 김영삼·김대중 양 김씨의 직선제 개헌운동은 또 다른 군부 정권으로 안전하게 정권이 이양되는 결과만을 낳았을 뿐, 권양이 안온한 대학생의 길을 포기하면서까지 선택한 노동해방운동의 길은 성고문을 둘러싼 추잡한 정황에 묻혀 언급조차 거의 되지 않았다. '부천서 성고문 사건'이 취한 이런 방식, 성적수치심을 이용해서라도 정당하고 인간적인 노동 운동의 요구를 묵살하고 다른 방향으로 사건의 본질을 왜곡시키는 수사의 형태와 그 결과는 소설이 형상화하고 있는 문학적 형상화의 방식과 너무도 흡사하다. 영화 <구로아리랑>에 대한 당국의 검열 삭제에 분개하던 신현조가 원작에 대해 "이문열의 관념론적 노동소설 「구로 아리랑」은 분명히 독점자본가와 국가권력의 계급적 요구에 부응하는 것"[18]이라고까지 말하며 강하게 비난하고 있는 이유는 바로

협하는 기회주의 작태를 보이고 있다"고 비판하였고, 제도권 야당과 재야 및 학생 운동권 세력의 분란으로 대중적 동원력을 상실했다고 판단한 신민당은 5월 30일 '국회 헌법 개정 특별위원회' 구성에 합의해 국회로 돌아가고 말았다. 노동 투쟁와 민주화 운동은 엄밀히 말해 다른 문제지만, 당시에는 노동운동이 민주화를 요구하는 세력에 포함된 하위 조직 정도로 비춰지기도 했고, 여러 입장으로 갈린 정치 세력에 의해 이용된 점도 많다는 것을 인정할 수밖에 없다. 처음에는 기본적인 인권적 대우, 노동 조건의 개선 등의 소박한 요구를 중심으로 이루어졌던 노동운동이 공권력에 대한 불신과 민중탄압에의 저항으로 나아갔던 점에서 80년대 전후 한국 노동운동의 특징과 전위성이 있다고 할 것이다.
18) 신현조는 소설 「구로아리랑」에 대한 감상을 다음과 같이 정리하고 있다. "노동자는

이런 소설적 논리의 기조저음 때문일 것이다.

5

소설이 처음 발표되었을 당시, 문학평론가 이재선은 "방언만 쓰는, 학력 낮은 주인공의 입을 빈 진술의 내용이 담고 있는 비판의 음역이 예리하고 넓다", 그 "비판의 음역은 산업화에 의한 인구의 도시밀집화 현상, 농촌의 황폐화 현상을 비롯해 공장 노동자들의 저임금과 그들의 가난한 삶, 여공들에 대해 현존하는 낮은 사회적 인식, 대학생들의 제적사태, 그릇된 남녀관계, 신문의 올가미와 조작, **노동운동과 이른바 '의식화' 속에 내재되어 있는 위장된 허위성** 등에까지 골고루 미쳐있다"[19]며 소설의 현실고발적 면모를 긍정한다. 당시 여러 입장과 이론이 충돌하면서 역동적인 변혁의 과정 안에 있던 노동운동은, 여러 조직들의 설립과 분열, 와해가 반복되면서 전 노동자들의 균질적인 의식변화와 합의와 동참을 이끌어내는 수준으로까지 이르지 못하고 꺾여버린 것이 사실이다. 하지만 강조한 부분과 같이 이 과정 안에서 '위장된 허위성'만을 추출해 내는 시선, 그리고 이를 우리 시대가 지니고 있는

창녀나 바보들이며, 자본가는 숨겨져야 하고, 대학생들은 성자들이고, 경찰은 양심적일 수 있고, 결국 나 이문열은 아이러니를 좋아한다는 것을 보여주고 싶었던 것이다. 이문열에게 현실은 있는 그대로의 계급사회가 아니라 다루고 싶은 하나의 아이러니의 소재창고에 불과하다." 신현조, 위의 글, 『노동해방문학』 1989년 10월호, 367~368면.

19) 이재선, 「이문열 「九老아리랑」-명분과 실체 괴리된 허상의 논리 해부」, 『동아일보』 1987년 7월 16일자 10면(강조는 인용자).

사회병리 현상의 하나로 규정하고, 노동운동의 현상에 내재하는 '양가성'의 문제라고 언급해 버리는 일방적 단죄는 누구의 입장인가. '노동해방'과 '민주화'가 인간을 계급으로 나누어 그 질적 가치를 구분하는 문제에 관련된다고 할 때, 또 이런 구호가 인간의 잠재성에 대한 믿음과 존엄성의 실현에 대한 의지를 바탕으로 한다고 할 때, 이문열의 소설은 물적 토대(지적, 경제적, 사회 계급적)의 차이에 따른 현실의 상황은 긍정하고, 위와 같은 믿음과 의지에 대해서는 냉소하고 회의하며 나아가 조소하기까지 하는 패배적 역사인식을 보여준다.

일명 '하방'(또는 '학출')이라 불렸던, 민주화와 노동해방 투쟁에 앞장선 대학생들의 일부가 노동현장으로 '내려와' 노동자의 삶과 현실을 체험하기 위해 위장취업을 하던 시절, 대학생들의 사회주의적 이론에 세뇌당한 노동자들이 노동조합을 조직하고 파업을 진행한다는, 노동자들의 의식화에 대한 이런 냉소어린 시선은 기본적으로 대학생/노동자의 계급적 구분, 지적 수준과 인격적 성장에 대해서는 처음부터 한계선을 긋고 시작하는 편견에 따른 것이다. 노동자는 주체적이지 못하고, 진짜 대학생이 아닌 사람은 하방도 위장취업도 의식화 작업을 할 만한 자격이 안 된다는 암묵적인 구별이 존재한다.

소설의 첫 문장은 "자꾸 공순이, 공순이, 캐쌓지 말어예. 어디 뭐 대학생이 씨가 따로 있어예?"(11)이다. "우째서 데모는 대학생만 해야 된단 말입니꺼? 뭐, 지가 뭔 대학생이라꼬ー예? 그카는 거 아닙니더. 공순이 씨가 따로 있는 게 아이라예"(12) 소설의 앞부분, 두 페이지가 넘어가기도 전에 한 문단 안에서, 형사의 발화를 되묻는 형식으로 '대학생 씨'와 '공순이 씨'에 대한 언급이 두 번이나 나온다. 이런 '계급적 위계의 나눔'이야말로 이 소설 전체를 관통하는 핵심 키워드다.

"우리는 그 오빠가 꼭 대학생이라꼬 그래 믿고 따른 거는 아이라예. 하는 일이 옳고 하는 말이 바르이 그랬을 뿐이라예. 새삼시리 대학생이고 아이고가 무슨 상관있겠어예?"(21)라고 화자는 말하지만, 소설은 결국 가난하고 못 배운 농촌의 자식으로 태어나 대학 문턱을 넘는 일은 생각도 못하고 도시의 가장 낮은 계층으로 아등바등 힘겹게 살아가던 공장 여성노동자가 결국 사기꾼의 감언이설에 속아 "몸 뺏기고 돈 뺏기고 걷어채있다는 얘기"(23)로 마무리된다. "그런 거라믄 내하고는 상관없임더. 나는 아무것도 뺏긴 거 없어예. 자청해서 줬고 또 그마이 받았어예"(23)라며 화자가 자신을 피해자로 구분하지 않는다 해도, "등신이라도 좋고 쇠고집이라도 좋심더"(23), 한 발 물러나 "이 고소장 모두 참말이고 아저씨 말도 모두 사실이믄 뭐 어때예? 그래도 그 오빠는 우리한테 우리 권리하고 노동의 존엄을 깨치준 사람이라예. 우리가 어떻게 억압받고 무엇을 착취당했는지를 알려준 사람이고, 무엇으로 우리 스스로를 회복시켜야 되는지를 가르쳐준 사람이라예. **그 사람의 동기가 우쨌건** 인자 우리는 한번 출반한 이 길을 갈 꺼라예. 흔들리지 않게, 흔들리지 않게, 흔들리지 않게……."(강조는 인용자, 소설의 마지막 부분, 25~26)라고, 중요한 것은 남자에게 사기 당한 것이 아니라 현실을 깨우치고 노동운동가로서 스스로가 각성했다는 사실임을 제창해도, "안됐다", "딱하고 불쌍타"(21)는 형사의 반응처럼, 독자들도 역시 조금은 이 여성노동자의 의식화 과정의 진정성이 의심스럽고, 여성—노동자—빈곤층인 이 화자가 안쓰럽게 느끼지 않을까. '흔들리지 않겠다'는 말이 세 번이나 반복된 이후에도 말줄임표 안으로 그 말이 다시 웅얼 웅얼 접혀 들어갈 때, 결국 이 화자가 선택한 '흔들리지 않는' 앞으로의 삶은 불쌍한 발버둥으로 퇴색되고 마는 것이 아닌가.

자각할 수 있는 존재로 인정하지 않음. 생명체가 기본적으로 가지고 있는 역량인 욕망함, 지각함, 분노함, 사유함 등이 그들에게는 잠재해 있지 않다는 의도적 불신. 이는 곧 '자격'의 문제를 둘러싼 뿌리 깊은 무의식의 표현이다. '자격미달'이라는 편견으로 자격지심을 불러일으키는 사회. 데모는 대학생들이 하는 것이고, 민주적이고 인간적인 사회를 거론하고 요구하는 일은 배운 자의 일인 것이며, 물적 토대 없는 최하층 노동자의 변화는 범죄에 연루된 것이고, 사기를 당한 것과 같은 '사고'인 것이다, 라는.

'자격'을 가진다는 것은 어떤 '가치'를 지닌 존재로 인정받는다는 것이다. 하지만 80년대를 전후해 지속적으로 일어난 데모 현장에서의 폭력진압의 과정을 보면, 누구든지 노동자를 죽여도 살인죄로 처벌받지 않았다. 이때 노동자들은 삶의 상황적 차이를 가진 채로 '벌거벗은 생명' 곁에 놓인다. 숙련자, 전문가가 되면 대우받고 인정받을 것이라 여겼던 당시 노동자들의 생각과는 달리, 그들은 애초부터 대체되기 위해 임시 고용된 존재로 여겨졌다. 서로 뭉쳐 반항을 할 기미가 보이면 부서를 이동시켜 버린다. 지금까지 익숙해져 있던 일과 전혀 다른 작업을 새로 배울 수밖에 없다. 기술을 배우고 익혀 단련되었다는 것이 노동자로서의 자랑이고 자존감일 텐데, 부서가 바뀌면 군말 없이 밑바닥에서 시작하거나 회사를 나갈 수밖에 없다. 시키는 대로 어떤 것이든 할 수 있는 존재가 되는 것, 언제든 소비되고 폐기될 수 있는 존재로 머무는 것, 그것이 '대체가능성'을 본질로 하는, 산업역군인 동시에 산업예비군이며, 오늘날 비정규직이라는 새로운 이름을 부여받은 노동자라는 유적존재가 요구받은 '(무)가치성'이다.

6

영화 <구로아리랑>은 소설 속 여성화자의 입장과 기억만을 취한 형태라 할 수 있다. 구로공단의 봉재공장에 '김현식'이라는 '잉크 냄새가 나는' 신입이 들어와 여주인공과 연인이 되는 과정은, 두 차례 동료들의 죽음을 겪는 동안 같은 방향을 향해 분노하면서 동지애를 나누는 과정과 맞물려 있다. 현식은 소설 속 화자가 주장하는 것처럼, 노동자가 얼마나 착취당하고 어떻게 억압받아 왔는지를 알려준 선구자라기보다 함께 각성하고, 때로 시험당하는 인물이다. 무엇보다 영화에서는 '김현식의 실체'가 중요하지 않다. 영화가 원작 소설과 결정적으로 갈라지는 지점은 '적과 동지를 구분하는 배치선의 차이'에 있기 때문이다. 이문열의 「구로아리랑」이 자격을 운운하며 노동자와 대학생, 가짜대학생인 재수생/사기꾼과 진짜 대학생을 구분하는데 중점을 두었다면, 영화 <구로아리랑>은 노동자와 대학생을 같은 입장에 두고, 자본가와 이를 무력으로 뒷받침하는 공권력을 이에 적대적으로 대립시키고 있다. 적대의 다른 배치. 분노의 방향의 구분. 다른 방식의 불신. 이를 위해 영화는 소설과는 달리 처음부터 끝까지 '구로공단'의 주변을 벗어나지 않는 전략을 취한다.

또한, 소설 「구로아리랑」을 특징짓는 문학적 형상화의 방식 중 하나가 사투리의 사용이었다. 자연스럽게 욕설까지 곁들이며 흥분해 쏘아대는 시골여인의 이야기를 바로 옆에서 듣는 듯 생생하고 감칠맛 나는 사투리는, 읽는 재미를 느끼게 하는 동시에 화자가 시골 출신이면서 배움이 짧고 기센 성격이라는 이미지를 부각시키는 기능을 한다. 반면 영화의 여주인공인 종미 역할을 맡은 배우 옥소리는 외모부터 도회적이고 세련된 여성의 이미지이고, 새침한 목소리에 서울 말씨를 사용하고 있다. 노동시위에 참가하자는 야학 동료의 제안을 모질게 뿌리치기는 하지만, 동료가 당하는 부당한 대우와 폭력에 당당하게 분노할 줄 알고, 『노동의 새벽』을 보며 눈물짓는 인물이다. 그녀에게는 억세고 무식한 성격이라는 이미지가 덧붙여 있지 않다. 물론 영화에서도 여성노동자들을 농락하고 버리는 대학생 '부자새끼'나, 그녀들이 철야를 밥 먹듯 해가며 모은 돈을 등쳐먹는 사기꾼들이 등장한다. 하지만 그것은 여성들이 바보같고 못나서가 아니다. 연이은 잔업을 거부하다 남성관리자에게 구타를 당하면서도 말 한 마디 못 지르는 신체적 약자이자, 산업재해로 일을 할 수 없는 남편 때문에 어쩔 수 없이 술집 여자로 나서게 되는 성적인 약자이고, 값싼 노동력으로 부려먹다 쉽게 버려도 되는 사회적 약자이기 때문이고, 그런 그녀들을 같은 노동자인 공장의 남자관리인들 마저 희롱하고 유린하는 파렴치함이 상습적으로 통하던 사회였기 때문임을 누구나 안다. 모두가 자신을 지키려고 발버둥치고 있지만 언제 깨질지 알 수 없는 얼음 위에 위태롭게 서 있어 앞으로 나아가기는커녕 제자리에 서 있는 것만으로도 다리에 힘을 바짝 주어야 한다. 누군가와 어깨만 잘못 부딪쳐도 군데군데 입을 벌린 차가운 구멍 속으로 끌려 들어가 버리는 불안한 상황에서, 구차하게 때 묻지 않고도 살아남기 위해 자존심을 여미고 있는 여주인공 종미는 당시 대다수 여성노동자들의 모습이었을 것이다. 아마도 그들 각자 혼자였다면 쉽지 않았을 노동운동가로서의 각성의 길은, 그들이 이런 '못나고 부정적이지만 인간적인' 면모들을 지닌 동료들과 사랑과 동지애를 공유하기 때문에 가능했다.

"가장 피땀 흘려 일하는 노동자, 농민들이 가장 가난하게 살 수밖에 없는 이 현실이 문제야."는 영화 속 김현식의 대사지만, 당시 한국공연윤리위원회(위원장 곽종원)에 의해서 통째로 삭제되면서 한국영화의 등장인물이 절대로 입 밖에 내서는 안 되는 말임이 증명되었다.[20] 노동자들을 변화시키는 것은 현식의 한 마디에 모두가 분노로 동조할 수밖에 없는 현실 그 자체였다. 듣고 보고 느끼고 당하는 모든 것이 배움이 되는 현실. 잔업과 특근으로 온몸의 에너지가 빠져나간 빈껍데기로 숙소에 돌아와 씻고 먹고 잠을 자는 시간에도 노동을 계속하고 있는 것이나 다름없는 생활. 다음날 출근하여 자본가에게 또다시 잉여노동을 쥐어빨리기 위해 노동력을 재생산하는 '또 다른 노동'인 것이다. 자본

---

20) 「공륜, '구로아리랑' 22장면 삭제— '노동문제' 과잉검열 물의… 관계당국에 보고하기도」, 『한겨레신문』 1989년 7월 1일자 7면.

가에게 '임금노예'로 목숨을 담보 잡혀 팔려 있는 노동자인 한, 그들의 생애 모든 행위와 시간은 노동력의 재생산을 위한 '노동시간'이었다. 노동은 존엄한 것이라고 하지만, 노동자라는 비참한 이름 아래 자본가를 위한 노동은 더 이상 신성하지 않다.

7

소설 「구로아리랑」이 그리지 않고 있는 것이 몇 가지 있다. 의도적으로 숨겨져 있는 자본가의 위선적인 목소리, 그 시대 가장 악랄한 사기라 할 수 있을 정경유착의 진실. 그리고 애써 모른척 넘어가는 시대의 암울한 증거, 노동자들의 잇따른 참혹한 '죽음'이 그것이다. 산업재해와 분신의 비유이기도 한 영화 속 두 번의 죽음, 감전사를 당한 만배와 실족사를 '행한' 미영. 이것은 현식과 종미를 투쟁에 나서게 만든 결정적 사건이기도 하다.

"올해와 같은 내년을 남기지 않기 위해서 결단코 투쟁해야겠다"고, 전태일이 『노동근로기준법』을 든 손으로 휘발유를 온몸에 붓고 걸어나가던 때는 1970년이었다. 그러나 80년대에도 똑같은 죽음은 끝나지 않았다. "이제야 알겠어요. 형의 죽음은 잠자던 구로공단 노동자의 가슴팍을 서늘하게 하였고, 3월 19일 노동자들은 가리봉 오거리로 모여들었습니다."[21] 구로공단 노동자였던 박영진은 27세에 분신을 선택했

---

21) 김미영, 「마침내 전선에 서다(3회)」 『노동해방문학』 1989년 6·7월 합본호, 445면. 6

다. 구로공단동맹파업은 단순한 투쟁시위가 아니다. 분유(分有)된 몸으로서의 분신(分身), 그 분신들의 분신(焚身)을 목격한 자들의 또 다른 분신의 방식이었다. 비록 영화에서는, 죽은 여성노동자의 영정이 전경의 군화발에 짓밟히는 상징적인 클로즈업 쇼트나, 장례식행렬이 전경에 의해 무참히 짓밟히는 모습을 내려다보며 회심의 미소를 짓던 회사 상무가 전경대장과 귓속말을 나누는 장면 등은 검열·삭제되었지만, 오히려 이 검열의 목록이야말로 소설이 숨겨두었던 자본가 계급과 공권력의 공조, 그 비인격성과 위선의 파편을 역설적으로 강조하고 증명하는 확실한 증거였다. 잘려나간 필름 파편의 흔적 위에 "죽을 수는 있어도 질 수는 없다"는 선포가 뒤덮었다. 노동자의 혼이 깨어났다.[22]

투쟁사와 경험담이 구로공단을 메웠다. 그들이 투쟁을 통해서 느낀 것은 단결한 노동자와 학생들의 **동지애**였으며[23], 깨달은 것은 악법의

월호. 구로공단의 노동자였던 박영진은 폭력경찰의 진압에 분노하며 27세에 분신을 선택했다. 95도 화상. 이는 전태일 그리고, 영화 속 만배의 전기감전을 떠올리게 한다.

22) "무엇이 노동자의 혼을 일깨우는가. 무엇이 노동자의 주인됨을 선포하는가. 지난 40년 내가 만든 옷, 내가 만든 집, 내가 만든 음식, 그 어느 하나 온전히 누리지 못하고, 사랑하는 조국의 모든 것을 건설했으나 언제나 궁핍함과 착취만을 강요받던 노동자, 그들은 이제 드디어 깨어났다. 서서히 거인의 기지개를 켜고 있다. 세상의 만가지 가난과 처량함과 낡은 것, 그 무거운 것들을 거인은 혼자서, 그러나 당당히 짊어지고 진군하고 있다. 거칠 것 없는 그의 강한 다리와 알심은 다른 이의 빈약함까지 어우러 안으면서 역사의 수레를 끈다. 그의 목에서 나는 쇳소리는 생산의 호흡이고, 등줄기에 흐르는 자랑스러운 땀방울은 건설의 성수이다. 다른 어떤 계급이 '죽을 수는 있어도 질 수는 없다'는 선포를 과감히 할 수 있겠는가." 『노동해방문학』, 1989년 4월 창간호의 창간사, 7면.

23) "동지애"는 80년대 노동자들을 동시대인으로 일깨운 가장 중요한 정서 중 하나다. 데모는 적에게 응전하는 것이기도 하지만, 뒤돌아서서 전선 뒤의 사람들을 향해 호소하는 일이기도 하다. 공지영의 단편소설 「동트는 새벽」에서, 순영은 한 번의 데모 참여로 전혀 다른 노동자가 된다. 그녀는 어제까지만 해도, 한번도 노동운동에 참여

존재였다. 순수한 노동자들의 투쟁이며 비폭력시위이므로 경찰은 오지 않을 것이라고 생각했지만, 최루탄을 발사하고 피신한 노동자들에게 백골단이 곤봉을 후려치고 발로 차는 것을 보면서 그들은 권력의 본질을 목격했다. 그리고 깨닫는다. 법이 만인에게 평등한 것이 아니라 가진 자에게 유리하게 되어 있다는 것을, 온갖 사회악의 근원은 소수의 자본가가 생산수단을 소유하고 있으면서 노동자를 빨아 토해놓은 결과물이라는 것, 자본주의 사회가 무엇인가에 대해서, 노동자의 모든 투쟁은 국가권력을 둘러싼 투쟁으로 나아갈 수밖에 없다는 것을.

'자본가계급'과 '노동자계급'이라는 굴레를 운명처럼 못박아두려는 자들에 대항해, 노동자들은 그저 고용된 노동자로 머물지 않고, 노동운동가가 되기를 선택했다. "오래 전부터 무릇 정치란 배제를 통해서만 포함됐던 자들, 즉 노예, 여성, 이방인 등이 자신이 가지지 않았던 권리를 요구하거나 그들의 역량을 전시하면서 확장되어 왔다"[24]고 하지

한 적이 없는, 공장에서 나사를 조이는 일을 하는 평범한 여공이었다. 그런 그녀가 취조문에 "이번 부정선거와 끝까지 싸우겠다"고 썼다는 말을 전해 듣고, 형사 앞에서 굳이 그렇게까지 직접적으로 말할 필요는 없었지 않냐며 운동권 학생들도 입을 막고 웃는다. 그러나 처음 온, 숨막히는 취조실에서 당당하게 그런 말을 하는 순영을 보고, 위장취업자였던 정화는 그제서야 스스로가 순영과 동지인, 진짜 '노동운동가'가 되었다는 느낌을 갖는다. 개개인이 노동운동가가 되는 일은 우연적이며 사건적인 일이다. 그들은 매우 '운 좋게' 시대의 비시대성을 인식하고 그 시대착오로 시대를 더 잘 포착하는 존재가 될 수 있었는데, 공지영의 소설에 의하면, 그것은 동지애에 의해 가능한 것이었다. 구로공단 노동자 중 한사람이었던 김영한의 시에서도 '동지애'의 이미지는 선명히 나타난다. "내 작업이 마치/ 뜨겁게 타올랐던 올 여름 파업투쟁 때/ 동료들 힘차게 짜여진/ 스크럼 같다는 생각을 한다/ 3천5백도의 고열로 쇠를 녹여붙이는/ 그 불꽃들이/ 힘없고 보잘것없는 우리들을/ 징그럽도록 강하게 뭉치게 했던/ 동지애 같다고 느껴진다 …" 『노동해방문학』 1989년 9월호, 358~359면(강조는 인용자).
24) 양창렬, 「장치학을 위한 서론」, 『장치란 무엇인가』, 난장, 2010, 168면.

않는가. '우리 모두가 소모적인 역사적 열병에 고통 받고 있으며, 적어도 우리가 고통을 당한다는 사실을 인식해야 한다'는 니체의 말과 더불어, 구로동맹투쟁에서 그들은 "우리가 투쟁 속에서 잃을 것은 임금 노예의 쇠사슬뿐!"임을 선언했고, 서울노동운동연합(서노련)은 「창립선언문」에서 다음과 같이 천명했다. "우리는 오늘 노동자가 우리 민족의 역사를 창조하는 진정한 주인이며, 노동자가 억압받지 않는 사회를 건설하는 것이야말로 노동운동의 궁극적 과제임을 선언한다."[25]

8

80년대 두 "구로아리랑"은 내포한 함의는 다르지만 70년대와 80년대초를 잇는, 노동자들의 각성을 다룬 이야기였다. 출구가 없는 희미한 길이라 할지라도 앞으로 나아가고자 전선(戰線)으로 발을 내밀기 시작한 자들의 이야기이지만, 소설과 영화 속 그들의 출발은 마치 남녀주인공의 결혼식으로 엔딩을 맞이하며 대단원의 막을 내리는 전형적인 로맨스 소설의 방식으로 처리되어 있다. 시작을 말하고자 할 때 80년대는 이미 적절치 않았고, 끝을 말하고자 할 때 80년대는 아직 적절치 않았다. 87년과 89년에 발표된 문학과 영화는 현실의 전위적 속도를 따라가지도, 예술로서의 비전을 보여주지도 못했다. 그러나 진짜 현실

---

25) 신영조(노동운동가), 「80년대 10대 노동조합운동사건」, 『노동해방문학』 1989년 12월호, 213면.

의 문학은 그 뒤의 이야기를, 전선의 선두에 서서 현실을 그리는 것으로 현실을 다시 이끌며, 결말 없는 클라이막스를 전개하고 있었다. 『노동해방문학』에 실린 수많은 노동자들의 시와 수기, 평론은 '시대의 문학'이라는 것이 어떤 것인지, 그 본질을 잠시 엿보게 한다. 『노동해방문학』에 실린 대표적인 연재수기 중 하나인 김미영의 「마침내 전선에 서다」[26]는 두 "구로아리랑"의 수기편이라고 할 수 있다. 『노동해방문학』에 연재한 내용 중 1,2회분의 내용은 "구로아리랑"의 여공들이 들려주는 이야기와 기본 줄거리가 똑같다. 당시 얼마나 많은 종미와 미영이 존재했을 것인가. 하지만, 「마침내 전선에 서다」는 최초로 데모에 나서게 되기까지만을 다루지 않는다. 그것은 전사에 불과하다. 8회까지 이어지는 연재와 이후 단행본에 첨부된 내용은 모두, 데모에 처음 나서 스스로를 '노동운동가'로 주체짓고 난 이후, 줄곧 "전선에 선" 이야기다. 그녀의 투쟁에는 결말이 없다. 엔딩이 없고 크레딧이 없고 마침표가 없다. 전선의 마지노선은 앞으로 나아가거나 좁아지거나 주춤할 뿐 사라지지 않는다. 사라지지 않고 해제되지 않는 투쟁전선 그 자체였던 80년대에, 동시대인으로서 글을 쓴다는 일은 매달 연재되고, 갱신되는 '다음회에 계속'일 수밖에 없는 선봉대의 그것이었다.

그들에게 '자격'을 부여하지 않으려는, 아니 처음부터 '자격'이 없는

---

26) 여성노동운동가 김미영의 노동투쟁 참여수기. 충남 서천의 가난한 농사꾼의 막내딸로 태어난 김미영은 초등학교를 졸업하자마자 서울로 올라와 봉제공장 노동자가 되었다. 이후 구로연대투쟁과 서노련 활동 등을 통해 전위활동가로 성장한 과정을 수기로 담았다. 『마침내 전선에 서다』는 『노동해방문학』 1호에서 8호까지 총 8회에 걸쳐 연재되었고, 이후 『노동해방문학』의 발행이 불분명해지자 1990년 5월 노동문학사에서 단행본으로 출간되었다.

존재로 규정한 왜곡된 시선과 끈질긴 회유에도 불구하고 그들은 어둠 너머의 빛을 발견했다. 조국의 근대화라는 눈부신 태양빛과 희미한 노동해방의 별빛 사이에서, 방향 없이 부유하던 어둠의 흔적들이 존재-생명을 둘러싼 모험을 시작한 것이다. 아감벤이 현대 천체물리학을 빌어 설명하는 우주의 빛과 어둠에 대한 이야기는 매우 인상적이다. 우주에는 무한한 수의 성운이 있지만, 우리는 밤하늘에서 어둠을 더 많이 인지한다. 빛이 우리를 향해 오는 속도보다 우주가 더 빠른 속도로 팽창하고 있기 때문이다. 우리가 인지하는 어둠은 우리에게 도달하고자 전속력으로 달려오는, 그러나 아직 도달하지 못한 그 빛이다. 성운 하나하나는 온몸을 불태우다 결국은 폭발하고 산화되어 먼지로 사라진다. 그러나 그 별이 일평생 남기는 빛에 의해 어둠도 생긴다는 역설. 어둠은 빛과 함께 하는 것이고, 빛의 몸부림이다. "현재의 어둠 속에서 우리에게 도달하려 애쓰지만 그럴 수 없는 이 빛을 지각하는 것, 이것이 바로 동시대인이 된다는 것의 의미이다. 그렇기 때문에 동시대인은 드물다. 또한 그렇기 때문에 동시대인이 된다는 것은 무엇보다 **용기의 문제**이다."27)

70년대 전태일의 '근로기준법을 지켜라'에 이어 80년대초 '노동자도 인간답게 살고 싶다'가 노동자들의 인간선언이었다면, 1989년의 노동자들의 선언은 '죽을 수는 있어도 질 수는 없다'였다. 일제하에서 원산총파업이 일어난 지 60주년, '전 세계 노동자해방투쟁 기념일' 100주년이 되는 해였다. 80년대를 마감하며, 희망과 승리의 90년대를 약속

---

27) 조르조 아감벤, 앞의 책, 78면(강조는 인용자).

하고 다짐하는 구호들이 쏟아졌다. **"다가오는 승리의 시대"**를 준비하는 노동자들이 진정한 사회의 주역이라는 선언, 노동자들의 주인선언. 죽음을 건 마지노선의 끝에 서서, 승리의 깃발을 준비하고자 했던 1989년의 희망의 열기는 우주의 팽창보다 빨리, 전속력으로 빛을 좇아가고자 하던 시대, 수백만 동시대인들의 온도였고, '거대한 공룡'[28]의 움직임이었다.

9

90년대는 승리의 시대가 되지 못했다. '선진 노동자'와 '노동운동가'는 시시각각 바뀌는 상황과 민중의 요구 앞에 하나의 모습일 수 없었다. 계급적 동지들을 서로 헤어지게 하고 노동자들을 고립시켰던 사상, 그 자유는 어떻게 오는 것이며, 노동자가 주인이 되는 세상이란 어디에 어떤 모습으로 있는 것인가. 당시 노동해방운동의 가장 선봉에 서 있던 사람 중 한 사람인 박노해는 '사랑하고 아낀다는 것만 가지고 이 땅에 노동자가 주인되는 세상이 저절로 굴러 떨어지지는 않으리라'고 뼈아프게 말했다. 노동해방과 민주주의, 그 아름답고 요원한 이름. '승

---

28) "우리 노동자들의 투쟁이 마치 거대한 공룡이 움직이는 것같이 이루어지고 있습니다." 공룡은 거대한 몸체에 강력한 힘을 가지고 있지만, 그에 비해 머리가 작고, 오히려 그 무게와 크기 때문에 미첩하게 판단하고 일사분란하게 움직이기가 더디다. 노동운동을 '공룡'으로 비유한 이 표현은 당시 노동조합운동의 강점과 약점을 상징적으로 드러내 준다. 한승호(노동운동가), 「'노선 없는 실무'가 주도하는 노동조합운동의 경향성을 비판한다」, 『노동해방문학』 1989년 4월호, 86면.

리의 시대'라는 달콤하고도 추상적인 이 목표는 뜨거운 열기를 내뿜었지만, 선명한 형태를 만들고 유지하지 못했다. 90년대는 승리를 갈구한 나머지, 전선에서 너무 빨리 내려와 버렸다.

투쟁의 선봉에 선다는 것, 시대를 바꾸는 꿈을 가진다는 것은 용기 있는 자의 일이지만, 예비된 가시밭길이다. 구로공단이라는 시스템이 하루 15시간 묵묵히 재봉틀을 돌리는 '저임금 노동자'를 만들어낸 동시에, 노동조건의 변화를 요구하는 '데모하는 노동자'를 만들어 내기도 했다고 한다면, 노동조합이라는 장치, 이를 둘러싼 정치권의 역이용과 민중들의 흩어진 요구들은 끝이 보이는 길을, 선명한 청사진을 독촉했다. 그들이 시대의 주역이었음은 분명하지만, '~로서의 주체'로 자신들을 세우려는 영웅적 감상의 유혹 앞에서 '승리의 해'를 재촉한 것은 아니었을까.

'전선에 서다'라는 의미심장한 제목 앞에 다시 선다. 김미영의 수기는 일종의 수련기다. 동시대인으로 단련되는 과정의, 끝나지 않는 기록이다. "나는 무엇인가. 나는 어떻게 살아 왔는가" "나는 어떤 행동을 해 왔던가"라는 질문을 통해 그녀는 공장활동조직가, 해고자, 선동가, 조직운동가, 노동해방투사로서 삶의 역정(歷程)을 다시 열었었다. 그녀의 질문은 끝이 없다. "우리는 좀더 배부른 노예에 불과하다. 투쟁의 목적과 방향성이 불분명하여 제대로 나갈 바를 찾지 못하자 수많은 선진활동가들은 불만만 많은 소시민으로 전락해 간 것이 아닌가." "결국 직선제 쟁취가 무엇인가? 그것은 파쇼 하에서 선거로 민주주의 쟁취가 가능하다는 환상을 안겨주는 것이 아닌가? 아니, 아니지. 대통령 얼굴

하나 바뀐다고 하루 15시간 노동이 8시간 노동으로 바뀌지도 않고 사상의 자유는 아예 꿈도 꾸지 못할 일이야, 인간답게 산다는 것은 말할 필요도 없지."29) 답을 재촉하지 않고, 질문을 끝내지 않는다는 것. 시대의 주류를 거스르고, 이행기적 목표가 또 하나의 환상을 제조해내는 과도기일 수 있음을 인지하는 것. 이는 항구적 위험 상태를 선택하는 일이다. 가시밭길을 예비하는 일이며 동시에 가시밭길 위를 성급히 포장하지 않는 것, 그 이후의 길을 자신만만하게 결정하지 않는 것이다. **"펑크 낼 수밖에 없는 약속시간을 지킨"**30)다는 역설. 그것이 전선에 서 있는 일이다. '단련되기'는 완성이 아니다. 과정이고 소송이다. 한 번 난 결론을 쉽게 받아들이지 않는 일이며, 끝없이 재심에 붙이는 일이다. 이는 탈주체화의 문턱에 매달려 있는 한에서만 가능한 것이다. 동시대인으로 전선에 서서, 아직 오지 않은 승리의 해를 위해 위기의 항상성을 지속시키는 일이다.

후기

1980년대는 분노와 함께 역설적인 희망으로 들끓어 올랐던 시대였다. 10권의 잡지를 위해 10년간의 도피생활을 감수할 수 있던 시대였다. 투쟁하는 것이 당연했고, 부끄럽지 않은 삶을 위해 기꺼이 투쟁의

---

29) 김미영, 「마침내 전선에 서다(제6회)」, 『노동해방문학』 1989년 10월호, 339, 345면.
30) 아감벤, 위의 책, 79면.

길을 선택할 수 있던 시대였다. 현실의 부자유가 자유의 길을 알려주던 시대였고, 어둠이 짙어 별의 길이 오히려 선명하던 시대였다. 모두가 함께 그 별의 길을 따랐던 시대였다. 다른 곳의 죽음이 나의 내일로 치환되던 시기. 공감하였기 때문에 동맹할 수 있었던 시기. 그 공감과 동맹으로 시스템의 완전한 전환 또는 폐기에 대해 요구하고 욕망하는 것이 가능했던 시기.

그런 뜨거운 시대의 불이 묘한 형태로 사그라지어 열기 없는 네온사인으로 대체되고, 그 시대를 회상하는 자들만이 남았다. <아름다운 청년 전태일>(1995년, 박광수 감독)과 <살인의 추억>(2003년, 봉준호 감독)은 예상을 넘어 주목받고 환호 받았다. 하지만 두 영화가 70~80년대를 회상하는 방식은 남성들의 기묘한 노스탤지어의 정서 위에 있다. 그들이 회상하는 80년대는, 보안당국을 피해 골방 모서리나 지하 보일러실에 숨어 전태일의 분노를 되새김질할 수밖에 없는 시대였고, '미치도록 잡고 싶었던' 그 무엇이 고래의 뱃속 같은 검고 거대한 터널 속으로 사라져버리는 시대였다. 그 잡고 싶은 증오의 얼굴이 머리 벗겨진 중년 군인의 탐욕스런 얼굴이 아니라, 박해일의 곱고 순진한 얼굴일 때, 거기다 시멘트 공장 근로자의 자리일 때, 우리는 당황하게 된다. 이런 이미지들을 지배하는 것은 무기력함, 무능력함, 자기연민과 좌절, 막막함으로 점철된 남성들의 묘한 노스탤지어인 것이 아닌가. 모든 권력의 방향이 민중탄압을 위해 작동되고, 불법적으로 아니, 합법의 이름이 오히려 인권을 짓밟고 인간의 존엄성이니 법질서니 민주화니 하는 숭고한 말들을 오염시키고 국가공권력의 하수인 노릇을 하는 여전한 시대에, 비평이라는 힘없는 언어 행위를 앞에 두고, 우리가 가장 두려워해야 할 감정은 향수와 무기력함일 것이다. 그러나 우리 역시 다른 의미의 향수를 가지고, 사라져간 별들의 빛과 멀어지고 있는 별들을 좇으면서, '지금의 암흑에 대답할 수 있는 능력'을 80년대의 피비린 나는 목소리들에서 얻고자 했다. 그러나 이 글은 '실패가 예고된 글'이었다. 처음부터 영화 한 편과 소설 한 편을 비교 분석하는 것으로 제 몫을 다하게 되는 안전한 지반 위의 글이 아니었다. 그래서 쓰기 어려운 글이었고, 소신 있게 쓴다는 것이 처음부터 불가능한 글임을 모르지 않았다. 노동해방이라는 저 꿈같은 단어와 국가폭력이라는 저 잡히지 않는 실체를 목격하며, 내가 가지고 있는, 그리고 가져야 하는 '소신'이라는 것이 어떤 것이고 어떤 것이어야 하는지, 어떻게 말해야 하고, 어디까지 들여다봐야 알 수 있는 것인지 확신할 수 없었기에, 쓰기 두려운 글이었다. 그러나 어떤 형식으로든 어떤 수준으로든, 실패를 예감하면서도 가능한 한, 조금 더 성공적인 실패를 위해 애쓸 수밖에 없는 것이 아니겠는가.

순수 매개, 당파성, 메시아성

―1990년 골리앗 위의 노동해방문학

윤
인
로

1. "생명의 성스러움에 관한 도그마의 원천은 탐구해볼 가치가 있다."[1] 이 문장 속에 들어있는 '생명'이라는 것과 이른바 '살아있는 노동' '산 노동'이라는 것 사이에 접촉되거나 합선되는 것이 없지 않고 있다면, 생명이라는 단어를 노동으로 바꿔 읽는 것은 얼마간 필요한 일이 아닌가 한다. 그렇게 바꿔 새기면 다음과 같다. 노동의 성스러움에 관한 도그마의 성분, 노동의 신성성이라는 교의의 문턱은 탐구해볼 가치가 있다. 월간 『노동해방문학』(1989~1991)에 실려 있는 노동자 전위들의 문장을 읽는 것에서, 다시 말해 1987년 노동자 투쟁으로 제련된 강철들의 성분을 확인하는 것에서 시작했으면 한다.

2. 또 한 번의 고공 점거, 1990년 5월 울산 골리앗크레인. 4월 27일

---

1) 발터 벤야민, 「폭력 비판을 위하여」, 『발터 벤야민 선집』 5권, 최성만 옮김, 길, 2008, 115면.

오후, 현대중공업 대운동장은 만장을 앞세운 축제의 현장이었다. "선소리꾼의 구성진 가락이 운동장 가득 울려 퍼지자 상여꾼과 나머지 조합원들은 신명나게 '어허이'를 합창했다. '축 사망 파쇼독재 악덕기업주'라고 씌어진 만장이 입장하고 '1노2김 신위' '무노동무임금 신위' '민자당 신위' 등이 줄을 잇자 1만 7천여 명의 박수소리, 고함소리, 웃음소리가 한 데 뒤엉켜 오후 집회장은 시골장터처럼 와자지껄 흥겹게 달아올랐다. 상여가 운동장을 다 돌자 지도부의 한 동지가 꽃병을 힘차게 던졌다. 1노2김 상여에 화르르 거센 불길이 솟아오르자 운동장이 떠나갈 듯 환호성이 터져 나왔다."[2] 정치투쟁 불가방침을 고수하던 노동조합 대표들이 자취를 감춘 뒤, 다시 말해 임금협상이라는 평화적/환상적 매개 방법으로 노동자의 삶을 합성하는 대의권력이 힘을 잃은 뒤, '파업은 노동자의 축제'가 되었다. 그 축제, 그 힘에의 의지가 '1노2김

---

[2] 『노동해방문학』 특별취재단, 「보라, 우리 노동자가 얼마나 높이 있는가를!」, 월간 『노동해방문학』 1990년 6월 복간호, 노동문학사, 17면. 이 현장기록은 골리앗 점거라는 상황의 시작을 알리는 다음의 서시(序詩)와 함께, '울산 현대노동자대투쟁 현장을 가다'라는 제목의 특집 I을 연다. "투쟁의 요새로 장악한 골리앗/ 80미터 상공에 위치한 전투사령부/ 저기 미포만의 새벽을 딛고/ 전선으로 치달리는 동지들이 보이기 시작했다// 얼마나 오랜 진통 끝에 틔어오는 새벽이냐/ 얼마나 힘겹게 내달린 불꽃 뛰는 전선이냐/ 40여년의 단절의 어둠을 뚫고/ 용산기관구를 장악했던 1946년 (⋯) 우리의 피와 땀으로 쌓은/ 거대한 생산수단을 장악할 때까지/ 그곳에 우리의 피묻은 깃발을 꽂을 때까지/ 이 땅의 모든 공장이 노동자의 해방구가 될 때까지/ 전진하는 노동자의 발걸음은 이제 새롭다"(백무산, 「잡아간 동지들을 내놓아라, 그렇지 않으면 강탈해 간 권력을 내놓아라: 영웅적인 골리앗투쟁 동지들에게 바친다」, 10~12면) 시인에게 골리앗은 1946년 노동자 총파업 이후의 긴 침묵을 깨는 사건의 장소이자 '새벽'의 도래로 인지되고 있다. 이 「서시」와 「특별취재」에 이어 특집 I은 82미터 고공에서 작성된 「비밀일기」, 현대차 투쟁을 둘러싼 사측과 노동계급의 선전문들을 인용・병치한 「선동과 지침」, 「투쟁일지」, 「구속자 현황」의 순서로 되어 있다. 정념, 실황, 논리, 각성의 상호 지지로 된 특집 I의 그런 편재는 월간 『노동해방문학』의 내용과 형식이, 내용화된 형식이 표현되고 있는 한 가지 예일 것이다.

[노태우, 김영삼, 김대중]'과 '정주영 일가'의 연합체에 조종을 고하는 시간으로 정향되어 있었던 한에서, 그 힘은 직접적으로 당대의 '법'과 마찰하는 것이었다. 그런 법을 시시각각의 현장에 최적화된 형태로 봉행·집전·제정·반포하는 '주권적 경찰'은 당일 밤 10시를 기해 움직였고, 비상벨 속에서 60여명의 노동자들은 법과 끝까지 대결하는 '사령부'로서 골리앗 점거를 지원했다. 그런 점거의 삶과 직접적으로 대면하고 있는 법의 지향점은 고공에서의 그 삶을 일체의 법적 지위가 박탈된 것으로, 오직 지배의 순수한/단순한 대상으로, 벌거벗겨진 맨몸의 삶(bloßes Leben)으로, 말소된 생명으로서의 비인(非人)의 삶으로 등록·포섭·합성·운용하는 일이었으며, 그런 일들을 위한 합법성과 정당성의 상호 조회·조정·조달·조치의 기획들이었다.

그런 법의 관철과 동시에, 축제의 파업을 벌이던 사람들은 골리앗이라는 장소와 거기에 거주하는 삶을 정치와 자본(1노2김)의 공동지배가 미치지 못하는 어떤 최후적인 상황으로, 법의 발효로부터 이탈해있는 어떤 치외법권의 시간으로, 유일무이한 힘으로 인지하고 있었다. 파업의 축제가 잦아들기 시작하는 계기를 놓치지 않고 '수습'이라는 이름으로 활동을 개시했던 이들, 더 이상의 싸움은 무의미하며 도저히 승리할 수 없다는 그들 대의원의 매개를 거부하면서도 마음 한 편으로는 수습의 대책들에 이끌리고 있었던 노동자들은 오직 골리앗만은 끝까지 잔존해 있기를, 골리앗만은 고공의 치외(治外) 상황을 보존·지속함으로써 파업의 현 상태를 내려다보며 수호해주기를 원했다. "그토록 열심히 싸우던 현중 노동자들은 이제 투쟁이 멈추자 모두 고개를 치켜들고 골리앗만 열심히 바라보았다. 제발, 제발 끝까지 버텨 주길……/ '골리앗! 이젠 너뿐이다!'"3) 골리앗 아래에서의 투쟁이 수습이라는 이름의 매개력에 의해 강하게 이끌리던 5월 10일, '골리앗 지도부'는 거주를 위한 혹독한 조건들과 고립감 끝에 농성중단을 선언했다. 남아있던 51명 전원이 골리앗을 내려왔고, 그들 중 20여명이 구속되었다. 정세의 반전을 노리고 15일 현대자동차의 총파업이 시작되었으나, 24일 노조위원장은 정상조업을 약속하는 합의각서에 일방적으로 도장을 찍고 종적을 감추었다. '노-사-정' 대의연합의 합법적 날인 혹은 살인 이후 5월 28일, 파업의 주동자들은 연행·구속·수배되었고, 조합원들은 정상조업에 참여하지 않을 수 없었다. 그렇게 골리앗은 정당화된 자본의 축적수단으로 복귀했다.

2-1. 미포만 조선소의 거대 도크와 결합해 있던 골리앗. 그것은 현대중공업 인사부 점거와 짝으로 기획되었으며, 공히 '생산수단의 장악'을 목표로 한 것이었다. 앞선 「서시」가 골리앗을 '전투사령부'로 표현하고 있었던 것에 초점을 맞춰, 가파르지만 이렇게 묻고 답할 수 있을 것 같다. 골리앗이라는 사령부는 대체 어떤 힘으로 운용되고 있었는가. 이른바 '지도력'이라는 것에 의해 운용되고 있었다. 골리앗에서 작성된 일기 형식의 투쟁일지는 그런 고공에서의 삶이 더 이상 보존되지 못하고 파산하고 있는 이유를, 그런 삶을 주재하는 결정적 힘의 상태에 근거해 파악하고 있다. "점거투쟁 지도부의 역량의 한계, 그리고 투쟁지도

---

3) 특별취재단, 「보라, 우리 노동자가 얼마나 높이 있는가를」, 32면.

의 책임을 은근히 회피하려는 듯한 기회주의성. 실제적인 파업투쟁 지도부(현 집행부)의 지도역량의 부재와 속물적 기회주의의 망령을 이곳에서도 말끔히 떨쳐버리지 못하고 있다. 골리앗 대의원에 대한 무기력한 방치, (…) 기본계획과 투쟁일정의 부재. 이 모든 방임상태는 골리앗의 악조건과 결합하여 동지들의 동요와 이탈을 가속화시키고 있다."4) 1990년 5월 미포만의 골리앗은 지도를 원한다. '역량'은 어디까지나 지도에 의해서만, 지도라는 매개적 척도에 의해서만, 지도와 계도를 전제한 노동계급의 위계적·집권적·집계적 구조 안에서만, 그러므로 측량 가능하고 계산 가능한 상태로서만, 그런 한에서 봉해지고 말소된 채로서만 인가·등록·운용될 수 있는 것이었다. 지도의 부재는 즉각 '방임상태'로 인지되었으며, 그 연장선에서 삶은 자신으로부터 분리된 채, 삶의 향유를 위한 힘의 발생과 발양이 아니라 매개의 질서를 구축하는 하나의 기능 단위로, 지도와 사령과 사목(司牧)의 대상으로 제정되고 한정된다. 이는 앞선 「서시」가 골리앗을 점거한 이들을 두고 '영웅적'이라고 표현했던 것과 맞물려 있다. 여전히 가파르지만, 다시 한 번 질문하자. 그들 영웅적 노동자들은 대체 어떤 눈을 가졌는가. 이른바 '전위'의 눈을 가졌다. 그 눈은 이렇게 말한다.

　무엇보다 중요한 것은 무엇이 자본가의 지배 사상이고 무엇이 노동자계급의 사상인가를 구분해 내는 것이지요/ 조직적 측면에서는 대중조직과 노동자계급의 정치적 표현의 최고 형태인 당이 있을 수 있겠죠

---

4) 김현종, 「골리앗 상공에서 쓴 비밀일기」, 복간호, 42~3면.

이 양자의 올바른 관계나 결합 등은 노동운동의 전역사적 과제이죠5)

골리앗 위와 아래 모두에서, 전위의 눈은 '당'으로 정향되어 있다. 대중조직을 견인하는 기관차로서의 전위 정당, 그것이 전위의 눈과 시야를 결정한다. 당조직은 노동계급의 인지와 표현의 '최고형태'이며, 당 건설은 생산수단의 국가적 장악을 위한 전략과 전술의 제1원리이자 최종목적의 성분을 띤 것이었다. 그때 당조직은 주권의 탈취·대체를 위한 매개의 설계력이다. 추구하고 탈취하려는 그 주권의 속성에 대한 이의제기들의 관계를 구성하지 못했던 한에서, 이른바 당파성의 벡터에 내재된 이율배반과 아포리아─봉기의 '제헌하는 힘'은 자기의 물질화·형태화를 위해 자기 스스로 요구하는 조직화·매개화의 '제정하는 힘'으로부터 어떻게 벗어날 것이며 왜 벗어나야 하는가라고 물을 때의 그 아포리아─를 지속적으로 활성화할 수 있는 역량을 보존하는 일에 실패하고 있었던 한에서, 전위의 매개는 전위 아래의 삶들에 대해 초월적인 것으로, 절대적인 것으로, '법'의 존재─신─론으로 관계 맺는 것이었다. 다시 말해, "매개는 권위와 초월성의 회복을 요구한다."6) 초월

<hr />

5) 김문수, 「노동자의 큰형, 김문수 동지와 함께」, 월간 『노동해방문학』 1989년 4월 창간호, 70면('서노련 사건' 이후 출옥한 김문수의 말).

6) 안토니오 네그리·마이클 하트, 『디오니소스의 노동』 I, 이원영 옮김, 갈무리, 1996, 235면. 이 한 문장은 앞서 인용했던 노동 전위 김문수의 출옥 인터뷰를 다시 한 번 읽게 한다. 국가보안법과 소요죄가 적용된 노동운동 최초의 조직 사건(서울노동운동연합 사건)으로 옥고를 치른 그에게 가장 중대했던 것은 삶에 대한 인지와 표현의 최고형태로서의 '당조직' 문제이지, 당의 힘이 가진 벡터에 대한 사고력의 발양으로서의 '당파성' 문제는 아니었다. 옥고를 치른 그는 자신의 당조직론이 구체적 노동, 살아 있는 노동, 디오니소스의 노동-력을 단순한 절차적 쟁의로 제정·제한하는 축적의 프로그램과 어떻게 준별될 수 있는지를 질문하지 않거나 못한다. 그것은 그에게 질문이 아니라 해

적 권위로의 삶의 위임과 양도, 그것이 저 골리앗을 관통하는 삶의 형태였다. 위임 및 양도는 힘의 합법적 박탈이며, 박탈된 그 힘을 행사 중에 있다고 믿게 함으로써 위임들의 기획된 짜임에 정당성의 물질적 기초를 제공하는 가상적이고 의제(擬製)화된 심상의 정립이다. 그런 위임과 한 몸인 매개력은 그 본질에 있어 '분리의 완성'으로 관철되며, 그런 매개/분리의 통치력은 '평형의 결정'이라는 최종목적을 향해 수행됨으로써 법의 종언을 지연·연기시키는 카테콘적인 힘이다. 이런 관점에서, 고공 골리앗에서의 삶이 기록된 비밀일기 한 대목과 그것에 공명하고 있는 저 「서시」의 문장들을 읽어보게 된다.

결된 것으로, 해소된 해답으로 이미 주어져 있기 때문이다. 해답으로서의 당조직, 질문이 봉쇄된 최고형태. 그 폐쇄회로는 "구체적 노동의 열광적 혼돈을 추상적 노동의 조정적 기획 속으로 다시 가져가는 매커니즘이다./ 이 매커니즘은, 추상적 노동이 여전히 조정의 준거점으로 남아 있다는 사실에 의해 가능해진다. 그것 속에서, 정밀한 혹은 절차적인 쟁의는 자기 자신을 매개된 것으로, 따라서 해결된 것으로 제시해야만 한다."(『디오니소스의 노동』 I, 211면) 당대 당조직의 건설을 향한 매개력이 요구하고 복원하는 권위와 초월성은, 옥고를 치른 그가 남한 공화국 역사의 장기 '집권 여당'에서 중임을 맡고 있는 오늘, 다시 다르게 증명된다. 한편, 매개에 의해 그렇게 요구되고 회복되는 집권적 힘을 스탈린의 일국 사회주의론에서 발견하고 그런 사정을 '일국적 메시아주의'라는 정명(正名)으로 지명했던 이는 트로츠키였다. 그는 키에르케고르의 '이것이냐 저것이냐'를 전용해 '일국 사회주의냐 영속혁명이냐'라는 당파성의 질문을 던짐으로써 스탈린 체제의 정치종교적 매개력/분리력을 파괴되어야 할 것으로, 선명한 적으로 판시했다. 이와 관련하여 앞질러 인용해 놓을 것은 '분리의 완성'을 압축적·구조적으로 표현하고 있는 다음과 같은 문장들이다. "궁극적으로 이 모든 분리는 이중의 과정을 거친다. 우선 글자, 화폐, 이미지는 목소리, 생산적 활동, 지각이라는 각자의 기원을 분절함으로써 언어, 상품, 스펙터클이 거기로부터 분리될 수 있는 토대를 마련해 준다(기원과의 분리). 이런 분리에 근거해 인간들의 의식, 인격적 유대, 인식을 이어주는 특권적 지위를 차지하게 된 언어, 상품, 스펙터클은 결국 인간과 현실/삶을 분리하며 독립적 실재성을 획득한다(현실/삶과의 분리). 그리하여 이제 인간과 인간, 인간과 현실/삶의 소통(맑스의 표현을 빌리면 '교통')은 더 이상 가능하지 않을뿐더러, 더 나아가 인간은 더 이상 세계를 직접적으로 파악할 수 없게 됐다."(김상운, 「간주곡: 새로운 정치철학을 위한 아감벤의 실험실」, 아감벤, 『목적 없는 수단』, 김상운·양창렬 옮김, 난장, 2009, 200~1면)

[①] 자본가 계급이 정해 놓은 법의 테두리를 부수어 버리고 권력을 향한 투쟁으로 나아가지 않는 한, 우리는 임금노예의 신세에서 결코 헤어날 수 없다. '불법 정치투쟁'이란 오히려 자본가들이 붙여준 자랑스러운 딱지인 것이다.[7]

[②] 오를 수밖에 없었다 더 이상 갈 곳이 없었다/ 우리는 드높은 곳으로 오를 수밖에 없었다/ 주저함도 공포도 떨쳐 버리고 치솟아 오를 수밖에 없었다/ 그래서 이곳에 올라 깃발을 꽂았을 때/ 눈앞에서 벽력처럼 밝아오는 것이 있었다/ 노동자의 운명을 걸어도 좋을 정치투쟁 전선/ 노동자의 전 삶을 바쳐도 좋을/ '노동해방' 투쟁 전선이 새벽처럼 열렸다.[8]

①의 순차, 그 선후관계를 눈여겨보게 된다. 주권적 경찰을 사열중인 자본가 계급의 법역을 부수는 것, '권력'을 향한 전투적 투쟁으로 전진하는 것, 임금노동의 질곡을 깨는 것. 전위의 눈에 의해 초점화된 그 권력이라는 것이 조직적 차원에서의 대중조직과 당조직의 구분, 지도력 차원에서의 선진, 중진, 후진 노동자의 구획에 기초한 위임·대의의 체제를 구축하는 것이었던 한에서, 그리고 그런 구축의 힘이 "선두에 지게차가 나서라!/ 포크레인이 나서라!"[9]고 할 때의 중장비로 대표되는 전투적·군사적 남성노동자 중심, 중공업 중심, 대기업 중심적인 것이었던 한에서 ①의 순차는 해답이 아니라 질문의 대상이어야 한다.

---

7) 김현종, 「골리앗 상공에서 쓴 비밀일기」, 37면.
8) 백무산, 「잡아간 동지들을 내놓아라. 그렇지 않으면 강탈해 간 권력을 내놓아라: 영웅적인 골리앗투쟁 동지들에게 바친다.」, 10~11면.
9) 정진영·서영걸 구성, 「사진글」, 창간호, 174면.

그런 권력의 쟁취가, 매개/분리의 질서를 근본적으로 문제시할 수 없었던 당대적·역사적 정세 속의 불가결한 과제였던 한에서, 전위의 그 매개는 초월적 집권상태의 정립을 요구하고 필요로 하는 힘이며, 살아 있는 노동을 그런 초월적 집권 속으로 투하하고 합성하는 힘이다. 그럴 때 저 고공 위의 전위가 스스로의 전선을 가리키며 썼던 '불법 정치투쟁'이라는 단어 속 그 불법의 힘이란, 자본의 법으로부터의 탈구를 위한 동력이었음과 동시에/등질적으로, 자본이라는 법과 악수함으로써 분리의 완성을 합작하는 동력이기도 했다. 그런 한에서 불법의 골리앗은 자본의 법권역으로부터 성별(聖別)되는 진정한 불–법(a-nomos)의 발생 및 보존의 장소는 아니었다고 해야 한다. 이 가파른 말의 연장선 위에 ②의 「서시」가 놓여있다. 골리앗을 점거한 고공의 눈들 앞에 '벽력'처럼 밝아오는 것이 있다는 것, 노동자의 '운명'과 '삶' 전체를 바쳐도 좋을 노동해방의 '새벽'이 그것이라는 것. 골리앗에서의 그 벽력, 그 번개로 밝아오는 새벽에의 의지가 산 노동의 활력에 대한 각성과 깨어남을 뜻하는 '사상의 번개'로, '갈리아 수탉의 울음'으로 정향된 것임은 틀림없을 것이다. 하지만 골리앗에서의 삶을 관통하던 것이 ①의 순차였던 한에서, 노동자의 그 운명–"운명은 살아 있는 것의 죄 연관이다"[10]라고 할 때의 그 운명–은 노동자의 삶 전체를 살아 있는 것의 법 연관 속으로, 통치의 순수한/단순한 대상들을 생산하는 매개/분리의 사회 속으로 투하하고 합성한다. 그때 자본이라는 법의 저울은 인격의 척도로, 다시 말해 인간과 비인간(동물)의 분리를 재생산함으로써 자기

---

10) 발터 벤야민, 「운명과 성격」, 앞의 선집, 71면.

증식하는 초월적 권력으로 스스로를 고양시킨다.

  3. 골리앗 위와 아래(곧 전위와 후위)로 표상되는 위임의 집권적 시공
간 및 초월적 매개/분리의 작동이 정지되고 있던 순간들, 그런 단절적
계기들은 없지 않고 있었다. 이제부터는 바로 그런 순간들, 발생들, 상
황들에 대해, 그것들의 조건에 대해 할 수 있는 한 생각해 보려고 한
다. 5월의 골리앗 파업이 기울어질 기미를 포착한 노조위원장 이상범
이 즉각 정치투쟁을 도려낸 단체협상과 임금투쟁으로 파업을 접고 힘
의 물꼬를 돌리려 했을 때, 이상범이라는 매개력은 60까지의 숫자로
세어지고 있는 "최후통첩"으로서의 후위의 사람들 앞에서 "베일"이 벗
겨진 굳은 얼굴로 드러나고 개시될 수밖에 없었다. "단협임투 때문에
싸운 것이 아니다! 공권력 철수, 구속동지 석방, 그것 때문에 싸운 것
이다! 그런데 지금 와서 무슨 단협, 임투인가! 돈 10원, 20원이 중요한
게 아니다! (…) 우리는 가투를, 가투를 원한다!"[11] 가두투쟁을 원하고
있는 사람들, 그들의 그 의지가 어떤 힘의 방향성을 가진 것인지 살펴
볼 필요가 있다.
  노조위원회를 덮고 있던 후광, 그 자명함이라는 베일을 걷어치우려
는 가투의 의지는 공장 내부로의 기능 단위화가 아니라 공장 너머로의
흘러넘침이라는 초과적 힘의 성분을, 노사정의 합치적·협치적 협상테
이블이 아니라 그것에 대한 부결의 구성적·제헌적 성분을, 그런 협
상·조정체제에 의해 실질적 포섭의 형식으로 주어지는 관리적 주체화

---

11) 특별취재단, 「보라, 우리 노동자가 얼마나 높이 있는가를!」, 29~30면.

에 대한 불복종의 성분을 가졌다. 매개의 장에 대한 어긋냄과 불합치로 관철되는 힘, '가투를 원한다'의 그 규격 외적인 이탈(exodus)의 힘은 그러나 그 자체로 긍정되거나 승인되는 것이라기보다는 다음과 같은 힘의 갈림길 앞에, 힘의 질적 문턱 앞에 하나의 표지석으로 서 있다고 해야 할듯하다. 그래서 문제이거나 잘못이라는 것이 아니라, 그래서 되돌아가 참조하고 다시 사고할 수 있다는 것이다. 가투를 원한다는 골리앗 아래의 그 의지는, 대중 및 노동계급의 정치적 최고형태인 당조직으로, 그것에 맞춰진 노동 전위의 눈으로 나아가는 발전적 절차의 한 단계로 될 것인가, 아니면 전위와 후위/하위로 된 매개적 질서의 합작 상태를 절단하는 힘으로 매회 발생할 것인가. 설계된 매개의 완성을 위한 동력으로 한정될 것인가, 매개/분리를 '원-분할'하고 다르게 매개하는 진정한 도약의 힘으로 스스로를 보존할 것인가. 이 분기의 장소가 이른바 사상으로서의 '노동해방'의 깃발이 꽂혀야 했던 장소였던 게 아닐까. 그 문턱이야말로 노동과 삶이 분리되지 않는 시공간의 향유를 위해 거듭 참조해야 할 힘의 최소단위, 소멸하지 않고 기립하는 힘, 더 이상 분리 불가능한 삶의 형태소적인 힘의 발생 장소였던 것은 아닐까.

그런 물음들 끝에, 월간 『노동해방문학』 속에 들어있는 가투에의 의지들이 힘의 저 문턱 앞에서 일관되게 매개/분리의 설계 및 그것의 완성 쪽으로 몰입하고 있다고 말하는 것은 틀린 말이 아닐 것이다. 그런 한에서 그 몰두는 오늘, 어떤 '독'으로 보인다. 그렇다면 그것의 '해독제'는 어디에 있는가. 다른 데가 아니라 그 독 안에 있다. "소위 해독제라는 것을 지금 당장은 독처럼 보이는 것에서 뽑아낼 수 있다는 사실"[12], 그 사실은 하나의 방법이며, 그 방법은 유효하고 필요하다. 이 필요에 결속되는 것인 한에서, 힘의 저 문턱은 다음과 같은 또 다른 방법으로서의 '엠비벨런트한 지점'과 맞물릴 수 있다. "우리는 그 사상이 도달한 결과라는 것보다도, 오히려 그 출발점, 잉태되는 시점에서의 엠비벨런트(ambivalent)한 것, 다시 말해 어느 쪽으로 갈 것인지 알 수 없는 가능성, 언제나 그런 것에 착안하는 것이 필요합니다. (…) 사상이 창조되는 과정의 엠비벨런트한 지점에 착안한다는 것은, 어떤 사상의 발단에서 혹은 그것이 충분히 발전되기 이전의 단계에서, 거기에 담겨 있는 여러 가지 요소, 그것이 지니고 있는 바의, 어떤 방향으로도 갈 수 있는 가능성, 그런 점에 착안하는 것입니다."[13] 노동해방의 사상,

---

12) 빠올로 비르노, 『다중: 현대의 삶 형태에 관한 분석을 위하여』, 김상운 옮김, 갈무리, 2004, 144면.

13) 마루야마 마사오, 「사상사를 생각하는 방법에 대하여: 유형, 범위, 대상」, 『충성과 반역』, 박충석·김석근 옮김, 나남, 1998, 400면. '방법'을 제목으로 한 다른 몇몇 글들과 삼투될 수 있을 이 엠비벨런트에 대한 생각, 방법으로서의 '사상사'는 다음과 같은 문장들에 의해서만 촉발·지지·전개될 수 있는 것이었다. "마치 '굴'이 배 밑창에 들러붙듯이, 사실에 찰싹 달라붙는 것에만 관심이 있는 사람, 혹은 대상에 촉발되어 자신의 이미지네이션을 고양시키는 것에 완전히 불감증인 사람은 사상사로 향하지 않습니다. 그러나 또 그와는 반대로, 사료에 의한 대상적인 제약, 역사적인 대상 그 자체에 의해 틀지어지는 것의 엄격함을 견뎌낼 수 없는 그런 '로맨티스트'나 '독창' 사상가 역시 사상사로 향하지 않습니다. (…) 역사에 의해 자신이 구속된다는 것과 역사적 대상을 자신이 재구성한다는 것의, 이른바 변증법적인 긴장을 통해서 과거의 사상을 재현해 냅니다. 그것이 사상사의 본래 과제이며 또 재미있음의 원천이라는 식으로 저는 이해하고 있습니다."(396~7면) 이 문장들을 강하게 읽을 때, 당대의 노동해방이 오늘 거듭 하나의 '사상'일 수 있다는 것은 정확히 저 '사상사의 본래 과제'라는 이름으로 제기될 때 가능한 말이다. 월간 『노동해방문학』의 글과 상황을 다시 읽기 위해 참조할 수 있는 하나의 방법과 태도가 거기에 있다. 마루야마적 사상사학의 사상은 사실사(事實史)라는 이름의 통념적 고증이나 훈고가 아니며, 과거의 사실을 자기 논리의 전개를 위해 수단화하는 사상론(思想論)의 소유물도 아니다.

다시 말해 골리앗의 고공에서 번개와 함께 밝아오던 그 새벽의 사상은 어떤 문턱에 서 있으며, 어떤 잠재성의 벡터를 가진 것인가. 이에 답하기 위해, 월간 『노동해방문학』의 분담된 두 축이었던 이른바 '당조직과 당문헌' 중에서, 당조직에 주안을 두었던 전위 박노해의 말과 시에서 시작하려고 한다. 이어 효성중공업 노조총무차장 서우근의 마산교도소 옥중편지와 법정 최후변론을 거쳐, '노동자 시인' 김해화의 시에 이르게 될 것이다. 그런 읽기는 앞서 언급했던 '노동의 성스러움'이라는 교의의 문턱/엠비벨런트에 대한 비평이 될 것이며, 그것은 독에서 약을 추출하기라는 방법과 태도에 결속되어 있을 것이다.

3-1. 대중조직과 당조직의 관계라는 과제, 곧 당파성의 정의에 관한 문제를 인지하는 전위의 눈은 다음과 같은 '비밀좌담'에서 다시 한 번 선명하게 제시된다. 전위는 말한다. "남한의 노동운동은 바로 선진노동자 여러분들에게 달려 있습니다. 그럼, 과연 선진노동자는 누구입니까? 어떤 사람들을 보고 선진노동자라고 합니까? (…) 이장태 동지가 선진노동자의 기준을 잘 제시해 주었습니다. 그런데 전위와 대중이라는 범주와 노동자계급 내의 선진, 중진, 후진 노동자로의 구분은 잘 구별해야 할 것 같습니다./ 첫째, 대중과 전위와의 구분이 필요합니다. 전위는

사상사라는 문제설정이 정향하고 있는 것은 반시대성으로서의 '동시대성'의 관철이라는 관점에서 다시 표현될 수 있겠는데, 당대 노동해방의 사상에 대한 재독해 행위와 동시대성의 관련에 대해서는 뒤에서 서술하기로 한다. 이에, 앞질러 첨언해 둘 것은 '루카치'라는 이름일 것이다. 그 이름을 '사상사의 본래 과제'적인 것으로, '생산적인 루카치'의 형상을 위해 일관되게 탐구함으로써 당대의 루카치와 오늘의 루카치 모두로부터 이격시키고 있는 김경식의 작업은 유효하며 필요한 것이라고 생각한다. 그의 『게오르크 루카치: 과거와 미래를 잇는 다리』(한울, 2000)는 일독에 값한다.

노동자계급의 선두에서 '노동해방' 혁명가, 즉 '노동해방'사상으로 무장된 직업적 혁명가를 의미합니다. 그래서 크게는 대중과 전위가 있고 그 전체를 포괄하는 속에서 노동자를 세 층으로 나누는 것입니다. 그럼 선진노동자를 어떤 범주에서 선정할 수 있을까? 그것은 첫째 정치의식, 계급의식의 측면에서, 둘째 조직활동의 측면, 셋째 투쟁경험, 넷째 비밀활동, 즉 대적투쟁의 단련정도, 이 네 가지 범주가 있습니다. 하나씩 살펴보죠."14) '남한 선진노동자와의 대화'를 부제로 단 이 비밀좌담의 합의된 토의 안건 7가지 모두는 전위론에 의해 견인되고 있다. 1) 선진노동자는 누구인가, 2) 남한 선진노동자는 무엇을 고민하는가, 3) 노조활동에 있어서의 선진노동자, 4) 사회주의의 위기·동요·수정·배신에 대한 가차 없는 투쟁, 5) 전위당 활동에 있어서의 선진노동자, 6) 현 정세와 노동자계급 주도의 민중통일전선, 7) 선진노동자의 임무와 결의. 이 일관된 전위와 선진의 지도론 및 매개론이 정치적 인지와 표현의 최고 근거로서의 당조직에 대의를 두고 그 대의에 사활을 걸고 있었을 때, 그들은 그 전위당의 역사적 형태가 하위의 인민들에게 총구를 돌리고 수탈하는 현장을 전위당의 본질적 패착의 과정 및 결과로 사고할 수 없었다. 그들의 당조직론은 스스로의 논리 속에서는 그러한 '독'의 생산을 온전히 멈출 수 없었다. 물론 위의 비밀좌담은 월간 『노동해방문학』이 당대 담론들 간의 관계를 당시의 그 어떤 진영보다도 예각화된 입장에서 재구축하려 했던 의지와 함께 작용하고 있으며, 그런 의지의 재활성화가 현실사회주의권의 붕괴 이후, 복간호가

---

14) 박노해 외, 「박노해 선배와 9박 10일간의 비밀좌담」, 복간호, 233~4면.

최종호로 되어가는 위기 이후, 수배중인 삶의 과정 이후『노동해방문학』의 당파성을 진화시키는 힘이었음을 배제할 수는 없다. 그러하되 당대의 그 의지가 승리할 때 봉인되었던 힘, 당대의 당파성을 오늘 다시 정의하고 다르게 제기하도록 요구하는 그 힘의 발견 및 발현이 관건인 한에서, 질문은 다음과 같이 된다. 봉인되고 소수화된 그 힘이란, 당조직을 향한 전위의 전방위적 매개론을 재봉 흔적하나 없이 설파하고 있는 저 박노해의 무장상태 '곁'에 어떤 형태로 존재하고 있었는가. 이는 다시 질문될 수 있다. 당조직의 건축으로 정향된 당문헌으로서의 그의 시는 힘의 어떤 문턱에 도착해 있었는가, 현행화된 그 시의 잠재성의 잔여상태는 어떻게 표현되고 있었으며 그 의미는 무엇인가. 이렇게 물을 때, 가장 먼저 인용되어야 할 시는 아래와 같다.

　[①] 저 아이가/ 저 아이가 내 새끼인가/ 삼엄하고 신성한 법정에서/ 검은 법복의 하늘같은 판검사님을/ 존엄한 국가권력을 뒤흔들며/ 신성한 말씀들을 뿜어내는 저 아이가/ 저 아이가 내새끼란 말인가 (…) 불을 토하는 너의 절규가 나를,/ 이 부끄러운 에미를 울리며 가슴치는구나/ 아 진정 나는 몰랐구나/ 까마득히 몰랐구나 (…) 네가 혼신으로 외치는 말씀을/ 울며 악을 써 함께 부르짖는다// '노동자의 서러움 투쟁으로 끝장내자'/ '가라 자본가 세상, 쟁취하자 노동해방'/ '노동자 해방투쟁 승리 만만세'를/ 목메이게 사무치게 울부짖는다15)

　[②] 신성하다는 이 나라 법과/ 정론을 펼친다는 자유언론과/ 여소야

15) 박노해, 「저 아이가」, 창간호 특집 '노동해방투쟁의 새로운 지평을 열어젖히는 박노해 시인의 신작시 12편', 29면.

대 국회쯤은 느긋하게 주무르며/ 최루탄과 총칼 감옥 모든 공권력을/ 언제든지 자본수호 전선으로 총력동원할/ 전지전능한 힘이 있다는 것 또한/ 나는 치를 떨며 인정한다 (…) 이제 우리 노동자의 성스러운 손을 들어/ 그대 두 눈구멍에 흙을 집어 넣어야겠다/ 뜨거운 연대로 거대한 삽날로/ 쿵 쿵 싯누런 네 공화국을 까부수며/ 거대한 네 무덤을 세차게 파헤쳐/ 깨끗이 그대를 잠재우고 말겠다[6]

'신성한 법정'과 '신성한 말씀들' 간의 적대, 그것이 ①에서 드러나는 힘의 구도이다. 하늘같은 판검사들의 '법복'과 불로 토해지는 말씀의 '맨몸' 간의 적대, 존엄한 국가권력과 "빛나는 말씀들" "진실한 말씀" '혼신으로 외치는 말씀' 간의 적대. 「머리띠를 묶으며」라는 시에서 법역 안에서의 합법적 투쟁에 끝을 고지했을 때, 바게닝(협상)의 협치로 수렴될 준법투쟁의 끝을 선언했을 때, 박노해는 법정에 서 있는 '저 아이'를 염두에 두었을 것이다. 준법과 불법의 판결 장소에 선 그 아이는 그런 판결의 신성한 척도 자체를, 그런 법의 성역 자체를 기소하려는 최후변론에 임하고 있으며, 그것은 각성된 어미의 눈에 의해 '신성한 말씀'으로, 또 다른 신적인 힘으로 표현되고 있다. ②는 ①과 등질적이다. ②는 자본의 '전지전능한 힘'과 '노동자의 성스러운 손' 간의 적대를 말한다. '신성한 국법', 언론, 국회, 경찰이라는 법적·도덕적·이데올로기적·물리적 공권력의 네트워크를, 다시 말해 분리/매개의 완성으로 정향된 권력의 연락망을 자신을 수호하기 위한 전선으로 총동원할 수 있는 자본의 '공화국'. 그 속에서, 그 밑으로 저 성스러운 손

---

16) 박노해, 「내 눈에 흙이 들어가기 전에는」, 창간호, 19~20면.

들/삽날들은 그런 초월적 공화국의 무덤을 파는 중이다. 그 공화국, 자본제 공화국—다시 말해 '적그리스도는 벌써 세상에 나타났다. 그 이름은 공화국이다'(M. V. 요사)라고 말할 때의 그 공화국—이 자신의 조절된 연착륙을 위해, 자신이 관장하고 주재하는 질서자유를 위해 "성스러운 인간노동을 상품화시키고/ 인간의 살과 피와 신경을/ 사랑과 감성과 인간의 생명력을/ 송두리째 빨아가고 소진시키는"[17) '피의 폭력'이자 '신화적 폭력'의 한 양태였던 한에서, 그 공화국의 무덤을 파고 최후를 고지하려는 저 성스러운 손의 시간은 도래중인 '순수한 신적 폭력'의 성분을 나눠가진 것이라고 할 수 있을 것이다. 그럴 때, 그 힘은 결사투쟁·일치단결·권력쟁취를 위한 동력이자 목표로서의 당조직을 위해 제안되고 표출된 것이었음에도 그것들로 일괄 환수되지 않는 잔여의 힘으로 보존되고 있으며, 그때 그런 힘을 파지하고 있는 전위의 인지력·표현력은 당조직으로 정향된 전위 자신의 매개력·분리력의 집권적이고 한정적인 벡터를 넘어가고 있는 초과적 힘의 발생이자 발현으로 된다. 이하 다르게 논증해 보겠지만, 당대 노동해방 사상의 특정한 교의라고 할 수 있을 노동의 성스러움, 노동의 신성성은 노동해방에의 의지가 가진 힘의 문턱을 개시하는바, 그 힘이란 당면한 현행적 목적으로서의 당조직 건설이라는 과제에 의해 인지되고 파지된 것이었으되 그런 건축에의 의지가 항상 이미 매개/분리의 질서 속으로 삶을 합성하고 투하하는 힘이었음을 기소·판시하는 신적인 법의 게발트였다. 자본에 의해 사열되는 통치적 힘들의 공화국과 적대하는 저

17) 박노해, 「오 인간의 존엄성이여!」, 창간호, 34면.

성스러운 손의 운동은 이렇게 표현되고 있다. "이 세계 주인의 성스러운 손을 합쳐/ 뜨겁게 뜨겁게 내어 뻗는다/ 눈부신 파도처럼 번쩍이는 총구처럼/ 우리들 조직된 거대한 손을/ 일사불란하게 좌악 좌악 내어 뻗는다// 이 세계가 완전히 장악될 때까지/ 내손으로 내운명을 관장할 때까지/ 모든 인류가 해방된 손을 하나로 맞잡을 때까지/ 세차게 세차게 내어 뻗는다"[18] '세계 주인'의 거대한 손, 성스러운 그 노동의 주인 됨은 조직된 힘에 의해, 일사분란한 힘에 의해, 권력이 나오는 총구에 의해 재현되는 것이면서도 그런 재현/대의가 수여하는 모조·의제화된 주인 자리의 분류되고 안배된 몫에 한정되거나 포섭되지 않는 힘이며, 그렇게 배분되는 몫의 체제에 동참함과 동시에 배재되는 삶의 운명을 스스로 주재·관장하는 힘, 이른바 자기가치화의 소비에트에 기초한 공동본질의 유적인 경험으로 뻗어가는 힘이다. 힘의 그런 문턱을 개시하는, 또는 그런 문턱의 발현으로 드러나는 전위의 저 시란 무엇인가. 매개적/분리적 권능들의 질서 안에서, 그것을 탄핵하는 다른 매개력의 시공간으로 창설/도래중인 아-토포스적인 힘, 그것이다.

3-2. 앞의 시, 곧 「저 아이가」 속에서 연출되고 있는 하나의 상황을 다시 상기하게 된다. 인지적인 것을 질료로 신화적 법복들이 배합한 축적의 편성체 안에서 '신성한 말씀들'로 발현중인 그 상황. 그 구축의 순간이란 이른바 감각적인 것에의 경험을 질료로 한 자기증식적 나눔·안배·몫에의 참여/배제를 통해 말(logos)이 아니라 단순한 소리로

---

18) 박노해, 「손을 내어 뻗는다」, 창간호, 40~1면.

배정·한정되게 하고 이의제기로 셈해지지 않게 무마하는 삶의 특정한 봉합 형태의 제작공정 안에서, 그런 제작의 실질적 방법이자 현장으로서 자본이 사목하는 국법의 연병장 안에서 그런 공정들을 절단하는 신성한 말씀들로, 신적 로고스로, 상황적 노모스로 기립하고 있는 시간이었다. 다시 말해 자본이라는 법을 봉행하고 수호하는 그들 법복 입은 자들의 합의 공정을, 곧 법이 된 자본이 주재하는 합법성과 정당성의 상호조회·조달·조제의 신화적 공정을 정지시키면서 틈입·발현하고 있는 신적 소송·계쟁의 시간들. 이는 1989년 10월 12일 마산지방법원 1호 법정의 어떤 상황과 결속되어 있는바, 그것은 노동의 성스러움이라는 교의의 문턱에 다시 한 번 초점을 맞추게 한다.

법정에 선 서우근의 최후진술 중에서 인용한다. "생각할수록 엄청난 모순이 아닐 수 없습니다. 땅의 모든 것을 창조하는 노동자가 그 막대한 부를 창조하는 자신의 능력을 '특 바겐세일'해서 자본가에게 팔아야만 겨우 생계를 부지할 수 있게 만드는 사회!"[19] 땅 위의 '모든 것을 창조하는 노동자'의 능력, 그 능력을 상품으로 판매하는 것만이 생존의 유일한 조건이 되는 사회의 상태. 노동자의 산 노동이 그런 사회의 제작에 기능적 질료로 매개됨으로써 분리되어 있다는 것, 그것이 법정에 서서 설해지고 있는 '모순'의 뜻일 것이다. 모든 것을 창조하는 힘, 노동의 어떤 전능성에 기대어 서우근은 법복 입은 자들의 면전에서 그들을 '착취의 오만한 공범자'로 지목하며, '머지않은 미래에 민중의 이름

---

19) 서우근, 「부르주아법정을 '노동해방' 선동장으로 바꾼 서우근 동지의 최후진술」, 월간 『노동해방문학』 1989년 11월호, 141면.

으로 심판' 받게 될 것이라고 경고한다. 그런 경고의 액면을 지탱하는 이면을, 산 노동이 처한 저 모순상태를 주시해야 한다. 예컨대, 마산의 그 법정을 함께 기소하려는 다음과 같은 문장들을 인용하게 된다. "노동력은 그것의 소유자, 즉 임금 노동자가 자본에게 판매하는 하나의 상품이다. 왜 노동자는 노동력을 판매하는가? 생활하기 위해서이다. 하지만 노동력의 실행, 즉 노동이란 노동자 자신의 생활상의 활동이며, 그 자신의 생활의 발현이다. 그런데 [그런 판매 속에서] (…) 그의 **생활상의 활동**은 그에게는 존립할 수 있기 위한 하나의 수단일 뿐이다. 그는 노동을 자기 생활에 넣어 생각하는 일이 없으며, 오히려 노동은 그의 생활의 희생일 뿐이다. 따라서 그의 활동의 생산물 역시 그의 활동의 목적이 아니다."20) 땅 위의 모든 것의 창조력으로서 산 노동이 가진 전능한 힘과 그 힘을 단순한 생존력으로, 죽은 노동으로, 퇴적된 노동으로 한정·배정하는 권력 간의 모순 및 적대는 이른바 '목적'과 '수단' 간의 관계를 통해 다시 표현될 수 있다.

노동이 '생활상의 활동'이며 '생활의 발현'이라는 것은 발현하는 생활로서의 '삶'과 노동이 분리될 수 없는 것임을 뜻하는바, 그런 노동을 상품화하지 않을 수 없게 강제하는 사회적 관계의 창출을 통해 노동은 자본에 의해 구매됨(매개됨)과 동시에 생활로서의 삶으로부터 분리된다. 자본주의적 생산관계 안에서 노동은 생활/삶의 향유와 발양이 아니라 생존과 연명을 위한 단순한 '수단'일 뿐이며 생활/삶의 희생일 뿐이다. 그런 생산의 상태, 그런 사회적 관계의 힘의 상태 속에서 노동자는 자

20) 칼 마르크스, 『임금노동과 자본』, 김태호 옮김, 박종철출판사, 1999, 28~9면.

신이 생산한 모든 것들을 자신을 소외시키는/옭아매는 폭력으로 체험하며, 그런 한에서 자기 노동의 그 창조물은 결코 노동자 자신의 고유한 '목적'으로서는 인지될 수 없는 것이었다. 자본은 창조하는 힘과 창조되는 것 모두를 수단의 지위에 놓으며, 그렇게 함으로써 자본 자신은 최종목적화한다. 저 마산 1호 법정의 최후진술은 그렇게 최종목적화한 자본의 법을, 자본이라는 신/법을 파기하기 위한 방법을 제안하는데, 그것은 다음과 같다. "오직 하나뿐인 그 방법은 가장 정확하고 간단합니다. 착취에 신음하는 우리 2천5백만 노동형제, 1천만 농민이 단결연대하여 진정 우리를 대표하는 정치권력을 세우고, 이를 기반으로 착취권력을 몰아내는 것입니다."[21] 단결된 삶을 '대표'에게 위임하는 것은 방법인가, 독인가. 최후진술은 대표의 대의권력을 세우는 일과 착취권력을 몰아내는 일의 자동적이고 순차적인 결합이 '오직 하나뿐인' 절대적 방법이라고 말한다. 유일한 방법, 최종목적화한 그 방법은 매개/분리의 질서를 자본과 함께 합작하며, 그때 노동력이라는 생활의 발현력, 줄여 말해 '삶'은 단순한 생존을 위한 수단으로, 희생으로, 죽음으로 귀결한다. 정확히 '희생'을 말하고 있는 서우근의 옥중편지, 법정에 서기 전에 후배 노동자에게 발송된 그 편지에는 강철 같은 문장이 들어있는데, 그것은 다시 한 번 힘의 어떤 문턱을 표출하고 있는 것 같다. 어떤 해독제가 그 문턱에 있다고 생각한다.

감옥에는 돈도 있고 빽도 있는 사람이 한 사람도 없다는구나! 지금,

---

21) 서우근, 「부르주아법정을 '노동해방' 선동장으로 바꾼 서우근 동지의 최후진술」, 142면.

세상에는 파괴되어야할 사회질서가 있다. 사악하고 거짓된 소수특권층
의 이익을 위한 질서가 바로 그것이다. 탈취자는 탈취당하게 되는 것이
다. 우리들 손에 의해, 노동하는 자네, 현필과 나, 이천오백만 노동형제,
그들의 힘, 단결된 힘에 의해. 동지! 우리들 몸은 이제 우리의 몸이 아
니다. 우리는 틀림없이 희생되어야 한다.[22]

전위에 의한 힘의 일사분란한 단결과 그런 조직적 힘의 위임상태를
향한 의지는 자신의 몸이 자신의 것이기를 부정한다. 자신으로부터 분
리된 그 몸은 삶과의 영원한 분리로, '틀림없이 희생되어야'만 하는 것
으로, 죽음으로, 정확히 독으로 되며, 그때 땅 위의 모든 것을 창출하
는 노동의 그 힘은 저 법정을 파기하는 힘이 아니라 그 법정의 법에
등록됨으로써 그 법의 완성을 목적으로 투하되는 단순한 수단으로 배
치된다. 거기서 '정치'는 끝난다. 그렇게 끝나서는 안 될 정치는 이렇
게 표현될 수 있다. **"정치란 매개성을 드러내 보이는 것, 수단 그 자체
를 그대로 눈에 보이게 만드는 것이다.** 이것은 그 자체가 목적인 목적
의 영역도 아니고 이러저러한 목적에 종속된 수단의 영역도 아닌, 인
간 사유와 행위의 장으로서의 목적 없는 순수 매개성의 영역이다." 줄
여 말해 "인간들의 환원불가능한 조건으로서의 수단-안에-있음".[23] 자
유민주주의의 발전이라는, 지배자와 피지배자의 동일성이라는 유혈적
의제 속에서, 곧 스펙터클-민주주의라는 '사이비 신성체'(G. 드보르)의
유지 속에서 은폐된 채로 작동하는 매개성/분리성을 가시적인 것으로

---

22) 서우근, 「지금, 세상에는 파괴되어야할 질서가 있다」, 월간 『노동해방문학』 1989년 9
   월호, 413면.
23) 조르조 아감벤, 『목적 없는 수단: 정치에 관한 11개의 노트』, 127면.

개시시키는 일. 다시 말해 자본이라는 최종목적의 정언명령, 퇴적된 노동의 지배를 추인하는 헌법화된/등록된 노동, 그 둘 어디로도 환원되거나 종속되지 않는 삶의 조건으로서 '수단-안에-있음'. 그렇게 있음의 상태로서 발현하는 힘, 매개성을 개시하는 그 힘은 목적들의 합작을 위한, 목적들의 정상상태를 위한 수단화 과정의 절단을 가리키며, 그런 한에서 '목적 없는' 상태의 창출과 보존의 시공간을 뜻한다. 거기서 매개는 끝난다. 매개의 끝, 거기가 '순수 매개성'이 정초되는 곳이며, 거기가 목적-수단 도식을 정지시키며 발현하는 생활/삶의 장소이다. "매개의 시도의 종말이 띠게 될 갈등의 형식이라는 차원"24)으로, 곧 매개의 끝을 향한 묵시적 힘으로 보존되고 지속하는 삶에서 최종목적의 합성력은 정지된다. 위임과 대표를 향한 저 옥중편지 속의 희생의지와 최후진술의 상황이 법의 형태의 완성을 위한 수단으로 일단락되거나 끝막음되지 않는 것도 그와 같은 묵시적 정치력 때문이라고 할 수 있는바, 그것은 다음 두 가지와, 곧 노동의 어떤 성스러움과 관련된다. 하나는 옥중편지 속에 들어있던 또 하나의 의지, 곧 '지금 이 세상에는 파괴되어야할 질서가 있다'는 문장이 파지하고 있는 어떤 묵시적이고

---

24) 안토니오 네그리·마이클 하트, 『디오니소스의 노동』 I, 237면. 매개의 종말, 그 묵시력 속에서의 '갈등의 형식'이란, 조직적인 힘이 배제했거나 포착하지 못했던 그 힘 바깥의 갈등들을 정치적 장으로 부상시키는 또 다른 힘, 곧 쇄신되고 다시 조직화된 힘의 작용으로 드러나게 되는 갈등을 가리키는 게 아니라, 매개의 정지와 동시적이며 등질적인 삶의 형식 그 자체를 뜻한다. 그 한 예로, 월스트리트 점거상황에서의 삶/갈등의 표현 형식으로서의 총회(General Assembly) 및 지회(Spokes Council)를 들 수 있을 것이다. 그것은 매개의 끝, 다른 매개의 장소, 이른바 '순수한 매개성의 영역'으로 구축된 상황이었으며, 그 안에서 삶은 소유권 같은 배타적 권리 형태가 아니라 '공통의 자유로운 사용'으로 지속될 수 있었다. 이에 대해서는 윤인로, 「점거의 메시아성, 도래하는 르포문학」(『비평과이론』, 2013년 가을/겨울)을 참조

종지적인 힘이며, 다른 하나는 앞선 최후진술 속에 들어있던 한 대목, 곧 "이 세상의 모든 가치를 생산해 내는 것은 바로 노동입니다"[25]라는 말이 표현하고 있는 노동의 어떤 전능한 힘이다. 그 두 힘이 함께 정향하고 있는 것은 무엇인가.

묵시적인 것이 '모든 경험, 모든 담론, 모든 표징, 모든 흔적의 선험적 조건이다'라는 토대적 성찰을 따른다면, 세상을 파괴되고 끝나야할 질서로 인지하는 옥중편지의 묵시적 문장은 경험과 담론과 표징의 어떤 정초적 조건을 구성하는 힘일 수 있다. 그런 조건, 그 반석 위에 그 반석과 함께 정초되는 힘, 그것이 최후진술 속의 저 노동이다. '세상의 모든 가치를 생산하는' 삶의 발현력이자 창조력으로서의 노동, 그것이 바로 저 반석으로서의 묵시력과 함께 기립하는 힘이다. 모든 가치의 직접적 생산력으로서의 노동, 그 전능성/신성성의 관점에서, 산 노동의 관점에서, 그러니까 '디오니소스의 노동'의 관점에서 바라본 매개론, 곧 '매개는 권위와 초월성의 회복을 요구한다'라는 자본/법의 한 문장은 정확히 다음과 같은 가치론/메시아론, 곧 **"가치는 메시아를 통해 노동으로 복귀한다"**[26]라는 다른 법의 한 문장에 의해 기소된다. 최종목적화한 신/법으로서의 자본, 다시 말해 가치의 독점체. 메시아는 자본이라는 신의 소유권·관리권을 박탈함으로써, 신성화된 독점 상태에 있던 가치를 그 가치의 주인에게로, 노동에게로, 노동이라는 삶의 발현 과정 안으로 되돌린다(세속화한다). 상호 귀속된 저 두 힘의 메시아성,

---

25) 서우근, 「부르주아법정을 '노동해방' 선동장으로 바꾼 서우근 동지의 최후진술」, 140면.
26) 안토니오 네그리, 『욥의 노동』, 박영기 옮김, 논밭출판사, 2011, 138면.

곧 세상을 파괴되어야할 질서로 인지하는 묵시력과 더불어 공통존재로서 작용하는 세상의 모든 가치를 생산하는 노동의 힘은, 위임함으로써 박탈되는 힘이 아닌, 참여함으로써 배제되는 힘이 아닌, 매개됨으로써 분리되는 힘이 아닌 힘, 달리 말해 매개의 종말이 띠게 될 삶의 형식으로서 보존되고 발현하는 힘이다. 그렇게 매개의 법을 끝내는 상황, 그렇게 매개가 끝나는 다른 법의 장소는 당대 노동해방사상이 노동의 성스러움이라는 교의와 한 몸이 되어 표출되고 있었던 「심판」이라는 시와 맞닿는다. 초과하는 당문헌으로서의 그 시의 당파성을 다르게 인지하고 표현하는 과정은 다시 어떤 메시아적 힘에 관해 말하도록 이끈다.

3-3. 앞서 제시했던 방법들 혹은 장소들. 곧 노동의 성스러움이 갖는 힘의 문턱, 독에서 해독제를 적출할 수 있을 그 장소. 사상이 완전히 현행화되기 이전 잠재성의 발단으로서 엠비벨런트한 지점. 지금 그 곁에 병치시킬 또 하나의 방법 혹은 장소는 다음과 같다. "문자 그대로 발전가능성(Entwicklungsfähigkeit)이 있는 지점, 그 텍스트나 맥락이 발전할 수 있는 장소와 순간을 끄집어내는 것이다. 그러나 어떤 저자의 텍스트를 이런 식으로 해석·발전시키다 보면 해석학의 가장 기본적인 규칙을 위반하지 않고서는 더 이상 나아갈 수 없음을 깨닫게 되는 순간이 오기 마련이다. 이는 곧 문제가 되는 텍스트를 전개시켜가다 보면 저자와 해석자를 구별할 수 없게 되는 결정불가능성의 지점에 도달하게 된다는 뜻이다. 이는 해석자에게는 특히 행복한 순간이지만, 해석자는 바로 그때야말로 자신이 분석하고 있는 텍스트를 버리고 자신의

이야기로 나아가야 한다는 것을 안다."27) 시「심판」속에 들어있는 발전가능성의 지점들, 이접가능성의 순간들은 어떤 것인가. 시인 김해화의 시작과 내재적으로 포개져 구분되지 않게 되는 행복한 순간에 그 텍스트를 떨치고 전개될 이야기의 내용과 형식은 어떤 것인가. 다시 말해 현행화된 힘의 극단에서 또 다른 힘의 발생과 발단을 보고 그것에서 도약하는 결단의 계기를 마련하는 일은「심판」속에서 어떻게 가능한가. 시의 정조가 강하게 표출되는 부분은 다음과 같다.

> 심판의 날이 머지 않았다는 당신/ 믿는 자들은 구원을 받아 영생을 얻을 것이고/ 믿지 않는 자들은 심판을 받아/ 영원히 깨지지 않는 지옥의 불길 속에 던져질 것이라지요?/ 그것은 하나님의 말씀이고/ 하나님의 말씀은 영원불변한 진리라지요? (…) 당신의 눈 먼 어린 양들 자본가들에 대해/ 큰 믿음을 지니신 조용기 목사님/ 틀렸습니다 아니/ 맞았습니다.// 심판의 날이 오고 있소/ ① 하늘로부터 오는 하늘의 심판이 아니라/ 저 더러운 자본가계급의 이익을 위해/ 저들의 착취와 억압을 정상화시키기 위해/ 긴 세월을 두고 당신들이 창조해 온/ 신의 심판이 아니라/ ② 세상의 진짜 주인/ 하나님의 집이라는 교회의 진짜 주인/ 당신들이 숭배하는 십자가의 진짜 주인/ 성경과 당신들이 성스러워하는/ 모든 성물들의 진짜 주인/ 노동자계급/ 억압의 사슬을 끊고 굴종의 삶을 떨치고/ 불길로 일어나는 위대한 계급으로부터의 심판28)

---

27) 조르조 아감벤,「장치란 무엇인가」,『장치란 무엇인가? 장치학을 위한 서론』, 양창렬 옮김, 난장, 2010, 31~2면.
28) 김해화,「심판」, 월간『노동해방문학』, 복간호, 199면.

일요일 새벽, 공사판 노동을 나가야하는 아비가 자는 아이를 깨우지 않으려고 TV 화면 앞에서 밥을 먹고 있는 때. MBC에 맞춰진 채널에는 신성한 후광을 두른 채 성장한 기독교가, 당대의 국부 및 국민윤리와 구조적 상동성 아래에서 동반성장했던 그 막대한 성전이 나오고 있다. 그 새벽 미사는 거금을 거둬들이는 목자(牧者)에 의해 집전되는 중이며, 신을 대리해서 말하는 그 목자의 목적 있는 사목에서 구원과 영생을 보는 자들, 그를 믿고 따르는 어린 양들은 다른 누구 아닌 자본가들이었다. 자본의 일반 공식과 그 간결체를 실현시키는 자본가들의 일은 다름 아닌 구원사(救援事)였다. 그렇게 자본이 신성한 후광을 함께 두르고 신의 일을 자기가 대행할 때 자본은 신성자본으로 되며, 신성자본이 사열하는 주권의 세계, 그 법의 형태는 오늘의 신국으로 된다. 그 신국은 생활/삶의 직접적 발현으로서의 산 노동을 항구적인 심판의 법정에 출두시킴으로써 죽은 노동으로, 단순한 노동으로, 질료화된 대상으로 전환·전위시키는 통치의 형태이다. ①의 시어들이 드러내고 있는 그런 심판, 신의 그 심판은 자본의 자기증식을 위해 '착취와 억압을 정상화시키는' 힘, 그런 정상상태의 유지를 위해 산 노동을 단순한 삶/노동으로 강제하는 비상상태를 항시적 규칙으로 상례화하는 힘, 자본에 의해 오랜 시간 고안되고 실험된 자기 구원사의 힘이다. 그 힘은 사회적 관계를, 사회 그 자체를 생산하며 그런 힘에 의해 생산된 사회는 축적의 필연화를 보증한다. 사회가 자본이 된다. 노동시간과 그 외의 시간 모두를 대상으로, 그러니까 삶의 시간 전체를 대상으로 직접적인 착취와 수탈의 형식으로서 재발명·재생산되는 사회는 그런 착취와 수탈의 동시적 형식을 어디까지나 후생과 복지를 위한 평형의 결정 과정으로, 안배·조정·관리하는 절차적 기술로 자기 모델링하는 힘을 통해 관철한다. 사회의 그런 모델들은 나열될 수 있다. 저 골리앗을 축적의 수단으로 복귀시킨 현대그룹 회장 정주영의 주권적 경찰 사열 모델, 기업가/정치가의 통치모델, 독재로서의 '투자규제완화' 모델, 경제적 헌법과 정치적 헌법의 비식별역 모델, 정치적 국법의 쇠락 모델, 입법권에 대해 최종결정화하는 사법 모델, 행정권화하는 사법 모델, 노동의 헌법화 모델. 각 모델들 간의 조정, 교접, 이반, 알력, 연합의 기본 동력이자 산물의 한 가지 형태로서 절차적 매개/분리는 강화되며 목적-수단 도식은 증식한다. 이는 다른 무엇 아닌, 자본이라는 법의 요체와 맞닿아 있다. "자본의 요체는 퇴적된 노동이 산 노동에 새로운 생산을 위한 수단으로 쓰인다는 데 있는 것이 아니다. 그것의 요체는 산 노동이 퇴적된 노동에게 그 퇴적된 노동의 교환가치를 유지하고 증대시키는 수단으로서 봉사한다는 데 있다."[29] 산 노동은 자신으로부터 외화된 삶의 형태, 곧 퇴적된 노동의 가치라는 법의 형태를 유지·증대·수호하는 수단이다. 산 노동이 자신으로부터 분리된 퇴적된 노동의 가치에 의해 지배될 때, 퇴적된 노동은 자본이 된다. 그때 산 노동은 죽은 노동, 대상화된 노동, 퇴적된 노동을 제1목적화된 법으로 봉헌하게끔 구조화된 사회에 의해 착취되면서, 동시에 그런 사회 모델의 관리자로 주체화된다. 그렇게 산 노동은 사회의 관리자로 매개됨과 동시에 그 사회에 의해 착취의 대상이 되는 방식으로 분리된다. 이른바 신화

---

29) 칼 마르크스, 『임금노동과 자본』, 46면.

적 폭력 혹은 피의 폭력이 정향해 있는 것이 바로 그런 절차적 매개/분리의 최적화된 항구성이다. "그 모델은 그렇게 해서 완성에 도달한다. 신화는 완성된다. 절차적 매개의 순환성은 그것의 조직화하는 보증물이다; 이제 더 이상 해체적 요소들은 존재하지 않는다. 그것들의 통일성 속에서 그것들은 질서를 구성한다."[30] 그런 한에서 매개력/분리력은 법의 형태를 신화적 조직으로 건립하고 인준하는 법정립적/법유지적 폭력의 유력한 양태이다. 그 '유령 같은 혼합'의 폭력에 의해 자본은 '충만과 광채' 속에서 자신의 고유한 프로그램들·청사진들·기획들로 제안되고 발기될 수 있다. 그런 후생(厚生)의 청사진들·제안들로서만 유지·증대·완성되는 질서, 그 신화적 통일성의 질서가 향하고 있는 것은 자신에 대한 해체적·탈구적 요소들이 발생되었을 때 그것을 즉각 법에 등록·무마·예방시키는 재매개화·재코드화의 기계라고 할 수 있다. 저 「심판」의 시인은 자본의 정상상태를 집전하고 있는 그런 기계/신의 심판을 소추하는 또 다른 신의 심판에 대해, 세계의 진정한 주인으로서의 '노동자계급'의 심판에 대해 말한다. 그런 주인과 계급, 주인의 계급에 관련된 ②의 시어들은 내재적으로 도약하길 요구하는 것 같다. 그것은 다시 한 번 노동의 성스러움이라는 교의의 문턱에서 출발하도록 한다.

1990년 5월의 골리앗 투쟁에 이데올로기 공세―외부세력의 개입, 명분 없는 위법, 평생직장·가족·식구·사우에 대한 살상 행위, 전체의 실익 저해, 일탈·조종·무책임, 자유민주주의의 발전에 위배 등등

---

30) 안토니오 네그리·마이클 하트, 『디오니소스의 노동』 I, 212면.

-에 나섰던 "자본가의 정권"에 맞서, 골리앗을 "신성한 정치투쟁"으로 명명했던 입장은 다음과 같았다. "바로 여러분의 정치투쟁이 노동자와 민중의 희망과 살길을 열어 주고 파쇼 정권을 위기로 몰아넣은 것이다. 그리하여 동지들은 당당히 역사의 주인으로 나서고 있다. 골리앗 동지들의 투쟁만큼 우리 노동자의 지위는 '더높이!' 올라간 것이다."31) 골리앗은 노동자계급의 지위를 더 높이 끌어올렸으며, 그 계급은 '역사의 주인'으로 나서고 있다는 것. 「심판」의 시인이 말하는 '세상의 진짜 주인'은 높이를 추구하는 위의 문장들 속 '역사의 주인'과 함께 한다. 단결된 힘의 위임, 대표, 권력쟁취, 권력해체의 순차적 프로그램 및 전망이 동시에 매개/분리의 질서를 완성하는 경향의 동력이자 산물이었던 한에서, 시인이 말하는 세상의 주인은 주인의 그 지위를 보존할 수 있는 힘을, 자기로부터 그 힘이 분리되고 있는 시공간에서 확보해야 만하는 난제에 빠져 있다. 주인됨의 근저가 그 주인으로부터 외화되어 있는 상태, 그것은 자본의 저 정상상태의 재생산에 봉헌하는 일을 자신의 힘으로는 거절할 수 없는 상태와 다르지 않다. 사정이 그러하되, 시인의 그 주인/노동자계급이란 「더 높이」의 주인을 초과하는 주인이기도 했던바, 그 주인은 '교회의 진짜 주인'이며 '십자가의 진짜 주인'이고 '모든 성물들의 진짜 주인'이기도 했기 때문이다. 무슨 뜻인가, 어떤 생활/삶의 발현인가.

교회의 진짜 주인은 '자본가의 정권'에 의해 오랜 시간 고안됐던 신

---

31) 「더높이」 편집부, 「5월 18일자 「현중뉴스」에 대한 「더높이」 편집부의 입장을 밝힌다」, 복간호, 74~5면.

이 아니다. 그런 신을 봉행하는 이는 십자가의 진짜 주인이 아니다. 그런 신의 심판, 곧 삶을 합성하는 신성체의 효력이 정지되는 시간의 보존, 그런 신에 소송 거는 힘의 지속, 다시 말해 '그리스도'가 십자가의 진짜 주인이다. 「심판」의 시인이 노동자계급을 십자가의 진정한 주인이라고 말할 때, 그럼으로써 매개/분리의 질서에 불합치되는 규격 외적 힘을 표현할 때, 노동자계급/그리스도는 착취와 억압을 정상화시키기 위한 자본이라는 신의 심판을, 자본의 자기증식의 정상상태를 위한 항시적 비상상태의 발효를, 곧 정상과 비상의 상호귀속·결속 관계를 절단하는 '진정한 비상사태'로 발현하는 힘이다. "존재론적 네트워크는 결코 중립적인 것이 아니며, 주체 없는 과정도 아니다. 심연의 경험이 야기한 심오함과 존재론적 몰입은 이번에는 신성에 대한 경험으로 특징지을 수 있는 비상사태를 통해 주체 구성으로 전화한다."[32] 자본이 사회적 관계의 생산을, 사회 그 자체의 생산을 목표로 한다는 것은 그런 사회에 최적화된 사람들의 생산을, 이른바 '경험의 파괴'의 생산을 그 주요 계기로 포함한다. 진정한 비상사태, 그것은 경험의 파괴를 종교적 봉헌의 대상으로 만든 자본–신성체 속에서 신성을 다르게 경험함으로써 다른 주체로 기립하는 시공간의 발현을 가리킨다. 프롤레타리아트를 십자가의 진정한 주인으로 명명하는 「심판」의 의지는 그렇게 비상사태를 신성과 주체구성의 관계적·발생적 계기로 인지하는 것과 이접되어 있다. 심판의 비상사태, 그것은 달리 표현될 수 있는바, 상황의 구축 또는 메시아적 힘의 한 양태가 그것이다.

---

32) 안토니오 네그리, 『욥의 노동』, 185면.

구축된 상황이란 무엇인가? 『국제상황주의자』 1호에서 주어진 정의를 다시 인용하면, 상황이란 "집단적으로 통합된 환경을 조직하고 [주변의] 사건들로 자유롭게 유희함으로써 구체적이고 계획적으로 구축된 삶의 순간"이다. / (…) / 여기[구축된 상황]에서 결정적인 것은 세계를 **거의** 손대지 않은 채 **송두리째** 변화시키는 메시아적 전위(轉位)이다. 왜냐하면 여기에서는 모든 것이 변하지 않은 채 그대로지만 그 정체성을 잃기 때문이다.[33]

상황의 구축, 그 '삶의 순간'이 '메시아적 전위(Spostamento messianico)'라는 이름으로 다시 표현되고 있는 지점을 눈여겨보게 된다. 매개/분리를 통해 손수 먹이는 신성목자의 권력, 사목적 신성체 속으로 합성된 삶의 형태. 다시 말해 현재에 모조리 체험된 몫으로, 현행화된 고갈의 상태로, 어떤 '안락의 전체주의'적 상태로 안배되고 할당된 지위·위치·위상의 폭력적인 자리바꿈. 그때의 폭력, 다시 말해 그런 자리바꿈의 시간과 삶이 결속하는 관계형식으로서의 폭력이란 세계의 물리적 파괴가 아니라, 그런 지위·자리·몫에 의해 부과된 '정체성'의 상실·소실·소거를 뜻하는 것이었다. 다시 말해 세계의 진전된 부(富)와 역량을 무(無)로 돌려세우는 파괴가 아니라 그런 부와 역량의 공통적인 사용의 형태를 창출하고 인준하는 삶의 관계이자 법의 형태로서의 폭력/산파. 그런 한에서, 메시아적 전위의 게발트는 원-분할(Ur-Teilung)로 구축되는 상황이다. 그것은 단선적인 부의 재분배를 넘어, 분리된 것들의 신성한 경계를 다시 획정하고 다르게 근거짓는 주체구성적 비상사

---

33) 조르조 아감벤, 『목적 없는 수단』, 87면, 89면.

태의 동력이자 산물이다. 「심판」의 시인은 십자가의 진정한 주인을 명명하는 말의 동일한 용법 속에서 '모든 성물들의 진정한 주인'에 대해 말한다. 그때의 성물(聖物)이란, 자본의 일반 공식과 그것의 간결체의 실현에 소용되는 것들, 곧 세계의 모든 것들이며, 자본의 그런 자기실현/자기증식에 봉헌하는 신의 심판에 의해 분리된 것들이고, 그런 한에서 자본의 정상상태와 그것을 위한 항시적 비상상태 속에 소유권의 형태로 독점되어 있는 것들이다. 메시아적 전위 속에서 잃게 되고 소실되는 정체성은 사람의 정체성일 뿐만 아니라 분리/독점된 '성물'의 속성에도 해당된다. 그런 자리바꿈, 분리에 대한 원-분할의 힘은 앞질러 이렇게 표현된바 있다. "흑인은 흑인이다. 일정한 관계들 속에서 그는 비로소 노예가 된다. 면방적기는 면방적을 위한 기계이다. 일정한 관계들 속에서만 그것은 **자본**이 된다. 이러한 관계들로부터 떼어내졌을 때는 그것은 자본이 아닌데, 이는 마치 금이 그 자체로서는 **화폐**가 아니거나 설탕이 설탕 가격이 아닌 것과 마찬가지이다."[34] 자본에 의해 사열되는 국법의 형태, 특정하게 고안된 그런 힘의 관계로부터 '떼어내지는' 시간, '성령(Paraclete)'에 의한 폭력적 원-분할로서의 성별(聖別, paraclete)의 게발트. 그런 폭력에 의해, 그런 폭력과 함께, 그런 폭력으로서 흑인은, 면방적기는 노예상태로부터, '흑인은 흑색 인종의 인간이다'와 같은 (국민)경제학의 용어법으로부터, 자본의 정상상태로부터 돌이킬 수 없이 분리된다. 그렇게 분리되는 그 사람, 그 사물은 이전의 성물과는 다른 속성의 성물로 형질전환되는 바, 독점적 소유권의 소멸

---

34) 칼 마르크스, 『임금노동과 자본』, 42~3면.

이 그것이며, 목적에 의한 수단으로의 합성을 인준하고 재생산하는 계약상태의 파기가 그것이다. 그때 그 성물은 수단 그 자체로 개시되며, 법적 소유가 아니라 공통의 사용으로 되돌려진 것, 세속화된 것이 된다. 그렇게 「심판」의 시인이 말하는 성물의 진정한 주인은 "공통적인 것의 자유로운 사용(uso libero)으로서, 그리고 [이와 동시에] 순수한 수단의 영역으로서 분절하는 데 성공"[35]하는 힘, 새로운 분절력 또는 다른 성별력, 다시 말해 그리스도이다.

그리스도/메시아라는 힘을 가리키는 또 하나의 말이 '중재자'인 한에서 메시아적 전위, 그 자리바꿈의 신적 폭력은 자리와 자리를 다시 다르게 결속하는 순수한 매개력으로, 순수한 폭력으로 재명명될 수 있다. "메시아라는 관념["중재자라는 관념"]은 모든 규정과 모든 목적론 바깥에서 인간과 신 사이의 관계를 경험하고자 시도하는 것이다. 메시아는 무(無)의 가장자리와 파괴의 한계지점에 자리한 자유이며, 또한 메시아는 사건이 되는 욕구이자, 현전화되는 토대와 가치의 존재론적 절박함이다. 메시아라는 관념을 통해서, 도덕 담론은 물질로 복귀해, 경험으로 채워진다."[36] 경험의 파괴, 곧 의미의 와해로서의 자본주의, 무세계성으로서의 자본주의 안에서, 줄여 말해 목적-수단의 골조 안에서 그것의 부식과 해체와 '골절'의 형태로, 경험의 충만함으로 발현하는 메시아라는 중재력, 매개력. 중보자(仲保者, Mediator) 메시아, 줄여 말해 순수 매개. 그 힘은 목적론의 바깥으로, 세계의 파괴적 무화가 아니라

---

35) 조르조 아감벤, 『목적 없는 수단』, 129면.
36) 안토니오 네그리, 『욥의 노동』, 137면.

힘의 현행화된 임계지점·가장자리에서의 자유로, 욕구의 사건화로, 실정적 법과 대립하는 필연의 절박함으로 존재한다. 그렇다는 것은 순수 매개가 자리와 몫의 위계적 통합 속에서 그것의 전위·자리바꿈으로 발현하는 힘이라는 것을, 지위·위상의 질서자유 속에서 그것의 무위(無位)로 도래하는 힘이라는 것을 달리 표현한다. 그렇게 '발현 중'에 있음이라는 시간, 그 '도래 중'에 있음이라는 힘의 상태가 뜻하는 것이 무엇인지는 저 「심판」의 마지막 시어들이 오늘 필요한 반시대성과 함께 암시해 주고 있다.

    추잡한 질서의 세상을 쓸어버리며 오는/ 행군의 발자국 소리/ 심판의 함성이 가까이 오고 있소// 전지전능한 계급/ 세상의 모든 것을 파괴할 수도/ 창조할 수도 있는/ 노동자계급으로부터의 심판/ 심판의 날이 다가오고 있소[37]

    바로 그 긴급함, 반시대성, 시대착오 덕분에 우리는 '너무 늦은' 형태이자 '너무 이른' 형태로, '아직 아닌' 형태이자 '이미'의 형태로 우리의 시대를 포착할 수 있다.[38]

이른바 법의 효력을 정지시킴으로써 분리의 정상상태를 수호하고 완성하는 신의 심판. 시인은 그런 신성의 질서를 일소하며 오는 노동자계급에 대해, 십자가의 주인인 산 노동들로부터의 심판의 날에 대해 말한다. 그 날, 메시아의 그 시간은 아직 오지 않은 미래가 아니라 지

---

37) 김해화, 「심판」, 복간호, 199~200면.
38) 조르조 아감벤, 「동시대인이란 무엇인가」, 『장치란 무엇인가?』, 79면.

금 오고 있는 것, 도래 중인 것이다. 동시에 그렇게 '다가오고 있'는 것이므로 이미 다 와버리고 끝나버린 것이 아니라 오고 있는 것, 지금 도래 중인 힘이다. 그러므로 그 힘은 자신의 완성·완료·완수를 부결시키는 항구적 불일치의 형태로 도래 중이다. 그것은 집계 가능하고 가산적이며 그런 한에서 언제든 법에 등록되고 가공될 수 있는 힘의 형태가 아니라 환원불가능한 최소제헌적/비정립적 힘-의-형태소로, 시인이 말하는 '행군의 발자국 소리'로, '함성'으로 오고 있는 약한 힘인 동시에 불사의 힘이다. 도래중인 메시아적 힘, 그 조치가 갖는 항시적 긴급성으로서의 반시대성과 시대착오에 힘입어, 현재는 척도적 법의 시간에 의해 주재되는 단순한 삶의 합성상태가 아니라 그런 단선화된 시간을 내부로부터 부러뜨리며 발생하고 분기하는 힘의 여러 시간들로, 힘의 문턱들로 인지되고 표현된다. 법의 호명에는 너무 늦게, 법의 정시에는 너무 이르게, 법의 완성에는 아직 아니라고, 법의 균열에는 벌써 이미라고 응대하며 조치하는 힘. 이 힘의 메시아성, 그 긴급함의 도래상태가 힘의 문턱들로 발현 중이라는 것은 어떤 주체의 구성 상황과 다르지 않다. '동시대인'이라는 주체가 그것이다. "현재는 체험된 모든 것 속에 남아 있는 체험되지 않은 몫과 다르지 않다. (…) 이 체험되지 않은 것에 주의를 기울이는 것이 동시대인의 삶이다. 이런 뜻에서 동시대인이 된다는 것은 우리가 결코 있어보지 못한 현재로 되돌아가는 것을 뜻한다."[39] 안배된 자리와 몫으로, 현행화된 것으로 체험하는 모든 힘은 저 자본의 정상상태를 정립하는 분리/매개의 계산 내 운동이

---

39) 조르조 아감벤, 「동시대인이란 무엇인가」, 85면.

다. 그렇게 현행화된 힘, 경로의존적인 힘의 체험들 속에서 체험되지 않은 현재의 몫을, 잠재력의 몫을 경험하는 자, 그런 경험을 통해 몫과 자리의 배열을 전위시키는 자, 그가 동시대인이다. 그는 척도적 시간을 거스르는 긴급성과 반시대성의 힘을, 그렇게 아직 체험되지 않고 고갈되지 않은 현재적 경험의 몫을 발굴하고 셈하며 파지하는 '고고학'으로서의 고현학(考現學)을 통해 관철시키는 자다. 현행적인 것으로 일괄 수렴되지 않고 '남은' 그 몫의 경험이 분리/매개의 형태를 원-분할하는 힘으로 발현되는 것은 잠재적인 것(virtual)과 현행적인 것(actual)의 관계를 거듭 자기가치화[real]하는 상황의 연출 속에서일 것이다. 그렇게 그 몫, 그 힘, 상황의 그 '리얼'을 1990년 울산 골리앗크레인 위에서, 노동의 성스러움이라는 교의의 문턱에서 발굴하고 셈해보려 했던 것이 이 글이었다.

필자 소개(원고 게재순)

정기문 1981년 부산에서 출생, 동아대학교 국어국문학과 박사수료. 주체의 구성과 이를 둘러싼 사회적 장치에 관심을 갖고, 일제 식민지기 카프문학자의 전향에 관한 연구를 진행하고 있다. 책 읽기를 통해 스스로가 고양되고 더디나마 세상을 변화시킬 수 있는 글을 쓰고 싶은 바람을 갖고 살아가고 있다.

이희원 부산대 국어국문학과 박사 수료. 해석과 판단 4집 작업부터 함께 하면서 비평 공부를 지속하고 있다. 문학을 공부하는 속에서 세상을 존중하고 또 넘어서는 법을 배우고 있다.

양순주 대학에 들어온 후부터 진주를 떠나 부산에서 줄곧 생활하고 있다. 문학 비평을 공부하고 있으며, 이중언어(문학), 주체, 번역, 말, 침묵 등에 관심을 갖고 있다. 공부가, 말과 글이, 공허한 수사가 되지 않기를 바라며, 그 분투와 고민을 혼자만이 아니라 함께하는 이들과 나누면서 구성해가고 싶다.

장수희 일본군 위안부의 재현에 대해 연구하고 있다. 이번 글을 구상하면서 한국의 근현대사 전반에 걸친 젠더억압과 민주주의에 대해 깊이 생각해 보게 되었다. 내 어머니에게도 잘 읽히는 글을 쓰고 싶다고 생각하지만, 늘 어렵다고 하신다. 더 열심히 써야한다.

오현석 1982년 부산에서 30여년을 살았다. 부산대학교에서 금정산 중턱에서 매일 맑은 공기를 마시며 산 아래를 내려다보며 공부하고 있다. 국가와 개인이 자행한 폭압을 문학적, 비평적 감성으로 풀어내어 세상에 드러내고자 준비를 하고 있고 이번 해석과판단의 작업은 그 시작점이다. 앞으로 갈 길의 기준돌을 놓았다는 점에서 개인적으로 의미가 있는 해석과판단 8집이다.

김남영 1972년 부산에서 나고 자랐다. 시가 쓰고 싶어 대학에 진학하였으나 한계를 절감하고 시를 읽고 말하는 일에 몰두하였다. 세계를 포획하려는 폭력적 경향들에 대해 매우 비판적인 입장에 있다. 시를 통해 삶의 본질에 가닿고자 고군분투하고 있다.

고은미 동아대 문예창작학과 박사과정을 수료했으며, 60년대 영화들에 담긴 노여움에 대한 논문을 쓰고 있다. 잡지 <노동해방문학>을 읽으며 시대를 노여워하고 깨닫고자 하는 자란 어떤 모습인지 조금 알게 되었다.

윤인로 1978년 영천에서 나고 부산에서 컸다. 동아대에서 시간강사로 일했으며 <해석과판단>에서 6년째 함께 공부하고 있다. 이번 8집과는 좀 더 다른 9집을 위해 힘을 보태고 싶다.